虫子的世界

刘慈欣 等著

北京理工大学出版社
BEIJING INSTITUTE OF TECHNOLOGY PRESS

图书在版编目（CIP）数据

虫子的世界 / 刘慈欣等著 . -- 北京 : 北京理工大学出版社 , 2015.8
（2023.4 重印）
（虫）
ISBN 978 - 7 - 5682 - 0693 - 8

Ⅰ. ①虫…　Ⅱ. ①刘…　Ⅲ. ①科学幻想小说 - 小说集 - 中国 - 当代
Ⅳ. ① I247.7

中国版本图书馆 CIP 数据核字 (2015) 第 121864 号

出版发行 / 北京理工大学出版社有限责任公司
社　　址 / 北京市海淀区中关村南大街5号
邮　　编 / 100081
电　　话 / （010）68914775（总编室）
　　　　　（010）82562903（教材售后服务热线）
　　　　　（010）68944723（其他图书服务热线）
网　　址 / http: //www. bitpress. com. cn
经　　销 / 全国各地新华书店
印　　刷 / 天津市天玺印务有限公司
开　　本 / 880毫米×1230毫米　1 / 32
印　　张 / 10.5
字　　数 / 194千字
版　　次 / 2015年8月第1版　2023年4月第12次印刷
定　　价 / 45.00元

责任编辑 / 李慧智
文案编辑 / 李慧智
责任校对 / 孟祥敬
责任印制 / 边心超

四维夜空里那些最闪亮的星

写科幻不是一件能说得出口的事

偶尔走进书店，到处都是读懂股市、马云××、风水、厚黑、包治百病之类的书，然后就是各种工具类图书，什么《N天让你会说英语》《怎样让孩子考100分》《C#语言决定未来》之类，等等。别看中国每年出几十万本新书，总结起来就是两本，一本是《成功学》，一本是《励志学》。偶尔看到几本科幻作品，藏头露尾地散落在奇幻和穿越里，显得势单力薄。

很长一段时间，写科幻文学不是一件说得出口的事。当有人问你出的是什么书时，你会略带羞涩低头看着大脚趾，然后用31分贝的声音说是科幻作品，同时以0.1秒的速度抬起头，脸红脖子粗地解释我这不是写皮皮鲁之类作品，我这是有科学依据的，我没有骗小孩子。对方会很体贴地说：我知道，这是儿童文学嘛！我会给孩子买一本的。当然，最后人家选择的会是《仙境迷踪》《巴啦啦小魔仙》之类，价格是你科幻作品的3倍。

“科幻中世纪”在中国持续的时间很长，甚至延伸到了现在，也许更远……在最近两代人的成长过程中，来自于各个类型的文学作品我们历历在目：汪国真的诗歌俘获了许多矫情的泪水，金、梁、古的武侠占据着男生的梦想空间，而女孩在琼瑶奶奶的怂恿下一直寻找着自己的白马王子，叛逆的一代则被王小波教化成“沉默的大多数”，被王朔蛊惑的一批年轻人则成了插科打诨的人间看客，另有一些文学爱好者又被余秋雨骗上了“文化苦旅”这条路，“80后”一代则被韩寒和郭敬明瓜分，还有更多的散兵游勇被穿越与奇幻作品教育成“种马”或者“花痴”……在这一波又一波的文学作品里，很少看到科幻文学的影子。可以说，科幻不要说进入主流阅读空间，就是在类型文学里面也一直非常弱势。

三维双眼寻找四维视界

但在现实和商业的时代，总有一部分人在仰望星空。

对于这些科幻作者来说，“未来+”是一个具有天然吸引力的磁场。他们对这个世界充满好奇，只有将自己的思维投影到星空世界，才能获取量子在跃迁过程中所释放的快感。在这些人的世界里，真实的宇宙比任何文学勾勒的空间都要完美。因为这是一个逻辑自洽的理性闭环，虽然神奇瑰丽但一切都可以用数学来解释。兴奋的时候，他们甚至可以在原子的世界和比特的世界自由穿梭，用三维双眼寻找四维视界。

如果认为人类对未来的想象是一片缥缈不可揣度的广袤夜空，那么这些人，就是夜空最闪亮的星星。

在这里，必须提一下《科幻世界》的“银河奖”。在过去的20多年间，“银河奖”向社会推出1300多篇优秀中短篇科幻小说，先后有120位作者登上领奖台。在这些人中间，既诞生了刘慈欣、王晋康、何夕、韩松、星河、柳文扬、吴岩这样的科幻先行者，也涌现了江波、索何夫、燕垒生、钱莉芳、长铗、阿缺、陈虹羽、夏笳、刘维佳、拉拉、张冉、罗隆翔等无数新生代作者。“银河奖”是中国科幻爱好者最后的“锡安”，在这里坚守阵地的是那些“一直在理性想象”的圣徒，而这套作品，就是从这“银河”里拾取的最美丽的珠贝。

拉长视线纵观整个“银河系”，可以说是群星璀璨。刘慈欣当然是其中特别闪亮的一颗，但远远不能掩盖其他星光的灿烂。如果说现在人们开始关注科幻的话，那中国式的科幻大片，这才刚刚揭开序幕。

王晋康的作品，在哲学思辨力上独树一帜。他“防火防盗防科学”的思想在《替天行道》里体现得淋漓尽致，对社会的反思更加贴近现实。你能感觉到他所描述的场景就在你身边而非未来，你没看过他的作品也许哪天就会被科学给干掉。

何夕的科幻则具有诗性风格，干净而美好，忧郁且悲伤。《人生不相见》和《亿万年后的来客》这样的作品给读者人文和科学上的双重体验，甚至弄哭了很多粗线条的理工男。

韩松的作品里一直隐藏着一种难以描述的瑰丽和诡异，恍惚之间你不知道科幻的世界是真实的，还是现实世界是科幻的，听说这是吸毒的深度反应。

江波的作品充满硬科幻独有的艺术魅力。这位清华大学微电子专业毕业的研究生，从事的是硅系半导体研发，但一直在担心碳基生命的前途。

燕垒生则是一位从容跨越奇幻和科幻两大领域的“双栖怪兽”……

夏笳呢，则像一只从未来穿越回来的黑色蝙蝠……

长铗这是科幻界不可忽视的异类……

阿缺这个“90后”的作品则昭示了任何时代的思考者都不会断代……

一直说中国科幻是一个小众圈子，这也许是我们没有走近他们的缘故。就像那遥远的星辰，距离让我们觉得它渺小、暗淡，但一旦接近，却发现它是那么的夺目与璀璨。

夜空里甘愿被点燃的火柴

科幻无须正名，它天生就是文学类型作品里的王者。好的科幻必然是深邃而理性的，天然带着一种拒人于千里之外的“高冷”。如果你想成为一位真正科幻的读者，它需要你自己去用心去感受粒子流的风暴，用手去触摸一直真实地隐藏在虚拟世界的0和1。

对于一些真正的科幻爱好者来说，近年来奇奇怪怪的披着科幻外衣的作品让人跳脚，如《长江七号》这样的文艺卖萌片成了科幻经典，一个游戏公司加一个网络写手敢开拍《三体》，《来自星星的你》竟然成了进口的优秀科幻电视剧。这一切让人心生绝望，难道我们果然是一个不愿意面对真相的族群么？真希望这些“科幻银河奖”获奖作品能给那些人开开脑洞。

也许有人会说，我们并不欠科幻什么。是的，谁都不欠科幻什么，但一个相信传闻“水变油”的族群，一个连鱼都被传成转基因的族群，一个认为数学只要学到买菜会算账就够的族群，是不是特别需要科幻来恶补一下？

理性和科学，是多么珍贵的财富！

不管有多少人告诫我们要“面对现实”，但总需要一些仰望星空的人，他们是夜空里甘愿被点燃的火柴，为渴望真知的人类带来些许温暖。

——科幻作家、评论人、《南方都市报》频道主编：罗金海

目　录

乡村教师

银河系战争离我们有多远

刘慈欣

他知道，这最后一课要提前讲了。

又一阵剧痛从肝部袭来，使他几乎晕厥过去。他已没有气力下床了，便艰难地挪向床边的窗口。月光映在窗纸上，银亮亮的，使小小的窗户看上去像是通向另一个世界的门。那个世界的一切一定都是银亮亮的，如同用银子和不冻人的雪做成的盆景。他颤颤地抬起头，从窗纸的破洞中望出去，幻觉立刻消失了，他看到了远处自己度过了一生的村庄。

村庄静静地卧在月光下，像是百年前就没了人似的。那些黄土高原上特有的平顶小屋，形状同村子周围的黄土包没啥区别，在月夜中颜色都一样，整个村子仿佛已融入这黄土坡之中。只有村前那棵老槐树很清楚，树上干枯枝杈间的几个老鸦窝更是黑黑的，像是落在这暗银色画面上的几滴醒目的墨点……其实，村子也有美丽温暖的时候。比如秋收时，外面打工的男人女人大都回来了，村里有了人声和笑声，家家屋顶上堆着金灿灿的玉米，打谷场上娃们在秸秆堆里打滚。再比如过年的时候，打谷场被汽灯照得通亮，在那里连着几天闹红火，摇旱船，舞狮子。那几个狮子只剩下咔嗒作响的木头脑壳，上面油漆都脱了，村里没钱置新狮子皮，就用几张床单代替，玩得也挺高兴……但正月十五一过，村里的青壮年都外出打工挣生活去了，村子一下没了生气。只有每天黄昏，当稀稀拉拉几缕炊烟升起时，村头可能出现一两个老人，扬起山核桃一样的脸，眼巴巴地望着那条通向山外的路，直到在老槐树上挂着的最后一抹夕阳消失。天黑后，村里早早就没了灯光——娃娃和老人睡得都早，电费贵，现在到一块八一度了。

这时村里隐约传出一声狗叫，声音很轻，好像那狗在说梦话。他看着村子周围月光下的黄土地，突然觉得那仿佛是纹丝不动的水面。要真是水就好了，今年是连着第五个旱年了，要想有收成，又要挑水浇地了。想起田地，他的目光向更远方移去。那些小块的山田，月光下如同巨人登山时留下的一个个脚印。在这座只长荆条和毛蒿的石头山上，田也只能是这么东一小块西一小块的。别说农机，连牲口都转不开身，只能凭人力耕种。去年一家什么农机厂到这儿来，推销一种微型手扶拖拉机，可以在这些巴掌大的地里干活儿。那东西真是不错，可村里人说他们这是闹笑话哩！他们想过那些巴掌地能产出多少东西来吗？就是绣花似的种，能种出一年的口粮就不错了，遇上这样的旱年，可能种子钱都收不回来！为这样的田买那三五千一台的拖拉机，再搭上两块多一升的柴油？！唉，这山里人的难处，外人哪能知晓？

这时，窗前走过了几个小小的黑影，在不远的田垄上围成一圈蹲下来，不知要干什么。他知道他们都是自己的学生。其实只要他们在近旁，不用眼睛他也能感觉到他们的存在，这直觉是他一生积累出来的，只是在这生命的最后时间里更敏锐了。

他甚至能认出月光下的那几个孩子，其中肯定有刘宝柱和郭翠花。这两个孩子都是本村人，本来不必住校的，但他还是收他们住了。刘宝柱的爹十年前买了个川妹子成亲，生了宝柱，五年后娃大了，对那女人看得也松了，结果有一天她跑回四川了，还卷走了家里所有的钱。这以后，宝柱爹也变得不成样儿了，开始是赌，同村子里那几个老光棍一样，把个家折腾得只剩四堵墙一张床。然后是喝，每天晚上都用八毛钱一斤的地瓜烧把自己灌得烂醉，拿孩子出气，每天一小揍三天一大揍，直到上个月的一天半夜，抡了根烧火棍差点把宝柱的命要了。郭翠花更惨了，要说她妈还是正经娶来的，这在这儿可是个稀罕事，男人也很荣光了。可好景不长，喜事刚办完大家就发现她妈是个疯子，之所以迎亲时没看出来，大概是吃了什么药。本来嘛，好端端的女人哪会到这穷得鸟都不拉屎的地方来？但不管怎么说，翠花还是生下来了，并艰难地长大。但她那疯妈妈的病也越来越重，犯起病来，白天拿菜刀砍人，晚上放火烧房，更多的时间是阴森森地笑，那声音让人汗毛直竖……

剩下的都是外村的孩子了。他们的村子距这里最近的也有十里山路，只能住校。在这所简陋的乡村小学里，他们一住就是一个学期。娃们来时，除了带自己的铺盖，每人还背了一袋米或面，十多个孩子在学校的那个大灶做饭吃。当冬夜降临时，娃们围在灶边，看着菜面糊糊在大铁锅中翻腾，灶膛里秸秆橘红色的火光映在他们脸上……这是他一生中看到过的最温暖的画面，他会把这画面带到另一个世界的。

窗外的田垄上，在那圈娃们中间，亮起了几点红色的小火星。在这一片银灰色的月夜背景上，火星的红色格外醒目。这些娃在烧香，接着他们又烧起纸来，这使他又想起了那灶边的画面。他脑海中还出现了另一个类似的画面：当学校停电时（可能是因为线路坏了，但大多数时间是因为交不起电费），他给娃们上晚课，手里举着一根蜡烛照着黑板。“看见不？”他问。“看不见！”娃们总是这样回答。那么一点点亮光，确实难看清，但娃们缺课多，晚课是必须上的。于是他再点上一根蜡，手里两根蜡一齐举着。“还是看不见！”娃们喊。他于是再点上一根，虽然还是看不清，但娃们不喊了，他们知道再喊老师也不会加蜡了——蜡太多了也是点不起的。烛光中，他看到下面娃们的面容时隐时现，像一群用自己的全部生命拼命挣脱黑暗的小虫虫。

娃们和火光，娃们和火光，总是娃们和火光，总是夜中的娃们和火光，这是这个世界深深刻在他脑子中的画面，但他始终不明其含义。

他知道娃们是在为他烧香和烧纸，他们以前多次这么干过，只是这次，他已没有力气斥责他们迷信了。他用尽了一生在娃们的心中燃起科学和文明的火苗，但他明白，同笼罩着这偏远山村的愚昧和迷信相比，那火苗是多么弱小，就像这深山冬夜中教室里的那根蜡烛。半年前，村里的一些人来到学校，要从本来已很破旧的校舍取下椽子木，说是修村头的老君庙用。问他们校舍没顶了，娃们以后住哪儿，他们说可以睡教室里嘛。他说那教室四面漏风，大冬天能住？他们说反正都是外村人。他拿起一根扁担和他们拼命，结果被人家打断了两根肋骨。好心人抬着他走了三十多里山路，送到了镇医院。

就是在那次检查伤势时，意外发现他患了食道癌。这并不稀奇，这一带是食道癌高发区。镇医院的医生恭喜他因祸得福，因为他的食道癌现处于早期，还未扩散，动手术就能治愈。食道癌是手术治愈率最高的癌症之一，他算拣了条命。

于是他去了省城，去了肿瘤医院，在那里他问医生动一次这样的手术要多少钱，医生说像你这样的情况可以住我们的扶贫病房，其他费用也可适当减免，最后下来不会太多的，也就两万多元吧。想到他来自偏远山区，医生接着很详细地给他介绍住院手续怎么办。他默默地听着，突然问："要是不手术，我还有多长时间？"

医生呆呆地看了他好一阵儿，才说："半年吧。"他长出了一口气，好像得到了很大安慰。

至少能送走这届毕业班了。

他真的拿不出这两万多元。虽然民办教师工资很低，但干了这么多年，孤身一人无牵无挂，按说也能攒下一些钱了。只是他把钱都花在娃们身上了，他已记不清给多少学生代交了学杂费，最近的就有刘宝柱和郭翠花。更多的时候，他看到娃们的饭锅里没有多少油星星，就用自己的工资买些肉和猪油回来……反正到现在，他全部的钱也只有手术所需费用的十分之一。

沿着省城那条宽长的大街，他向火车站走去。这时天已黑了，城市的霓虹灯开始发出迷人的光芒，多彩而斑斓，让他迷惑。还有那些高楼，一入夜就变成了一盏盏高耸入云的巨大彩灯。音乐声在夜空中飘荡，疯狂的，轻柔的，走一段一个样。

就在这个不属于他的世界里，他慢慢地回忆起自己不算长的一生。他很坦然，各人有各人的命，早在20年前初中毕业回到山村小学时，他就选定了自己的命。再说，他这条命很大一部分是另一位乡村教师给的。他就是在自己现在任教的这所小学度过童年的，他爹妈死得早，那所简陋的乡村小学就是他的家，他的小学老师把他当亲儿子待，日子虽然穷，但他的童年并不缺少爱。那年，放寒假了，老师要把他带回自己的家里过冬。老师的家很远，他们走了很长的积雪的山路，看到老师家所在的村子的一点灯光时，已是半夜了。他们身后不远处浮现出四点绿莹莹的亮光，那是两双狼眼。那时山里狼很多的，学校周围就能看到一堆堆狼屎。有一次他淘气，把那灰白色的东西点着扔进教室，浓浓的狼烟充满了教室，把娃们都呛得跑了出来，让老师很生气。现在，那两只狼向他们慢慢逼近，老师折下一根粗树枝，挥动着它拦住狼的来路，同时大声喊着让他向村里跑。他当时吓糊涂了，只顾跑，只想着那狼会不会绕过老师来追他，没想着会不会遇到其他的狼。他上气不接下气地跑进村子，同几个拿猎枪的汉子去接老师，却发现他躺在一片已冻成糊状的血泊中，半条腿和整只胳膊都被狼咬掉了。老师在送往镇医院的路上就咽了气。在火把的光芒中，他看到了老师的眼睛，老师的腮帮被深深地咬下一大块，已说不出话，但用目光把一种心急如焚的牵挂传给了他。他读懂了那牵挂，记住了那牵挂。

初中毕业后，他放弃了在镇政府里一个不错的工作机会，直接回到了这个举目无亲的山村，回到了老师牵挂的这所乡村小学。这时，学校因为没有教师已荒废好几年了。

前不久，教委出台新政策，取消了民办教师，其中的一部分经考试考核转为公办。当他拿到教师证时，知道自己已成为一名国家承认的小学教师了，很高兴，但也只是高兴而已，不像别的同事那么激动。他不在乎什么民办公办，只在乎那一批又一批的娃，从他的学校读完了小学，走向生活。不管他们是走出山去还是留在山里，他们的生活同那些没上过一天学的娃总是有些不一样的。

他所在的山区，是这个国家最贫困的地区之一。但穷不是最可怕的，最可怕的是那里的人们对现状的麻木。记得那是好多年前了，搞包产到户，村里开始分田，然后又分其他东西。对于村里唯一的一台拖拉机，油钱怎么出，出机时怎么分配，大伙总也谈不拢，最后唯一大家都能接受的办法是把拖拉机分了——真的分了，你家拿一个轮子他家拿一根轴……再就是两个月前，有一家工厂来扶贫，给村里安了一台潜水泵，考虑到用电贵，人家还给带了一台小柴油机和足够的柴油。挺好的事儿，但人家前脚走，村里后脚就把机器都卖了，连泵带柴油机，只卖了一千五百块钱，全村好吃了两顿，算是过了个好年……一家皮革厂来买地建厂，村里什么都不清楚就把地卖了。那厂子建起后，硝皮子的毒水流进了河里，渗进了井里，人一喝了那些水浑身就起红疙瘩。就这也没人在乎，还沾沾自喜那地卖了个好价钱……村里那些娶不上老婆的光棍，每天除了赌就是喝，但不去种地。他们都能算清：县里每年总会有些救济，那钱算下来也比在那巴掌大的山地里刨一年土坷垃挣得多……没有文化，人们都变得下作了。穷山恶水固然让人灰心，但真正让人感到没指望的，是山里人那呆滞的目光。

他走累了，就在人行道边坐下来。他面前，是一家豪华的大餐馆，靠街的全是一整面透明玻璃，华丽的枝形吊灯把光芒投射到外面。整个餐馆像一个巨大的鱼缸，里面衣着华贵的客人则像一群多彩的观赏鱼。他看到在靠街的一张桌子旁坐着一个胖男人，头发和脸似乎都在冒油，看上去像用一大团表面涂了油的蜡做的。男人两旁各坐着一个身材高挑、穿着暴露的女郎，男人转头对一个女郎说了句什么，把她逗得大笑起来，男人跟着笑起来，另一个女郎则娇嗔地用两个小拳头捶那个男的……真没想到还有个子这么高的女孩子，秀秀的个儿，大概只到她们一半……他叹了口气。唉，又想起秀秀了。

秀秀是本村唯一没有嫁到山外的姑娘，也许是因为她从未出过山，怕外面的世界，也许是别的什么原因。他和秀秀好过两年多，最后那阵差点儿就成了。秀秀家里也通情达理，只要一千五百块的肚疼钱（生养费）。但后来，村子里出去打工的人赚了些钱回来，和他同岁的二蛋虽不识字但脑子活，去城里干起了挨家挨户清洗抽油烟机的活儿，一年下来竟赚了个万把块。前年回来待了一个月，秀秀不知怎的就跟这个二蛋好上了。秀秀一家全是睁眼瞎，家里粗糙的干打垒墙壁上，除了贴着一团一团用泥巴和起来的瓜种子，还画着长长短短的道道儿，那是她爹多少年来记的账……秀秀没上过学，但自小对识文断字的人有好感，这是她同他好的主要原因。但二蛋的一瓶廉价香水和一串镀金项链就把这种好感全打消了，“识文断字又不能当饭吃。”秀秀对他说。虽然他知道识文断字是能当饭吃的，但具体到他身上，吃得确实比二蛋差好远，所以他也说不出什么。秀秀看他那样儿，转身走了，只留下一股让他皱鼻子的香水味。

和二蛋成亲一年后，秀秀生娃死了。他还记得那个接生婆，把那些锈不拉叽的刀刀铲铲放到火上烧一烧就向里捅。秀秀可倒霉了，血流了一铜盆，在送镇医院的路上就咽气了。成亲办喜事的时候，二蛋花了三万块，那排场在村里真是风光死了，可他怎的就舍不得花点钱让秀秀到镇医院去生娃呢？后来他一打听，这花费一般也就二三百，就二三百呀。但村里历来都是这样，生娃是从不去医院的。所以没人怪二蛋，秀秀就这命。后来他听说，比起二蛋妈来，她还算幸运。二蛋妈生二蛋时难产，二蛋爹从产婆那儿得知是个男娃，就决定只要娃了，于是把二蛋妈放到驴子背上，让那驴子一圈圈走，硬是把二蛋挤出来。听当时看见的人说，在院子里血流了一圈……

想到这里，他长出了一口气，笼罩着家乡的愚昧和绝望使他窒息。

但娃们还是有指望的。对那些在冬夜寒冷的教室中盯着烛光照着的黑板的娃们来说，他也是蜡烛，不管能点多长时间，发出的光有多亮，他总算是从头点到尾了。

他站起身来继续走，没走多远就拐进了一家书店。城里就是好，还有夜里开门的书店。除了回程的路费，他把身上所有的钱都买了书，以充实他的乡村小学里那小小的图书室。半夜，提着两捆沉重的书，他踏上了回家的火车。

在距地球5万光年的远方，在银河系的中心，一场延续了两万年的星际战争已接近尾声。

那里的太空中渐渐出现了一个方形区域，仿佛灿烂的群星的背景被剪出一个方口。这个区域的边长约10万公里，区域的内部是一种比周围太空更黑的黑暗，让人感到一种虚空中的虚空。从这黑色的正方形中，开始浮现出一些实体，它们形状各异，都有月球大小，呈耀眼的银色。这些物体越来越多，组成了一个整齐的立方体方阵。这银色的方阵庄严地驶出黑色正方形，构成了一幅挂在宇宙永恒墙壁上的镶嵌画。这幅画以绝对黑色的正方形天鹅绒为衬底，由纯净的耀眼的白银小构件镶嵌而成，仿佛是一首宇宙交响乐的固化。渐渐地，黑色的正方形消融在星空中，群星填补了它的位置，银色的方阵庄严地悬浮在群星之间。

银河系碳基联邦的星际舰队，完成了本次巡航的第一次时空跃迁。

在舰队的旗舰上，碳基联邦的最高执政官看着眼前银色的金属大地，上面布满了错综复杂的纹路，像一块无限广阔的银色蚀刻电路板，不时有几个闪光的水滴状小艇出现在大地上，沿着纹路以令人目眩的速度行驶几秒钟，然后无声地消失在一口突然出现的深井中。时空跃迁带过来的太空尘埃被电离，成为一团团发着暗红色光的云，笼罩在银色大地的上空。

最高执政官以冷静著称，他周围那似乎永远波澜不惊的淡蓝色智能场就是他人格的象征。但现在，像周围的人一样，他的智能场也微微泛出黄光。

“终于结束了。”最高执政官的智能场振动了一下，把这个信息传送给站在他两旁的参议员和舰队统帅。

“是啊，结束了。战争的历程太长太长，以至于我们都忘记了它的开始。”`参议员回答。

这时，舰队开始了亚光速巡航，它们的亚光速发动机同时启动，旗舰周围突然出现了几千个蓝色的太阳，银色的金属大地像一面无限广阔的镜子，把蓝太阳的数量又复制了一倍。

远古的记忆似乎被点燃了。其实，谁能忘记战争的开始呢？这记忆虽然传承了几百代，但在碳基联邦的万亿公民的脑海中，它仍那么鲜活，那么铭心刻骨。

2万年前的那一时刻，硅基帝国从银河系外围对碳基联邦发动全面进攻。在长达1万光年的战线上，硅基帝国的500多万艘星际战舰同时开始恒星蛙跳。每艘战舰首先借助一颗恒星的能量打开一个时空虫洞，然后从这个虫洞跃迁至另一个恒星，再用这颗恒星的能量打开第二个虫洞继续跃迁……由于打开虫洞消耗了恒星大量的能量，恒星的光谱会暂时红移。当飞船完成跃迁后，恒星的光谱会渐渐恢复原状。当几百万艘战舰同时进行恒星蛙跳时，所产生的这种效应是十分恐怖的——银河系的边缘出现一条长达1万光年的红色光带，向银河系的中心移过来。这个景象在光速视界是看不到的，但在超空间监视器上却能显示出来。那条由变色恒星组成的红带，如同一道1万光年长的血潮，向碳基联邦的疆域涌来。

碳基联邦最先接触硅基帝国攻击前锋的是绿洋星。这颗美丽的行星围绕着一对双星恒星运行，它的表面全部被海洋覆盖。那生机盎然的海洋中漂浮着由柔软的长藤植物构成的森林，温和美丽、身体晶莹透明的绿洋星人在这海中的绿色森林间轻盈地游动，创造了绿洋星伊甸园般的文明。突然，几万道刺目的光束从天而降，硅基帝国舰队开始用激光蒸发绿洋星的海洋。在很短的时间内，绿洋星变成了一口沸腾的大锅。这颗行星上包括五十亿绿洋星人在内的所有生物都在沸水中极度痛苦地死去，它们被煮熟的有机质使整个海洋变成了绿色的浓汤。最后海洋全部蒸发了，昔日美丽的绿洋星变成了一个由厚厚蒸汽包裹着的地狱般的灰色行星。

这是一场几乎波及整个银河系的星际大战，是银河系中碳基和硅基文明之间惨烈的生存竞争，但双方谁都没有料到战争会持续两万银河年！

现在，除了历史学家，谁也记不清有百万艘以上战舰参加的大战役有多少次了。规模最大的一次超级战役是第二旋臂战役，战役在银河系第二旋臂中部进行，双方投入了上千万艘星际战舰。据历史记载，在那广漠的战场上，被引爆的超新星就达两千多颗。那些超新星像第二旋臂中部黑暗太空中怒放的焰火，使那里变成超强辐射的海洋，只有一群群幽灵似的黑洞漂行其间。战役的最后，双方的星际舰队几乎同归于尽。15 000年过去了，第二旋臂战役现在听起来就像上古时代缥缈的神话，只有那仍然存在的古战场证明它确实发生过。但很少有飞船真正进入过古战场，那里是银河系中最恐怖的区域，这并不仅仅是因为辐射和黑洞。当时，双方数量多得难以想象的战舰为了进行战术机动，进行了大量的超短距离时空跃迁。据说一些星际歼击机在空间格斗时，时空跃迁的距离竟短到令人难以置信的几千米！这样就把古战场的时空结构搞得千疮百孔，像一块内部被老鼠钻了无数长洞的大乳酪。飞船一旦误入这个区域，就可能在瞬间被畸变的空间扭成一根细长的金属绳，或压成一张面积有几亿平方公里但厚度只有几个原子的薄膜，立刻被辐射狂风撕得粉碎。但更为常见的是飞船变为建造它们时的一块块钢板，或者旧得只剩下一个破外壳，内部的一切都变成古老灰尘。人在这里也可能瞬间回到胚胎状态或变成一堆白骨……

但最后的决战不是神话，它就发生在一年前。在银河系第一和第二旋臂之间的荒凉太空中，硅基帝国集结了最后的力量，这支由150万艘星际战舰组成的舰队在自己周围构筑了半径一千光年的反物质云屏障。碳基联邦投入攻击的第一个战舰群刚完成时空跃迁就陷入了反物质云中。反物质云十分稀薄，但对战舰具有极大的杀伤力。碳基联邦的战舰立刻变成一个个刺目的火球，但它们仍奋勇冲向目标。每艘战舰都拖着长长的火尾，在后面留下一条发着荧光的航迹，这由30多万个火流星组成的阵列构成了碳硅战争中最为壮观、最为惨烈的画面。在反物质云中，这些火流星渐渐缩小，最后在距硅基帝国战舰阵列很近的地方消失了，但它们用自己的牺牲为后续的攻击舰队在反物质云中打开了一条通道。在这场战役中，硅基帝国最后的舰队被赶到银河系最荒凉的区域——第一旋臂的顶端。

现在，这支碳基联邦舰队将完成碳硅战争中最后一项使命——在第一旋臂的中部建立一条500光年宽的隔离带。隔离带中的大部分恒星将被摧毁，以制止硅基帝国的恒星蛙跳。恒星蛙跳是银河系中大吨位战舰进行远距离快速攻击的唯一途径，而一次蛙跳的最大距离是200光年。隔离带一旦建立，硅基帝国的重型战舰要想进入银河系中心区域，就只能以亚光速跨越这500光年的距离。这样，硅基帝国实际上被禁锢在第一旋臂顶端，再也无法对银河系中心区域的碳基文明构成任何严重威胁。

“我带来了联邦议会的意愿，”参议员用振动的智能场对最高执政官说，“他们仍然强烈建议：在摧毁隔离带中的恒星前，对它们进行生命级别的保护甄别。”

“我理解议会。”最高执政官说，“在这场漫长的战争中，各种生命流出的血足够形成上千颗行星的海洋了。战后，银河系中最迫切需要重建的是对生命的尊重。这种尊重不仅是对碳基生命的，也是对硅基生命的。正是基于这种尊重，碳基联邦才没有彻底消灭硅基文明。但硅基帝国并没有这种对生命的感情。如果说碳硅战争之前，战争和征服对于它们还仅仅是一种本能和乐趣的话，那么现在这种东西已根植于它们的每个基因和每行代码之中，成为它们生存的终极目的。由于硅基生物对信息的存贮和处理能力大大高于我们，可以预测硅基帝国在第一旋臂顶端的恢复和发展将是神速的，所以我们必须在碳基联邦和硅基帝国之间建成足够宽的隔离带。在这种情况下，对隔离带中数以亿计的恒星进行生命级别的保护甄别是不现实的。第一旋臂虽属银河系中最荒凉的区域，但其拥有生命行星的恒星仍可能达到支持蛙跳的密度，这种密度足以支持中型战舰进行蛙跳，而即使只有一艘硅基帝国的中型战舰闯入碳基联邦的疆域，可能造成的破坏也是巨大的。所以在隔离带中只能进行文明级别的甄别。我们不得不牺牲隔离带中某些恒星周围的低级生命，是为了拯救银河系中更多的高级和低级生命。这一点我已向议会说明。”

参议员说：“议会也理解您和联邦防御委员会，所以我带来的只是建议而不是法案。但隔离带中周围已形成3C级以上文明的恒星必须被保护。”

“这一点毋庸置疑。”最高执政官的智能场闪现出坚定的红色，“对隔离带中拥有行星的恒星文明检测将是十分严格的！”

舰队统帅的智能场第一次发出信息：“其实我觉得你们多虑了。第一旋臂是银河系中最荒凉的荒漠，那里不会有3C级以上文明的。”

“但愿如此。”最高执政官和参议员同时发出了这个信息，他们智能场的共振使一道弧形的等离子体波纹向银色金属大地的上空扩散开去。

舰队开始了第二次时空跃迁，以近乎无限的速度奔向银河系第一旋臂。

夜深了，烛光中，全班的娃们围在老师的病床前。

“老师歇着吧，明儿个讲也行的。”一个男娃说。

他艰难地苦笑了一下，“明儿个有明儿个的课。”

他想，如果真能拖到明天当然好，那就再讲一堂课。但直觉告诉他怕是不行了。

他做了个手势，一个娃把一块小黑板放到他胸前的被单上。这最后一个月，他就是这样把课讲下来的。他用软弱无力的手接过娃递过来的半截粉笔，吃力地把粉笔头放到黑板上，这时又一阵剧痛袭来，手颤抖了几下，粉笔嗒嗒地在黑板上敲出了几个白点儿。从省城回来后，他再也没去过医院。两个月后，他的肝部疼了起来，他知道癌细胞已转移到那儿了。这种疼痛越来越厉害，最后变成了压倒一切的痛苦。他一只手在枕头下摸索着，找出了一些止痛片，是最常见的用塑料长条包装的那种。对于癌症晚期的剧痛，这药已经没有任何作用。可能是由于精神暗示，他吃了后总觉得好一些。杜冷丁倒是也不算贵，但医院不让带出来用，就是带回来也没人给他注射。他像往常一样从塑料条上取下两片药来，但想了想，便把所有剩下的十二片全剥出来，一把吞了下去——他知道以后再也用不着吃药了。他又挣扎着想向黑板上写字，但头突然偏向一边，一个娃赶紧把盆接到他嘴边，他吐出了一口黑红的血，然后虚弱地靠在枕头上喘息着。

娃们中传出了低低的抽泣声。

他放弃了在黑板上写字的努力，无力地挥了一下手，让一个娃把黑板拿走。他开始说话，声音细若游丝。

“今天的课同前两天一样，也是初中的课。这本来不是教学大纲上要求的，但我想你们中的大部分人，这一辈子可能永远也听不到初中的课了，所以我最后讲一讲，也让你们知道稍深一些的学问是什么样子。昨天讲了鲁迅的《狂人日记》，你们肯定不大懂，不管懂不懂都要多看几遍，最好能背下来，等长大了，总会懂的。鲁迅是个很了不起的人，他的书每一个中国人都应该读读的，你们将来也一定找来读读。”

他累了，停下来喘息着歇歇，看着跳动的烛光。鲁迅写下的几段文字在他的脑海中浮现出来。那不是《狂人日记》中的，课本上没有，他是从自己那套本数不全、已经翻烂的《鲁迅全集》上读到的，许多年前读第一遍时，那些文字就深深地刻在了他的脑子里：

> 假如一间铁屋子，是绝无窗户而万难破毁的，里面有许多熟睡的人们，不久都要闷死了，然而是从昏睡入死灭，并不感到就死的悲哀。现在你大嚷起来，惊起了较为清醒的几个人，使这不幸的少数者来受无可挽救的临终的苦楚，你倒以为对得起他们么？
>
> 然而几个人既然起来，你不能说决没有毁坏这铁屋的希望。

他用尽最后的力气，接着讲下去。

“今天我们讲初中物理。物理你们以前可能没有听说过，它讲的是物质世界的道理，是一门很深很深的学问。

“这课讲牛顿三定律。牛顿是从前英国的一个大科学家，他说了三句话，这三句话很神的，把人间天上所有东西的规律都包括进去了，上到太阳、月亮，下到流水、刮风，都跑不出这三句话划定的圈圈。用这三句话，可以算出什么时候日食，就是村里老人说的天狗吃太阳，一分一秒都不差的。人飞上月球，也要靠这三句话。这就是牛顿三定律。

“下面讲第一定律：当一个物体没有受到外力作用时，它将保持静止或匀速直线运动不变。”

娃们在烛光中默默地看着他，没有反应。

“就是说，你猛推一下谷场上那个石碾子，它就一直滚下去，滚到天边也不停下来。宝柱你笑什么？是啊，它当然不会那样，这是因为有摩擦力，摩擦力让它停下来。这世界上，没有摩擦力的环境可是没有的……”

是啊，他人生的摩擦力就太大了。在村里他是外姓人，本来就没什么分量，加上他这个倔脾气，这些年来把全村人都得罪了。他挨家挨户拉人家的娃入学，跑到县里，把跟着爹做买卖的娃拉回来上学，拍着胸脯保证垫学费……这一切并没有赢得多少感激。关键在于，他对过日子的看法同周围的人太不一样，成天想的说的，都是些不着边际的事，这是最让人讨厌的。在查出病来之前，他曾跑县里，居然从教育局要回一笔维修学校的款子，村子里只拿走了一小部分，想过节请个戏班子唱两天戏，结果让他搅了，愣从县里拉了个副县长来，让村里把钱拿回来，可当时戏台子都搭好了。学校倒是修了，但他扫了全村人的兴，以后的日子更难过。先是村里的电工，村长的侄子，把学校的电掐了，接着做饭取暖用的秸秆村里也不给了，害得他扔下自个的地不种，一人上山打柴。更别提后来拆校舍的房椽子那事了……这些摩擦力无所不在，让他心力交瘁，让他无法做匀速直线运动，他不得不停下来了。

也许，他就要去的那个世界是没有摩擦力的，那里的一切都是光滑可爱的，但那有什么意义？在那边，他的心仍留在这个充满灰尘和摩擦力的世界上，留在这所他倾注了全部生命的乡村小学里。他不在了以后，剩下的两个教师也会离去，这所他用力推了一辈子的小学校就会像谷场上那个石碾子一样停下来。他陷入深深的悲哀，但不论在这个世界或是那个世界，他都无力回天。

“牛顿第二定律比较难懂，我们最后讲。下面先讲牛顿第三定律：当一个物体对第二个物体施加一个力，第二个物体也会对第一个物体施加一个力，这两个力大小相等，方向相反。”

娃们又陷入了长时间的沉默。

“听懂了没？谁说说？”

班上学习最好的赵拉宝说：“我知道是啥意思，可总觉得说不通。晌午我和李权贵打架，他把我的脸打得那么痛，肿起来了，所以作用力应该不相等的才对，我受的肯定比他大嘛！”

喘息了好一会，他才解释说：“你痛是因为你的腮帮子比权贵的拳头软，它们相互的作用力还是相等的……”

他想用手比画一下，但手已抬不起来了。他感到四肢像铁块一样沉，这沉重感很快扩展到全身，他感到自己的躯体像要压塌床板，陷入地下似的。

时间不多了。

“目标编号：1033715。绝对目视星等：3.5。演化阶段：主星序偏上。发现两颗行星，平均轨道半径分别为1.3和4.7个距离单位，在一号行星上发现生命。这是红69012舰的报告。”

碳基联邦星际舰队的10万艘战舰目前已散布在一条长1万光年的带状区域中，这就是正在建立的隔离带。工程刚刚开始，只是试验性地摧毁了5000颗恒星，其中拥有行星的只有137颗，而行星上有生命的这是第一颗。

“第一旋臂真是个荒凉的地方啊。”最高执政官感叹道。他的智能场振动了一下，用全息图隐去了脚下的旗舰和上方的星空，使他、舰队统帅和参议员悬浮于无际的黑色虚空中。接着，他调出了探测器发回的图像——虚空出现了一个发着蓝光的火球，最高执政官的智能场产生了一个白色的方框，那方框调整大小，圈住了这颗恒星并把它的图像隐去了，他们于是又陷入无边的黑暗之中。但这黑暗中有一个小小的黄色光点，图像的焦距开始大幅度调整，行星的图像以令人目眩的速度推向前来，很快占满了半个虚空，三个人都沉浸在它反射的橙黄色光芒中。

这是一颗被浓密大气包裹着的行星。在它那橙黄色的气体海洋上，汹涌的大气运动描绘出极端复杂的不断变幻的线条。行星图像继续移向前来，直到占据了整个虚空，三个人被橙黄色的气体海洋吞没了。探测器带着他们在这浓雾中穿行，很快雾气稀薄了一些，他们看到了这颗行星上的生命。

那是一群在浓密大气上层飘浮的气球状生物，表面有美丽的花纹，不停变幻着色彩和形状，时而呈条纹状，时而呈斑点状，不知这是不是一种可视语言。每个气球都有一条长尾，那长尾的尾端不时炫目地闪烁一下，光沿着长尾传到气球上，化为一片弥漫的荧光。

“开始四维扫描！”红69012舰上的一名上尉值勤军官说。

一束极细的波束开始从上至下飞快地扫描那群气球。这束波只有几个原子粗细，但它的波管内的空间维度比外部宇宙多一维。扫描数据传回舰上，在主计算机的内存中，那群气球被切成了几亿亿个薄片，每个薄片只有一个原子的厚度。在薄片上，每个夸克的状态都被精确地记录下来。

“开始数据镜像组合！”

主计算机的内存中，那几亿亿个薄片按原有顺序叠加起来，很快组合成一群虚拟气球。在计算机内部广漠的数字宇宙中，这个行星上的那群生物体有了精确的复制品。

“开始3C级文明测试！”

在数字宇宙中，计算机敏锐地定位了气球的思维器官，它是悬在气球内部错综复杂的神经丛中间的一个椭圆体。计算机在瞬间分析了这个椭圆体的结构，并越过所有低级感官，直接同它建立了高速信息接口。

文明测试是从一个庞大的数据库中任意地选取试题，测试对象如果能答对其中3道，则测试通过。如果头3道题没有答对，测试者有两种选择：可以认为测试对象没有通过，继续测试，题数不限，直到测试对象答对的题数达到3道，这时可认为其通过测试。

“3C文明测试试题1号：请叙述你们已探知的组成物质的最

小单元。”

“嘀嘀，嘟嘟嘟，嘀嘀嘀嘀。“气球回答。

“1号试题测试未通过。3C文明测试试题2号：你们观察到物体中热能的流向有什么特点？这种流向是否可逆？”

“嘟嘟嘟，嘀嘀，嘀嘀嘟嘟。”气球回答。

“2号试题测试未通过。3C文明测试试题3号：圆的周长和它的直径之比是多少？”

“嘀嘀嘀嘀嘟嘟嘟嘟嘟。”气球回答。

“3号试题测试未通过。3C文明测试试题4号……”

“到此为止吧，”当测试题数达到10道时，最高执政官说，“我们时间不多。”他转身对旁边的舰队统帅示意了一下。

“发射奇点炸弹！”舰队统帅命令。

奇点炸弹实际上是没有大小的，它是一个严格意义上的几何点，一个原子同它相比都是无穷大，虽然最大的奇点炸弹质量有上百亿吨，最小的也有几千万吨。当一颗奇点炸弹沿着长长的导轨从红69012舰的武器舱中滑出时，可以看到一个直径达几百米的发着幽幽荧光的球体，这荧光是周围的太空尘埃被吸入这个微型黑洞时产生的辐射。同恒星引力坍缩形成的黑洞不同，这些小黑洞在宇宙之初就形成了，它们是大爆炸前的奇点宇宙的微缩模型。碳基联邦和硅基帝国都有庞大的船队，游弋在银河系银道面外的黑暗荒漠搜集微型黑洞。有的海洋行星上的种群把这些船队戏称为“远洋捕鱼船队”，而这些船队带回的东西，是银河系中最具威力的武器之一，是迄今为止唯一能够摧毁恒星的武器。

奇点炸弹脱离导轨后，沿一条由母舰发出的力场束加速，直奔目标恒星。过了不长的一段时间，这颗灰尘似的黑洞高速射入了恒星表面火的海洋。想象在太平洋的中部突然出现一个半径100公里的深井，就可以大概把握这时的情形。巨量的恒星物质开始被吸入黑洞，汹涌的物质洪流从所有方向会聚到一点并消失在那里。物质被吸入时产生的辐射在恒星表面产生了一团刺目的光球，仿佛给恒星戴上了一枚光彩夺目的钻石戒指。随着黑洞向恒星内部沉下去，光团暗淡下来，可以看到它处于一个直径达几百万公里的大旋涡正中。那巨大的旋涡散射着光团的强光，缓缓转动着，呈现出飞速变幻的色彩，使恒星从这个方向看去仿佛是一张狰狞的巨脸。很快，光团消失了，旋涡也渐渐消失，恒星表面似乎又恢复了它原来的色彩和光度。但这只是毁灭前最后的平静。随着黑洞向恒星中心下沉，这个贪婪的饕餮者更疯狂地吞噬周围密度急剧增高的物质，在一秒钟内吸入的恒星物质总量可能相当于上百个中等行星。黑洞巨量吸入物质时产生的超强辐射向恒星表面蔓延，由于恒星物质的阻滞，只有一小部分到达了表面，其余辐射的能量留在了恒星内部，快速破坏着恒星的每一个细胞，从整体上把它飞快地拉离平衡态。从外部看，恒星的色彩在缓缓变化，从浅红色变为明黄色，从明黄色变为鲜艳的绿色，从绿色变为如洗的碧蓝，从碧蓝变为恐怖的紫色。这时，在恒星中心的黑洞产生的辐射能已远远大于恒星本身辐射的能量。随着更多的能量以非可见光形式溢出恒星，紫色渐渐加深，这颗恒星看上去像太空中一个在忍受超级痛苦的灵魂。痛苦急剧增大，紫色已深到极限，这颗恒星用不到一个小时的时间走完了它未来几十亿年的旅程。

一团似乎吞没整个宇宙的强光闪起，然后慢慢消失。在原来恒星所在的位置上，可以看到一个急剧膨胀的薄球层，像一个被吹大的气球，这是被炸飞的恒星表面。随着薄球层体积的增大，它变得透明了，可以看到它内部的第二个膨胀的薄球层，然后又可以看到更深处的第三个薄球层……这个爆炸中的恒星，就像宇宙中突然显现的一个套一个的玲珑剔透的镂花玻璃球，其中最深处的薄球层的体积也是恒星原来体积的几十万倍。当爆炸的恒星的第一层膨胀外壳穿过那个橙黄色行星时，它立刻被汽化了。其实，在恒星爆炸的壮丽场景中根本就看不到它。同那膨胀的恒星外壳相比，它只是一粒微不足道的灰尘，其大小甚至不能成为那几层镂花玻璃球上的一个小点。

“你们感到消沉？”舰队统帅问。他看到最高执政官和参议员的智能场暗下来了。

“又一个生命世界毁灭了，像烈日下的露珠。”

“那您就想想伟大的第二旋臂战役，当2 000多颗超新星被引爆时，有12万个这样的世界同碳硅双方的舰队一起化为蒸气。阁下，时至今日，我们应该超越这种无谓的多愁善感了。”

参议员没有理会舰队统帅的话，径直对最高执政官说：“这种对行星表面取随机点的检测方式是不可靠的，可能漏掉行星表面的文明特征。我们应该进行面积检测。”

最高执政官说：“这一点我也同议会讨论过。在隔离带中我们要摧毁的恒星有上亿颗，其中估计有1 000万个行星系，行星数量可能达5 000万颗。我们时间紧迫，对每颗行星都进行面积检测是不现实的。我们只能尽量加宽检测波束，以增大随机点覆盖的面积。除此之外，只能祈祷隔离带中那些可能存在的文明在其星球表面的分布尽量均匀了。”

“下面我们讲牛顿第二定律……”

他心急如焚，极力想在有限的时间里给娃们多讲一些。

“一个物体的加速度，与它所受的力成正比，与它的质量成反比。首先，加速度，这是速度随时间的变化率，它与速度是不同的，速度大加速度不一定大，加速度大速度也不一定大。比如：一个物体现在的速度是110米每秒，2秒后的速度是120米每秒，那么它的加速度就是120减110除2，5米每秒——呵，不对，5米每秒的平方。另一个物体现在的速度是10米每秒，2秒后的速度是30米每秒，那么它的加速度就是30减10除2，10米每秒平方。看，后面这个物体虽然速度小，但加速度大！呵，刚才说到平方，平方就是一个数自个儿乘自个……”

他惊奇自己的头脑如此清晰，思维如此敏捷。他知道，自己生命的蜡烛已燃到根上，棉芯倒下了，把最后的一小块蜡全部引燃了，一团比以前的烛苗亮十倍的火焰熊熊燃烧起来。剧痛消失了，身体也不再沉重。其实，他已感觉不到身体的存在，他的全部生命似乎只剩下那个在疯狂运行的大脑。那个悬在空中的大脑竭尽全力，尽量多尽量快地把自己存贮的信息输出给周围的娃们，但靠说话来传输知识是来不及了。他产生了一个幻象：一把水晶样的斧子把自己的大脑无声地劈开，他一生中积累的那些知识——虽不是很多但他很看重的——像一把发光的小珠子毫无保留地落在地上，发出一阵悦耳的叮当声，娃们像见到过年的糖果一样抢那些小珠子……这幻象让他有一种幸福的感觉。

“你们听懂了没？”他焦急地问。他已经看不到周围的娃们，但还能听到他们的声音。

“我们懂了！老师快歇着吧！”

他感觉到那团最后的火焰在弱下去，“我知道你们不懂，但你们把它背下来，以后慢慢会懂的。一个物体的加速度，与它所受的力成正比，与它的质量成反比。”

“老师，我们真懂了，求求你快歇着吧！”

他用尽最后的力气喊道：“背呀！”

娃们抽泣着背了起来：“一个物体的加速度，与它所受的力成正比，与它的质量成反比。一个物体的加速度，与它所受的力成正比，与它的质量成反比……”

这几百年前就在欧洲化为尘土的卓越头脑产生的思想，以浓重西北方言的童音在20世纪中国最偏僻的山村中回荡，就在这声音中，那烛火灭了。

娃们围着老师已没有生命的躯体大哭起来。

“目标编号：500921473。绝对目视星等：4.71。演化阶段：主星序正中，带有八大行星。这是蓝84210号舰的报告。”

“一个精致完美的行星系。”舰队统帅赞叹。

最高执政官很有同感，“是的，它的固态小体积行星和气液态大体积行星的配置很有韵律感。小行星带的位置恰到好处，像一条美妙的装饰链。还有最外侧那颗小小的甲烷冰行星，似乎是这首音乐最后一个余音未尽的音符，暗示着某种新周期的开始。”

“这是蓝84210号舰，将对最内侧1号行星进行生命检测，检测波束发射。该行星没有大气，自转缓慢，温差悬殊。1号随机点检测，白色结果；2号随机点检测，白色结果……10号随机点检测，白色结果。蓝84210号舰报告，该行星没有生命。”

舰队统帅不以为然地说：“这颗行星的表面温度可以当冶炼炉了，没必要浪费时间。”

“开始2号行星生命检测，波束发射。该行星有稠密大气，表面温度较高且均匀，大部为酸性云层覆盖。1号随机点检测，白色结果；2号随机点检测，白色结果……10号随机点检测，白色结果。蓝84210号舰报告，该行星没有生命。”

通过四维通信，最高执政官对一千光年之外蓝84210号舰上的值勤军官说："直觉告诉我，3号行星有生命可能性很大，在它上面检测30个随机点。"

"阁下，我们时间很紧了。"舰队统帅说。

"照我说的做。"最高执政官坚定地说。

"是，阁下。开始3号行星生命检测，波束发射。该行星有中等密度的大气，表面大部为海洋覆盖……"

来自太空的生命检测波束落到了亚洲大陆靠南一些的一点上，在地面上形成了一个直径约5 000米的圆形。如果是在白天，用肉眼有可能觉察到波束的存在，因为当波束到达时，在它的覆盖范围内，一切无生命的物体都将变成透明状态。现在它覆盖的中国西北的这片山区将如同水晶的山脉——阳光在这些山脉中折射，将是一幅十分奇异壮观的景象——大地也会变成深不可测的深渊。而被波束判断为有生命的物体则保持原状态不变，人、树木和草在这水晶世界中显得格外清晰醒目。但这效应只持续半秒钟，检测波束完成初始化后，一切就会恢复原状，旁观者肯定会认为自己产生了一瞬间的幻觉。但现在，这里正是深夜，自然难以觉察到什么了。

这所山村小学，正好位于检测波束圆形覆盖区的圆心上。

"1号随机点检测，结果……绿色结果，绿色结果！蓝84210号舰报告，目标编号：500921473，第3号行星发现生命！"

检测波束对覆盖范围内的众多种类生命体进行分类。在以生命结构的复杂度和初步估计的智能等级进行排序的数据库中，一个方形掩蔽物下的一簇生命体排在首位。于是波束迅速收缩，汇聚到那个掩蔽物上。

最高执政官的智能场接收到从蓝84210号舰上发回的图像，并把它放大到整个太空背景上。图像处理系统已经隐去了掩蔽物，但那簇生命体的图像仍不清晰。它们的外形太不醒目了，几乎同周围行星表面的以硅元素为主的黄色土壤融为一体。计算机只好把图像中所有的无生命部分，包括这些生命体中间的那具体形较大的已没有生命的躯体，全部隐去，这样那一簇生命体就仿佛悬浮在虚空之中。尽管如此，它们看上去仍是那么平淡和缺乏色彩，像一簇黄色的植物，一看就知道是那种在它们身上不会发生任何奇迹的生物。

一束纤细的四维波束从蓝84210号舰发射。这艘有一个月球大小的星际战舰正停泊在木星轨道之外，使太阳系暂时多了一颗行星。那束四维波束在三维太空中以接近无限的速度到达地球，穿过那所乡村小学校舍的屋顶，以基本粒子的精度对这18个孩子进行扫描。数据的洪流以人类难以想象的速率传回太空。很快，在蓝84210号舰主计算机的广阔内存中，孩子们的数字复制体形成了。

18个孩子悬浮在一个无际的空间里，那空间呈一种无法形容的色彩——实际上那不是色彩，虚无是没有色彩的，虚无是透明中的透明。孩子们都不由想拉住旁边的伙伴，但手却从伙伴身体里毫无阻力地穿过去了。孩子们感到了难以形容的恐惧。计算机觉察到这一点，认为这些生命体需要一些熟悉的东西，于是在自己的内存宇宙的这一部分模拟这个行星天空的颜色。孩子们立刻看到了蓝天，没有太阳，没有云，更没有浮尘，只有蓝色，那么纯净，那么深邃。孩子们的脚下没有大地，也是与头顶一样的蓝天。他们似乎置身于一个无垠的蓝色宇宙中，而他们是这宇宙中唯一的实体。计算机感觉到，这些数字生命体仍然处于惊恐中。它用了亿分之一秒想了想，终于明白了：银河系中大多数生命体并不惧怕悬浮于虚空之中，但这些生命体不同，它们是大地上的生物。于是它给了孩子们一个大地，并给了它们重力感。孩子们惊奇地看着脚下突然出现的大地，它是纯白色的，上面有黑线画出的整齐方格。他们仿佛站在一个无限广阔的语文作业本上。他们中有人蹲下来摸摸地面，这是他们见过的最光滑的东西。他们迈开双脚走，但原地不动——这地面是绝对光滑的，摩擦力为零。他们很惊奇自己为什么不会滑倒。这时有个孩子脱下自己的一只鞋子，沿着地面扔出去。那鞋子以匀速直线运行向前滑去，孩子们呆呆地看着它以恒定的速度渐渐远去。

他们看到了牛顿第一定律。

有一个声音，空灵而悠扬，在这数字宇宙中回荡。

“开始3C级文明测试，3C文明测试试题1号：请叙述你所在星球生物进化的基本原理，是自然淘汰型还是基因突变型？”

孩子茫然地沉默着。

“3C文明测试试题2号：请简要说明恒星能量的来源。”

孩子茫然地沉默着。

……

“3C文明测试试题10号：请说明构成你们星球上海洋的液体的分子构成。”

孩子仍然茫然地沉默着。

那只鞋在遥远的地平线处变成一个小黑点消失了。

“到此为止吧！”在1 000光年之外，舰队统帅对最高执政官说，“不能再耽误时间了，否则我们肯定不能按时完成第一阶段的任务。”

最高执政官的智能场发出了微弱的表示同意的振动。

“发射奇点炸弹！”

载有命令信息的波束越过四维空间，瞬间到达了停泊在太阳系中的蓝84210号舰。那个发着幽幽荧光的雾球滑出了战舰前方长长的导轨，沿着看不见的力场束急剧加速，向太阳扑去。

最高执政官、参议员和舰队统帅把注意力转向了隔离带的其他区域，那里又发现了几个有生命的行星系，但其中最高级的生命是一种生活在泥浆中的无脑蠕虫。接连爆炸的恒星像宇宙中怒放的焰火，使他们想起了史诗般的第二旋臂战役。

不知过了多长时间，最高执政官智能场的一小部分下意识地游移到太阳系，他听到了蓝84210号舰舰长的声音：“准备脱离爆炸威力圈，时空跃迁准备，30秒倒数！”

“等一下，奇点炸弹到达目标还需多长时间？”最高执政官说，舰队统帅和参议员的注意力也被吸引过来。

“它正越过内侧1号行星的轨道，大约还有十分钟。”

“用五分钟时间，再进行一些测试吧。”

“是，阁下。”

接着听到了蓝84210号舰值勤军官的声音：“3C文明测试试题11号：一个三维平面上的直角三角形，它的三条边的关系是什么？”

沉默。

“3C文明测试试题12号：你们的星球是你们行星系的第几颗行星？”

沉默。

“这没有意义，阁下。”舰队统帅说。

“3C文明测试试题13号：当一个物体没有受到外力作用时，它的运行状态如何？”

数字宇宙广漠的蓝色空间中突然响起了孩子们清脆的声音：“当一个物体没有受到外力作用时，它将保持静止或匀速直线运动不变。”

“3C文明测试试题13号通过！3C文明测试试题14号……”

“等等！”参议员打断了值勤军官，“下一道试题也出关于甚低速力学基本近似定律的。”他又问最高执政官，“这不违反测试准则吧？”

“当然不，只要是测试数据库中的试题。”舰队统帅代为回答。这些令他大感意外的生命体把他的注意力全部吸引过来了。

“3C文明测试试题14号：请叙述相互作用的两个物体间力的关系。”

孩子们说：“当一个物体对第二个物体施加一个力，第二个物体也会对第一个物体施加一个力，这两个力大小相等，方向相反！”

“3C文明测试试题14号通过！3C文明测试试题15号：对于一个物体，请说明它的质量、所受外力和加速度之间的关系。”

孩子们齐声说：“一个物体的加速度，与它所受的力成正比，与它的质量成反比！”

“3C文明测试试题15号通过，文明测试通过！确定目标恒星500921473的3号行星上存在3C级文明。”

“奇点炸弹转向！脱离目标！”最高执政官的智能场急剧闪动着，用最大的能量把命令通过超空间传送到蓝84210号舰上。

在太阳系，推送奇点炸弹的力场束弯曲了。长达几亿公里的力场束此时像一根弓起的长杆，努力把奇点炸弹挑离射向太阳的轨道。蓝84210号舰上的力场发动机以最大功率工作，巨大的散热片由暗红变为耀眼的白炽色。力场束向外的推力分量开始显示出效果，奇点炸弹的轨道开始弯曲，但它已越过水星轨道，距太阳太近了，谁也不知道这努力是否能成功。通过超空间直播，全银河系都在盯着那个模糊的雾团的轨迹。它的亮度急剧增大，这是一个可怕的迹象，说明炸弹已能感受到太阳外围空间粒子密度的增大。舰长的手已放到了那个红色的时空跃迁启动按钮上，以在奇点炸弹击中太阳前的一刹那脱离这个空间。但奇点炸弹最终像一颗子弹一样擦过太阳的边缘。当它以仅几万米的高度掠过太阳表面时，由于黑洞吸入太阳大气中大量的物质，亮度增到最大，太阳边缘出现了一个刺眼的蓝白色光球，使它在这一刻看上去像一个紧密的双星系统，这奇观对人类将永远是个难解之谜。蓝白色光球飞速掠过时，下面太阳浩瀚的火海黯然失色。像一艘快艇掠过平静的水面，黑洞的引力在太阳表面划出了一道“V”形的划痕，波及半个太阳。奇点炸弹撞断了一条日珥，这条从太阳表面升起的百万公里长的美丽轻纱在高速冲击下，碎成一群欢快舞蹈着的小小的等离子体旋涡……奇点炸弹掠过太阳后，亮度很快暗下来，最后消失在茫茫太空的永恒之夜中。

“我们险些毁灭了一个碳基文明。”参议员长出一口气说。

“真是不可思议，在这么荒凉的地方竟会存在3C级文明！”舰队统帅感叹说。

“是啊，无论是碳基联邦，还是硅基帝国，其文明扩展和培植计划都不包括这一区域。如果这是一个自己进化的文明，那可是一件很不寻常的事。”最高执政官说。

“蓝84210号舰，你们继续留在那个行星系，对3号行星进行全表面文明检测，你舰前面的任务将由其他舰只接替。”舰队司令命令道。

同他们在木星轨道之外的的数字复制品不一样，山村小学中的娃们丝毫没有觉察到什么。在那间校舍里的烛光下，他们只是围着老师的遗体哭啊哭。不知哭了多长时间，娃们最后安静下来。

“咱们去村里告诉大人吧。”郭翠花抽泣着说。

“那又咋的？”刘宝柱低着头说，“老师活着时村里的人都腻歪他，这会儿肯定连棺材钱都没人给他出呢！”

最后，娃们决定自己掩埋自己的老师。他们拿起锄头铁锹，开始在学校旁边的山地上挖墓坑。灿烂的群星在整个宇宙中静静地看着他们。

“天啊！这颗行星上的文明不是3C级，是5B级！”看着蓝84210号舰从一千光年之外发回的检测报告，参议员惊呼起来。

人类城市的摩天大楼群的影像在旗舰上方的太空中显现。

“他们已经开始使用核能，并用化学推进方式进入太空，甚至已登上了他们所在行星的卫星。”

“他们的基本特征是什么？”舰队统帅问。

“您想知道哪些方面？”蓝84210号上的值勤军官问。

“比如，这个行星上生命体记忆遗传的等级是多少？”

“他们没有记忆遗传，所有记忆都是后天取得的。”

“那么，他们的个体相互之间信息交流的方式是什么？”

“极其原始，也十分罕见。他们身体内有一种很薄的器官，在这个行星以氧氮为主的大气中振动时可产生声波，同时把要传输的信息调制到声波之中，接收方也用一种薄膜器官从声波中接收信息。”

“这种方式信息传输的速率是多大？”

“大约每秒1至10比特。”

“什么？！”旗舰上听到这话的所有人都大笑起来。

“真的是每秒1至10比特，我们开始也不相信，但反复核实过。”

“上尉，你是个白痴吗？！”舰队统帅大怒，“你是想告诉我们，一种没有记忆遗传，相互间用声波进行信息交流，并且是以令人难以置信的每秒1至10比特的速率进行交流的物种，能创造出5B级文明？！而且这种文明是在没有任何外部高级文明培植的情况下自行进化的？！”

“但，阁下，确实如此。”

“但在这种状态下，这个物种根本不可能在每代之间积累和传递知识，而这是文明进化所必需的！”

“他们有一种个体，有一定数量，分布于这个种群的各个角落，这类个体充当两代生命体之间知识传递的媒介。”

“听起来像神话。”

“不，”参议员说，“在银河文明的太古时代，确实有过这种个体，但即使在那时也极其罕见。除了我们这些星系文明进化史的专业研究者，很少有人知道。”

“你是说那种在两代生命体之间传递知识的个体？”

“他们叫教师。”

“教——师？”

“一个早已消失的太古文明单词，很生僻，在一般的古词汇数据库中都查不到。”

这时，从太阳系发回的全息影像焦距拉长，显示出蔚蓝色的地球在太空中缓缓转动。

最高执政官说：“在银河系联邦时代，独立进化的文明十分罕见，能进化到5B级的更是绝无仅有。我们应该让这个文明继续不受干扰地进化下去，对它的观察和研究，不仅有助于我们对太古文明的认识，对今天的银河文明也有启示。”

“那就让蓝84210号舰立刻离开那个行星系吧，并把这颗恒星周围一百光年的范围列为禁航区。”舰队统帅说。

北半球失眠的人，会看到星空突然微微抖动。那抖动从空中的一点发出，呈圆形向整个星空扩展，仿佛星空是一汪静水，有人用手指在水中央点了一下似的。

蓝84210号舰跃迁时产生的时空激波到达地球时已大大衰减，只使地球上所有的时钟都快了3秒，但在三维空间中的人类是不可能觉察到这一效应的。

“很遗憾，”最高执政官说，“如果没有高级文明的培植，他们还要在亚光速和三维时空中被禁锢两千年，至少还需一千年时间才能掌握和使用湮灭能量，两千年后才能通过多维时空进行通信。至于通过超空间跃迁进行宇宙航行，可能是五千年后的事了。至少要一万年，他们才具备加入银河系碳基文明大家庭的起码条件。”

参议员说：“文明的这种孤独进化，是银河系太古时代才有的事。如果古老的记载正确，我那太古的祖先生活在一个海洋行星的深海中。在黑暗世界的无数个王朝后，一个庞大的探险计划开始了。他们发射了第一艘外空飞船，那是一个透明浮力小球，经过漫长的路程浮上海面。当时正是深夜，小球中的先祖第一次看到了星空……你们能够想象，那对他们是怎样的壮丽和神秘啊！”

最高执政官说：“那是一个让人向往的时代。一粒灰尘样的行星对先祖都是一个无限广阔的世界。在那绿色的海洋和紫色的草原上，先祖敬畏地面对群星——这样的感觉我们已丢失千万年了。”

“可我现在又找回了它！”参议员指着地球的影像说。它那蓝色的晶莹球体上浮动着雪白的云纹，酷似一种来自祖先星球海洋中的美丽珍珠，“看这个小小的世界，它上面的生命体在过着自己的生活，做着自己的梦。对我们的存在，对银河系中的战争和毁灭全然不知。宇宙对他们来说，是希望和梦想的无限源泉。这真像一首来自太古时代的歌谣。”

他真的吟唱了起来。他们三人的智能场合为一体，荡漾起玫瑰色的波纹。那从遥远得无法想象的太古时代传下来的歌谣听起来悠远、神秘、苍凉，通过超空间传遍了整个银河系。在这团由上千亿颗恒星组成的星云中，数不清的生命感到了久违的温馨和宁静。

“宇宙的最不可理解之处在于它是可以理解的。”最高执政官说。

“宇宙的最可理解之处在于它是不可理解的。”参议员说。

当娃们造好那座新坟时，东方已经放亮了。老师是放在从教室拆下来的一块门板上下葬的，陪他入土的是两盒粉笔和一套已翻破的小学课本。娃们在那个小小的坟头上立了一块石板，上面用粉笔写着“李老师之墓”。

只要一场雨，石板上那稚拙的字迹就会消失。用不了多长时间，这座坟和长眠在里面的人就会被外面的世界忘得干干净净。

太阳从山后露出一角，把一抹金晖投进沉睡着的山村。在仍处于阴影中的山谷草地上，露珠闪着晶莹的光，可听到一两声怯生生的鸟鸣。

娃们沿着小路向村里走去，那一群小小的身影很快消失在山谷淡蓝色的晨雾中。

他们将活下去，为了在这块古老贫瘠的土地上收获虽然微薄但确实存在的希望。

高塔下的小镇

进化的重担

刘维佳

一天的劳作终于结束了。我从麦田里走出来，小心地坐在田垄上，从陶罐里倒了满满一大杯凉水，敞开喉咙痛快地喝下肚去。清凉的水顿时消除了劳作造成的燥热。我伸展四肢使劲伸了个懒腰，深吸一口气将胸膛撑得鼓鼓的。吐出热气，我感到那种劳动过后特有的舒适感正在从身体的深处慢慢向全身渗透。

结实的麦穗在轻风中摇荡出奇妙的波纹，滚滚麦浪令我感到赏心悦目。风儿将麦田的清香和泥土的热烈气味拂入我的鼻孔，我怀着吝啬的热情，一点点享受着它们。又是一个丰收年啊，地里呈现出一片生机勃勃的健康绿色，每一茎麦穗都沉甸甸的。我感到极大的满足，快乐如同热热的泉水在我全身迅速流动。

马上就要大忙特忙啦。收割麦子是头等大事，也是最累的，之后得赶在商队到来之前把麦子打出来。先将那份与口粮数量相等的应急储粮交到围绕着高塔塔基建造的半地下式公共粮仓里去，然后将口粮储存到自家地窖的大瓮里……每次麦收后不多久，商队成群结队而来。这时可以用富余的麦子和上年用余粮酿的酒来与商队交换所需要的物品，诸如布匹、奶酪、金属工具、调味品等等。最令人惊叹的是发达地区所制造出的种种东西：比如计时的钟表、效力极强的医疗药品、高效肥料之类……贸易会结束，还有得忙：家里果树上的果子要收获下来并制成果酱或果干，菜地里的蔬菜成熟了要收获储藏，沼气池也要清理，将发酵后的残渣掏出还田，再将切碎的秸秆撒进去，为家禽牲畜准备过冬饲料……这一切都是我和父亲的责任，而母亲则要为我们做饭，缝制、洗涤衣服……一年到头也累得够呛。在我们这小镇，男人们的力量化为汗水洒在了泥土里，女人们的青春在操持家务和养儿育女中消磨了……这就是生活，我们必须付出一生的艰辛才能维系它的正常存在，镇上的四千个家庭都是这么过的，这种忙碌却自给自足、乐在其中的生活已经持续了……三百多年啦。

我将头使劲向后仰，观望我们这小镇的保护神——高塔，白色的圆柱形的高塔宛如一柄长剑，插在蓝色的天空中。

就是它保卫着我们的这种生活。这座一百多米高的白塔是三百多年前我们祖先修建的，真该感谢他们的远见。当年他们这群救生主义者认定世界性的毁灭战争已不可避免，于是选中了这片土地，修筑了藏身之所，尽可能地储存了物资，为将来能在战后混乱的世界上生存下去而做着准备。大战过后，劫后余生的他们立刻着手修建这座久经他们设计验证的高塔。至于那一场疯狂战争的爆发原因，已经随着早已崩溃了的文明消失在了时间的洪流中，搞不清了，也没人关心了……据说极为辉煌的过去现在已无人愿意问津，但是先辈们所说的一句话却穿透时空完完整整地保留了下来：“生活理应是轻松而幸福的。”

最后，历经千辛万苦，这座白色的高塔终于坚固稳当地站立在了镇子的中央，于是他们终于拥有了一个世外桃源，可以在这乱世之中安全地生存下去了。这是因为在高塔之顶的圆形望楼里，有一台能摧毁一切的制造死亡之光的机器，还有一双昼夜观察监视四周情况的不知疲倦的眼睛。高塔履行使命的原则很简单：以塔基为圆心，方圆半径五千米以内即为禁区，外来者进入即杀!

高塔的威名如今已远播四方，路过的旅人无不敬畏地绕道远行，但每年总还是有那么一些笨蛋有意无意地置高塔的原则于脑后，结果无一例外地被死光劈杀。他们中有些人确实不是存心来碰运气的，这些人死得稀里糊涂，但高塔是不管你有何理由是否冤枉的，它铁面无私冷酷无情，只知进者必杀！正因为如此，每年贸易会的情景甚是有趣：双方聚到那道一米宽一直不能长草的“生死线”旁，互相展示各自的货物，彼此展开砍价战。买卖谈成之后，双方各自向对方抛出绳索，将对方的绳索系在自己的货物上，然后彼此一起同时将对方的货拽过来。交易一般很公平，据说很久很久以前发生过几起奸商拿了我们祖先的粮食却又耍手腕把已卖出的货物又拽了回去的事，不过这种事已经久远得成了传说，因为那些奸商都被我们的祖先击毙了，从此再无人敢贪这种小便宜。至于我们，从来没有耍过赖，因为多余的粮食在我们这里并没有什么用处，不用于交换就只能任它烂掉。

我举目环视这片我们世代生存的土地，只见目力所及之处全是一望无际的麦田和草地，就在这横无际涯的绿色海洋里高塔保护着一个直径一万米的伊甸园。说到选址问题这里实在妙不可言。土质就没得说了，水也不成问题，随处都可以打出井来，并且还有一条小河横贯小镇。有了这两样，生存就有了保障。这里的自然条件也很好，灾祸很少，地质构造也稳定，使我一直没感受到传说中的地震的可怕。

以高塔为圆心半径约九百米之内，是居住区及仓储区，那儿每户都拥有一座配有牲口棚、沼气池和地窖的两层住房，人们就在那儿一代又代地重复上演人类的生存之戏。居住区外是耕种区，田地一律每人五亩，绰绰有余了。介于居住区和耕种区之间的是果树林带，每户都拥有果林的一部分。我们所需的生活资料绝大多数都由田地和果树提供，当然，你得凭力气去换取。

我躺在被阳光晒得热烘烘的土地上，双手枕在脑后，仰望没有一丝云彩的蓝天，满眼温柔的蓝色令我惬意地微笑起来。我很高兴，我很快乐，因为我有力量换取幸福的生活。我从小就随父亲操持农活，两三年前我就是公认的一流种田高手了，而在这里只要能种好田，生活中就不会再有恐惧、忧虑以及压力了，所见到的将只有明媚的阳光……我的心脏开始发热。我知道当情感袭来之时理应好好利用它，于是我随手扯了根草叶叼在嘴里，将思绪移到了水晶的身上，回忆着，思索着。

我很爱水晶，因为我一直觉得她是个特别与众不同的女孩儿。我们从小就和许多孩子在一起扎堆儿玩，水晶总是吸引着我的视线。我常常专注地看着她，一看就是好长时间，而别人干什么我都不在意，除非与她有关。我很早就问自己这是为什么。水晶确实漂亮可爱，但她独有的魅力显然并非源自容貌，她所发出的魅力可以轻易直达我的心灵最深处，使我怦然心动，而别人谁都不行。我不明白这是为什么。

后来经过认真的观察和分析，我渐渐地发现这女孩最大的特点，是她的感觉力和想象力超群，她可以轻易地从世间的万事万物中将美信手拈出，仿佛小至草叶露珠大至蓝天云朵，其背后都蕴藏着妙不可言的美好世界以及撼人心魄的浪漫故事。这个世界攫住了我的心，令我无限向往无限留恋。所以，我一见到水晶，心跳就不规则起来……我渴望能一直和她在一起，因为那样我才能完全拥有一个美好的世界。若能娶到这样的女孩子，我这辈子还奢求什么呢？我无比真切地意识到：我爱她，无论如何，我一定要让她成为我的妻子……为此我想尽办法接近她。

……情绪高涨了片刻之后趋于低落，苦恼占据了我的心。这两年来，我和水晶之间出现了危机，这让我苦恼，然而她却没有意识到，因为这危机的根源，就是她的理想。我非常爱她，所以我尊重她的理想，于是这两年我尽力忍耐着，一直没去尝试向她摊牌。结果这两年我是在焦躁不安和惶恐的陪伴下度过的，而且危机还在扩大，我不知该怎么办，时间似乎已不多了……

我双手撑地站了起来，吐掉嘴里苦涩的草叶，握紧了拳头。我决定了：去向她摊牌吧，勇敢些，别再犹豫了。我只有全力尝试劝说她放弃她的那个理想，这是我避免失去她的唯一机会。

每一次从田里回到居住区，我都可以看见小镇的心脏——广场。我凝视着此刻几乎空无一人的广场，脑中浮现出了农闲时或节日里这儿举行歌舞集会时的热闹场面。那时镇长会取出那个神奇的黑匣子，播放歌曲给我们听。只要将那些光闪闪的碟片儿放一张进黑匣子，它就能播出几十首歌曲，当然，还得有高塔提供的电才行。从小我就喜欢听那些歌儿，喜欢得直想掉眼泪。那些歌儿都是我们祖先的那个文明创造出来的。虽然大部分歌曲所用的语言在今天早已消逝，我们不可能再理解它们所表达的意义，歌中流淌着的是我们不知道的故事和不曾拥有的人生体验与感觉，这令人感到怅然和伤感。但是，它们的旋律能引起我全身的每一个细胞的共振，使我能抽象地感觉到它们的存在。这些歌曲具有和水晶类似的力量，可以唤起我心中的美好情感。

将目光从广场收回来之后，我踏着居住区平整的石板路面向图书馆走去。

五米宽的街道干净而整齐，右边是最里层的住户，左边就是环绕着塔基修建的仓库之类的公共建筑，图书馆亦在其中。水晶此刻很可能就在图书馆里埋头苦读。水晶可不是那种什么也不懂的傻乎乎的天真少女，她是一个将知性与感性和谐地集于一身的女性，从小就爱看书和思考。

我轻轻推开阅览室的木门，木门“吱”的一声为我而开启。

室内空无一人，老旧的桌椅还算整齐地摆放着，大多数上面都躺满了灰尘。现在仅靠父辈言传身授即可轻松应付生活，谁还耐烦看什么书？只有那些天性不安分的人才来这儿消磨时间，水晶就是其中的一员。就是这间不太大的房子占去了水晶那短促生命中的很大一部分时间。这图书馆里堆着数千本书，每一本中都充满了疑问，也许我们要再过三百多年才能知道答案，水晶她又何必坚持这种无望的探索？水晶的问题就在于她的心灵无法安分守己，想得太多了。要知道，宇宙广袤无垠，世界复杂无比，试图把一切问题都琢磨透，只会自讨苦吃。这丫头……

我静立于悄寂的阅览室中，凝视着从窗口射进来的光柱中浮动的灰尘粒子，耳朵捕捉着楼上的声音。一分钟后，我认定此刻没有人在图书馆里借书，那么她一定是在望月那儿听他“传教”了。这让我很不高兴。我不愿意到望月那儿去，但此刻也没别的什么办法。于是我退出阅览室，轻轻关上木门，向果树林子走去。

望月的演讲会，全镇闻名。他总是在果树林子的固定地点不定期地举办这种演讲会，宣扬着一个异常危险的思想，那就是：我们应该跨过那道“生死线”，到外面的世界去！

望月这个人，可以说是全镇年轻人的首脑。他从小就是个野心勃勃、喜欢哗众取宠的人，总是在竭力谋求着在孩子们中的领袖地位，他不能忍受谁给予大家的印象比他还深刻。平心而论他还是有些天赋的领导气质的，所以半大不小的时候他身边就聚集了一批一摸猎枪就热血沸腾的少年。这伙人厌恶种田，整天跟随望月扛着枪在镇子的闲置地里四处射猎，把野兔狐狸和各种飞鸟打得浑身是洞。

我不理解他们，我对枪和杀害小动物都没多大兴趣，对我而言种麦子要有趣得多，看着麦苗一点点长高并最终结出饱满的颗粒可以令我获得相当的成就感。不过那时我对他们也仅仅只是不理解，还不怎么厌恶。

等望月在演讲会亮出了他的主张之后，我对他的厌恶情绪一下子涌了上来。他荒谬危险的主张令我震惊，而他讲得天花乱坠的理由又令我恶心，我知道他真正的动机是什么，他在撒谎。我觉得这人心理十分阴暗。

然而不幸的是，水晶居然赞同他那荒谬绝伦的主张！

两年前的某一天，水晶突然异常激动地向我宣称她的思考有了重大突破！她说她发现了我们这镇子的不正常、不自然的地方，即：我们的镇子居然可以不进化！那段时间，她像着了魔似的一有所悟就向我陈述这镇子没有进化的具体表象：三百多年来，小镇上的生活几乎完全没有变化，商队带来的商品品种越来越多，可我们只有粮食；这小镇没有历史，每一年都没有什么不同，人们昆虫一般生存和死去，什么也没留下，没有事迹，没有姓名，没有面目，很快便被后人彻底忘却……镇上的人口很早就恒定不动了，一切都和谐无比，尤为奇妙的是没有一个人违背清苦淳朴的民风放纵自身的欲望……她说小镇与整个世界很不谐调，说我们的小镇已经凝固在时间的长河里了……

于是我花了很多时间仔细琢磨进化的涵义。但凡水晶所关心的问题，不管我是否赞同，我想我都应该至少努力弄懂，因为这将有助于我了解她。可在我尚未彻底领悟之前，她就已经和望月走在一起，加入了他的团体，开始为将来的出走做着准备。这让我惊恐和焦虑。不论是谁，一旦跨过了那道生死线，就再也不可能回来了。高塔是分不清进入者究竟是不是在镇上出生的土著居民的，反正只要是从生死线外面进来的统统格杀勿论！小镇建成三百多年来，还从未有一个人走出去过。但现在许多年轻人都赞同望月的主张。我无法理解他们那要出去的强烈愿望，我无法像他们一样轻松地视那铁一般的禁忌如无物，每次靠近生死线，我就不寒而栗，我害怕失去我的土地、我的麦子和我自食其力的生活。

刚进果树林子，我就听见了望月的声音，真令人讨厌。就是这个人偷走了我的水晶。他还在撒谎："……我们浪费了多少时间和机会了？三百多年前，大战刚刚结束之时，这颗星球上星散着成千上万的文明残余势力，可现在它们大部分都消失了。大的文明势力吞并小的文明势力，这乃势所必然，是铁的规律！将来的世界必定将为它们其中的某一个所独占或被几方瓜分。创造历史的只可能是强者，弱者只能充当铺路石……我们本来是有机会加入强者的行列甚至凌驾于其上的！当初我们的基础相当好，有六千人，还有大量的武器、机械、优良的粮食种子，这些资本本可以供我们迅速扩大居民人数和势力范围，但祖先们却将它们消耗在了这座莫名其妙的高塔上。这是一个极大的错误！祖先们只看到了乱世之中安全的重要性，却完全忽视了发展！真是可惜！要知道，在这个世界上若想不被别人吞没，只有拼命发展、壮大，抢先吞并别人！这片平原的面积起码是我们这小镇的一百倍，如果当初一开始就放手发展的话，现在我们的势力早遍布这片平原了，人口起码也有三四十万了，这样我们将成为这颗星球文明复兴过程中的一股不可轻视的力量，我们将成为历史的一个重要部分！可是看看我们的现状吧：苟且偷安，用压抑发展来获得安全。这是没有出路的！若不迈出这镇子，我们就注定只能是一支无关紧要的弱小势力，不可能有大作为，只能处于整个世界的风云变幻之外，听任潮流的摆布。最好的境遇，也不过像块石头似的待在原地，被时代越抛越远……这就是我们的命运。你们甘心成为历史大潮中的一颗无足轻重的小石子吗？如果你们不愿意这样，那就请跟我一起走出这没有前途可言的小镇，到外面的广阔天地中去！请相信这是我们得救的唯一途径。高塔总有那么一天将不能保护我们，那时肯定将是我们的末日！这种时刻可能很久才会降临，也可能一分钟之后就会发生！时间无比珍贵！让我们马上行动吧！我们先要在平原上站稳脚跟，然后发展、壮大，建立军队，向外扩张、占领、征服、攫取……”

他说到这儿时，我已经坐到了水晶的身边。她乌黑的长发披散在双肩上，亮闪闪的眸子格外漂亮，可惜我从未彻底知晓这一泓秋水之后所隐藏的一切。

于是我用右手轻轻拍了拍她的右肘。“走吧。”我凑近她的耳边轻声说。

“他还没讲完呢。”她说。

“几年来他一直讲的就是这些个玩意儿，你还没听够啊？走吧，我有话跟你说，很重要。”我撺掇着。

她低头犹豫了一下才说："那好吧。"说完她就马上站起身来。这女孩从小就是这样，说得出做得到。

我急忙也跟着站了起来。这时我看到望月的目光向我们移来。于是我面带微笑冲他潇洒地挥了挥手，说："您慢慢忙着。"在转身的最后一瞬我注意到了望月眼中一闪而逝的不悦之色。我努力克制着不让自己笑出声来。我喜欢看他眼中的这种神色。

走出果树林，阳光又将我们笼罩。天边的云彩鲜艳得直如节日舞会上的鲜红果汁。有水晶在我身边，夕阳的气势令我无法抵挡，我心旷神怡，认为天堂之门已为我开启。我看着身边微微低头随我一同前行的水晶，只觉得她美得令人头晕目眩。夕阳的鲜红光芒笼罩中的她，宛如正在火中行走的仙女。我觉得此刻我就是在天堂中漫步，我真想和她一直走下去，永不停步！

水晶的问话打破了这美好的寂静："哎，你想说什么啊？"

是啊，我想说什么呢？我想说，我很爱你啊！我想说，放弃你的理想，嫁给我吧！可我没有胆量这么直截了当地说。

十秒钟后，我找到了话题："你觉得望月讲得怎么样？"

"不错。"她说，"他的口才很好，年轻人都爱听，说的也很有道理。"她的口气比较随便，听起来她似乎对望月并没什么特殊的感情，这让我高兴。然而她仍然赞同望月的主张，这又让我着急和害怕。

"你们真的……要走吗？"踌躇了一阵我终于小心翼翼地问，"我是说，你们真的要离开这镇子吗？"

“是啊，”她随口回答，口气就好像这事如同日出日落一般理所应当、势所必然。

“为什么？为什么一定要走？这镇子不好吗？”我说，“你们为什么不喜欢这里的生活呢？为什么要抛弃小镇？”我将这两年来一直萦绕在心头的不解与迷惘向她倾诉了出来。

“因为它不能进化。”她干脆利落地回答。

“为什么一定要进化？”我立刻追问。

“因为整个世界都在进化，一切的一切。我们作为其中一部分，没有任何理由拒绝进化，对吧？”

她说得似乎合情合理，我的脑子转得又不怎么快，一时只好沉默。

“在这个不正常亦不自然的镇子上生活，我们真的能无忧无虑没有烦恼吗？”她目不转睛地凝视着我的眼睛，那黑幽幽的瞳仁宛若深不可测的深渊，“这镇子唯一的失衡之处，就在于我们的心理。在小镇日复一日千篇一律的生活中，我时常感到心慌意乱，经常因为空虚而伤心。我眼睁睁看着时间一天天地流逝，生命一点点地离我远去，而我却连自己为什么而生又为什么而死都弄不清，只能浑浑噩噩地混日子，消耗生命，这让我一想起来就惊恐不已。为了找到生命的意义，我一定要走出去！”她很动感情地大声对我说。

“可是你能肯定出去之后一定能找到你所渴望的那些东西吗？”我低声说，“或许你什么也得不到，只是徒然地失去了一切！这值得吗？”

“我可以肯定我一定能找到一样我们这儿没有的东西。”她说。

“什么？”

“希望。”她说，“我们的镇子里没有希望。不进化就没有未来，一成不变的生活将一直持续下去，最终的结局就是望月所说的高塔不再保护我们……有了希望就有了一切，可我们这儿却没有希望……”

“可这儿也没有绝望！”我大声说，“别听望月的胡言乱语，那个最终的结局离我们还极其遥远！这镇子还有足够的存在时间供我们度完余生，至于我们死后的事，已与我们无关，我们何苦惶惶然不可终日？外面是一个凶险的世界，以邻为壑就是那儿的人们最基本的生存原则，在那里人们互相伤害，纷争无休无止，一切都纷乱不堪。这也叫有希望？你没听过商人们所讲述的那些故事吗……”水晶的头缓缓低了下去，看上去这是因为她在心中无法否定我所说的事实。这让我倍受鼓舞。

“水晶！”我乘胜追击，“不要再考虑什么意义不意义了！意义那玩意儿纯属子虚乌有，千万别被它迷了心窍……你不要再和望月那帮人搅在一起了。那混蛋讲得倒是天花乱坠、头头是道，但他在撒谎！我知道他真正想要的是什么，他才不在乎什么进化不进化、意义不意义，他真正要的是权力！是的，权力！我们这小镇上没有权力，社会是靠成年人自觉克制自身欲望来平衡和维系的，镇长只是可有可无的东西，这里没有真正意义上的权力。而望月这人的权力欲又特别强，所以他才狂热地鼓动大家出去，一出去他就可以为所欲为了。你没听见他要干什么吗？他要征服要掠夺要扩张要杀戮！天哪，你怎么能追随这种人？他不是你志同道合的朋友——”

“这不重要。”她平静地说，“每个人心中都有属于自己的理想。我追求生命的意义，望月追求权力，别人也许在追求着别的什么东西……各人的具体理想都并不重要，重要的是我们大的目标一致，那就是走出这镇子参与进化。眼下这个目标最重要，为了拥有足够的勇气与决心，我们必须相互依靠相互激励。只要一出去，我们就都能找到实现各自心中理想的希望了……”

“那我呢？”我脱口而出。

水晶怔怔地望着我的眼睛。

“你走了，我怎么办？”我不想再拐弯抹角了，“留下我一个人孤零零在这儿，对我公平吗？水晶，你想过我吗？你在意过我吗？我……我是多么爱你啊！几年前我就意识到这一点了。每一次见到你想到你，我的心都直发颤，就是这种感觉，错不了的……别走，留下来吧……和我一起生活……嫁给我吧！我、我会种地，我是一流的种田好手，我能让你过上轻松幸福的生活……”我不能再说下去了，因为我的双唇和牙齿在剧烈地颤抖，全身也抖得厉害。

但是水晶却垂下了双眼，我看见她的双颊开始泛红。我们之间陷入了沉默。这时夕阳开始缓缓没入地平线，黑夜的影子已悄然显现。

良久，她缓缓抬起了双眼："阿梓，谢谢你送我回家。"

她就这么走了，头也不回地走了。她的身影很快消融于浓重的暮色之中，看不清了，不见了……她走了之后好久，我仍旧伫立在原地，望着她身影消失的地方。时间仿佛已经死去，我的思维凝滞了，全身不能动弹。这种状况一直持续到黑夜彻底占领大地，家家户户的窗口灯光摇曳的时候，我才如梦方醒。我索然无味地呆立了一阵子，终于迈动沉重的双脚，向我的家走去。

一转眼麦收时节到了。

这是段忙碌的日子。家家户户的主要劳动力都得手挥镰刀汗如雨下地下田收割；而女人和老人则要在家忙着烧水做饭清理晒场修理农具，搞好后勤。每一个人都忙得不行，时间是不等人的，迎接商队可以说是一年中的头等大事。然而我爱这段日子，爱这种充实的劳累，以及期盼商队的兴奋。

商队的到来，带给了我们缺乏的盐、油料、洗涤用品、布匹之类的必需品，还有许多构思精巧可以帮我们在生活中投机取巧但却并非必需的奢侈品，同时，也带来了一个惊人的坏消息：北方的"黑鹰"部落由于今年遭遇罕见旱灾，整个部落有组织地集体南下，准备以劫掠农庄和城邦来渡过难关。他们已经荡平了两个村庄，初步实现了自己的愿望……像这样红了眼豁出去了的流浪部落，即使是强大的城邦也惹不起，他们就像瘟疫一样，谁碰上谁倒霉。

然而令我们吃惊的是，商队明确无误地告诉我们，这个黑鹰部落对我们这个小镇兴趣最浓厚！

同样令我吃惊的是镇上的长辈们似乎对这消息无动于衷，他们依旧若无其事地干活、吃饭，和商人们砍价、交易。我知道他们见过更大的场面，但是我没有，我想象着漫山遍野饥饿的人群冲过来的场面，心里直打鼓。

这支商队走后，一直没有新的商队到来。小镇在平静安闲之中打发了12天的时间。这期间人们不紧不慢地各忙各的，似乎完全忘了有可能逼近的危险。镇长甚至举办了两次歌舞会，像往常那样用娱乐来调剂小镇单调的生活气氛。这两次集会我都去了，依然在震撼人心的歌声中尽情享受着生存的幸福。但是到会的年轻人明显减少了，水晶也没有露面，对我而言舞会上没有水晶气氛就平淡了许多。

第13天，随着初升的朝阳，远方的地平线上出现了黑压压的人影。

不一会儿居民区的街道上就站满了人，人们翘首等待着塔上拥有望远镜的观察员通过广播传达的观察结果。

随着黑鹰部落一步步逼近，有关他们的基本情况也逐渐清晰了：这个部落人数在26 000人左右，最前方是约1 000名壮年男子，均全副武装；中间是由牲畜或人力拉拽的辎重车辆和妇女儿童以及部落主力武装；最后又是1 000武装男子。以他们的前进速度，下午4点左右即可抵达生死线。值得注意的是，这个部落中老年人不多，看来他们已经妥善处理了这些“拖后腿的包袱”……

镇长的命令下来了：全镇成年男子全部自备武器前往各家的果林区，组成最后一道防线，以防万一。

上午的剩余时间里，我和父亲在家中仔细擦拭我们家的那两支猎枪上的黄油。

黄澄澄胖乎乎的子弹油腻腻的，给我的感觉很陌生。因为我这辈子只打过三发子弹，而且还是父亲装填好了的。枪在我们这儿的用途只是打打鸟雀小兽，再不就是用来作为与商队交易时的公平保证，能派上用场的机会不多。

父亲擦枪时沉默不语，我从他眼中看出他并无恐惧之情，而是心中另有什么复杂的感情。我想问问他，却又不知该从何说起，遂作罢。

母亲则在忙碌地为我们制备干粮和饮水，她在竹篮里放了果干、咸肉、奶酪、熟鸡蛋，水罐里也撒进了薄荷，父亲的酒壶里装上了最醇厚的陈酒。在她看来我们好像只是去野餐似的。

准备停当，我和父亲背上猎枪和子弹袋，他提着酒壶水罐食品篮，我背上卧具，向果树林子走去。

这真是热闹非凡的一天。阳光明媚和煦，街上到处是身背猎枪手提食品的男人，家家户户的厨房都冒出腾腾热气，孩子们爬上自家楼房的天台，一边咬着蘸了蜂蜜的麦糕，一边好奇地望着远方模模糊糊的人群。小镇的空气中弥漫着过节一般的气息，天呐，我喜欢这热闹的场面和这种节日般的气氛。

从下午4点开始，黑鹰部落的成员们渐次抵达生死线，他们有条不紊地在那里扎下营来。

黄昏时分，一道道的炊烟从对面的营地里升起，在天边鲜艳的晚霞映照下，这道景致竟是那么动人。我怔怔地凝视着这画一般的美景，一时间竟忘乎所以到了丧失时间感的地步，只觉得仅一刹那工夫，天色就黯淡下来了……

寒森森的月亮升起来了，猎枪在我的怀里散发着寒气。今天我所见到的景象已烙在了我的脑海中，我爱今天小镇节日般的气氛，也爱傍晚时分在夕阳金辉映照下被如雾的炊烟笼罩着的部落人群，这样的美使我分外留恋生命，害怕死亡。我不能理解即将发生的冲突的必要性，我不明白黑鹰部落为什么要来进攻我们。依水晶的说法，我们与他们唯一的不同，就是我们不必进化而他们仍在进化……进化究竟是一种什么样的感受?

一连串的爆响骤然响起，明亮的绿色死光划破夜空连续闪现！我头皮一炸，神经质地甩掉羊皮毯跳了起来，端起猎枪紧张地扫视四周。但月光笼罩的大地一片寂静什么也看不清，除了残留在视网膜上的死光的余韵。

“怎么回事？”父亲略带紧张的声音从我身后传来，他也被惊醒了。

“没什么，高塔发射了几道死光，除此看不见什么动静。”

我故作镇定地说，竭力克制着刚才的惊悸造成的颤抖，我现在已经是个成年男人了，得像个样子，我不想永远做个孩子。

“喔，他们想趁夜暗摸进来……这可大大地失算了。高塔夜里照样看得见，白赔几条人命罢了……”父亲一边说一边重新躺了下去，不一会儿又睡着了。

我深知他此言不差。没人进来的话，高塔绝对不会发射，而高塔从来都是百发百中的，生死线之内现在肯定躺着不少尸体。

下半夜和父亲换班之后我很困了，再加上高塔大大增强了我的安全感，我很快就沉入了梦乡。

天亮后，母亲送来了早饭，看着我狼吞虎咽的样子慈祥的爱意充满了她的双眼。母亲的关怀和热乎乎的麦糕令我分外留恋平常的普通日子，我真希望昨晚的那几个送死的人能令黑鹰部落认清现实，从此知难而退，这样那些人好歹也算没白死。

然而他们显然有不同的看法，九点钟的时候他们开始了新的行动。他们居然将一门长身管的火炮推到了生死线的边缘上，炮口指向高塔。我通过图书馆的书对这种凶器有过初步的了解，而我们高塔上的那门电磁大炮在驱散冰雹云时的精彩表演更使我对这种武器的可怕威力有了直观的认识。我知道这东西发作时声如雷鸣，弹着处断壁毁楼，破坏力极大。真不知他们是从哪里弄来了这种野蛮的物什？

正惊异间，只见那门大炮炮口火光一闪！

几乎就在同时，一道绿光也在空中闪现了一下。

于是有什么东西在空中猛然爆炸了!

弹片噼里啪啦地打在已收割后的田里，溅得尘泥飞散，那情景犹如雨点打在小河河面上。一会儿之后，爆炸声传来，虽然声音已不算震耳了，但其凶猛的气势未减，仍能向我们展示出暴力的可怕。

紧跟着死光射出，火炮那儿立时腾起几股白烟。向小镇抛射高塔认为其速度超过安全标准的物体也违犯了高塔的安全原则，高塔可以采取措施消除危险源。

之后那门火炮再也没有发射，极可能再也无法发作了。

直到天黑他们再没什么新的动作。高塔连他们这样的王牌手段都轻易化解了，可能他们已无计可施。

连续三天，黑鹰部落毫无动静地待在那儿，并不想法进攻，但却也不走，不知他们还想干些什么。

第四天中午，高塔上的那一门电磁大炮突然发作了!

炮弹打在生死线之内，着地时并没有爆炸，而是深深地扎入了地下，片刻之后，爆炸才发生。那场面犹如火山爆发一般，黑色的烟尘和着泥末儿腾起三四十米高，煞是吓人。

“原来他们想挖地道从地下钻进来。”父亲望着正在散去的尘泥说，“这没用，躲不过高塔的眼睛，以前早就有人试过了。”

“如果加大地道的深度呢？再挖深些也许就行了，我不相信高塔的眼力没个止境。”我说。

“这是不可能的。小镇的地下水脉纵横，加大深度极易造成塌方。这镇子从地下是无法攻破的，淹不死压不死的除外。”父亲说。

我默然望着尚在冒烟的爆炸点，心想不知又有多少人断送了性命。

接二连三的失败并未令他们死心，翌日清晨，他们又亮出了新招数。

这一回他们挑出了100个成员，让他们一字儿排开列在生死线旁。

不久观察哨报告说那100人全是老人。

父亲神色凝重，一言不发地掏出了祖父传下来的机械怀表，紧张地望着那些人。

猛可地，一个骑着马的人手中的步枪朝天喷出一股白烟，那一百人竟然立刻冲过生死线狂奔起来！

绿色的死光冷静地连续闪烁，奔跑中的人一个又一个倒下。倒下的全死了。这是我第一次亲眼看见活人被剥夺生命。我感到寒冷。我克制着不让自己颤抖。可其余还活着的人仿佛没有看见一般只管埋头狂奔，似乎他们有绝对的把握可以冲入居住区似的。

然而事实证明他们纯粹是在自杀，他们一个不漏地全被死光放倒在了地上。

“25秒。”父亲合上怀表盖轻声说，他脸色苍白。

“他们这么干是什么意思？纯粹送死嘛。”我不解地问。

“他们想弄清高塔杀人的速度有多快……”父亲双眼直勾勾地望着已经空无一人的麦田回答，“但愿他们不要……但愿……”他喃喃地说。

我低头盘算着。杀100人要25秒，1秒钟是4个人，从生死线到果林不足4 000米，一个人跑步大约只需要十七八分钟，就算20分钟吧，20分钟是1 200秒，这期间高塔只能杀死4 800人，算5 000人吧，也还不及他们整个部落的零头……我的脸也白了。

空气骤然紧张了起来，人们不安地张望着，双手不离自己的猎枪或者砍刀。

对面的黑鹰部落也蠕动不已，人员调动频繁，明显是大行动的征兆。

下午4点，灾难降临了！

随着一阵海啸般的呼喊，早已集结好了的人群向我们小镇发起了冲击！洪水般的人浪席卷过来，排山倒海一般，令人毛发倒竖！

不过高塔显然对此无动于衷，绿色的死光准时闪现了起来。令我意外的是，好几道死光竟是同时闪现的，高塔在四面开火：原来它的火力发射点不止一个！

狂奔中的人们如同镰刀下的麦子一般连连倒下。冲在最前面的是妇女以及仅存的一些老人，他们的使命就是死，黑鹰部落用他们来吸引高塔的火力，争取时间。在他们的后面，才是主力壮年男子。

他们的打算无可指责，就战术来说确实是明智之举，但是不幸他们在战略上彻底错了，他们实在不应该进攻我们的。因为高塔现在不仅在四面开火，而且它的杀人速度远不止1秒钟4个人，大约达到了1秒钟10个，并且还在逐渐提高效率。看来高塔是具有分析判断能力的，它可以视情况决定自己的行动。而那些人却不知道这一点，太可怕了！现在一切都无可挽回了，大错已经铸成！

高塔的杀人速度现在大约已提高到了每秒30人左右，密集的死光犹如一张绿色的大网，罩在小镇的上空。

看似不可一世的人浪此刻如同撞上了礁石，生命的脆弱现在暴露无遗：1/30秒而已。似乎还嫌火力不足，那一门电磁大炮也加入了杀人的行列。它一炮又一炮地打在人群的纵深，帮助减轻压力。炮弹在离地面十来米的空中爆炸，以最佳杀伤效率用飞射的弹片将大片的人割草般砍倒。我能看见翻滚着飞向天空的头颅和手臂……

急风暴雨般到来的死亡以前所未有的力度冲击着我。我仿佛遭到了严冬酷寒的突然袭击，身体、灵魂、思维一起被冻住了，以至于我做不出任何反应，因而也没有任何感觉。

令人不可思议的是，明明已经完全没有了冲进居民区的任何希望，他们却仍然疯狂地继续冲击着。人浪缓慢地向镇里流动，但不等冲到一半的距离这人浪的能量就将笃定耗光。这些人此刻似乎丧失了正常的分析判断能力，而完全被一种莫名的力量所控制，令他们对死亡麻木不仁、无动于衷。但在高塔的面前，这种顽强也是没有意义的。只见绿光闪处，死者层积，黑鹰部落群的规模急剧缩小……

终于有人开始恢复自我意识，感觉到了恐惧，他们开始回转身向外面跑，但在跑出生死线之前，向前冲和往后退并没有什么不同。

我扭头望向父亲的脸，想了解此刻别人的感受。我看见父亲的脸色苍白得像天上的云朵，但他的耳朵却奇怪地变得通红，似乎血都流向了双耳。

恐惧终于彻底感染了所有的入侵者，人浪的彻底大退潮开始了。但高塔似乎并不打算减低效率。人们依旧在成片倒下。只是电磁大炮安静了下来。

这时我有感觉了。这是一种非常奇怪的感觉，它既像是令我直欲燃烧的火热，又像是将我冻彻骨髓的酷寒，总之难受得厉害，简直无法忍受。

等到高塔的死光发射频率开始下降之时，生死线之内的人影已经稀稀落落了。

逃得了性命的人木然地站在生死线边缘，一动不动地看着自己的同胞哭着喊着奔跑或倒下。他们没法帮助线内的人。

当生死线之内的最后一个人倒下之后，死一般的沉寂降临大地，我们和外面的幸存者都陷入了凝滞状态。空气中飘荡着空气电离之后的辛辣味道。

隐隐地，我听见了一种微弱的声音，它细若游丝但却又令人不能忽略它的存在。

终于，我听清楚了，那是哭声，是从外面传来的幸存者们的哭声。那哭声分外悲切，我从中听出了生还者对死者的哀悼，还有对自己的怜悯。他们今后的命运凶多吉少。这个部落中最强壮有力的部分死去了，女人也差不多全死了，只剩下了一些儿童和少年，这个部落事实上已经灭亡了。

哭声在天地之间缓缓飘荡，但在广漠的世界中这哭声显得那么的微弱……

一切都已结束，但是人们却都不离开果林，吃完晚饭人们仍然露宿在这儿。

我像前几天一样守上半夜。

怀抱猎枪身披着皮毯的我，疲惫地坐在地上，完全不想动弹一下。我实在不明白我为什么感到这么累？

我倚靠着一棵果树，偏着头用脸颊贴着冰凉的枪管，一动不动地木然凝视着这个已被黑暗笼罩的世界。

今天所发生的一切简直就是一场噩梦！可怕的现实使我终于无比深切、无比形象地领教了外面世界那残酷的、以邻为壑的生存原则，领教到了他们相互争斗伤害的激烈程度，今天我终于看清了这样一个……真实的世界。这个真实的世界使我彻底明白了进化的负面效应：它竟能迫使一个极为强悍的群体不惜以全族灭亡为赌注，甘愿忍受巨大的牺牲也要尝试攻击别人！黑鹰部落绝不是为了我们仓库中的麦子才不顾一切地向我们一再进攻的，需要足够的粮食只需多抢几个弱小部落就可以了，他们的真正意图，是要夺取我们的这座独一无二的小镇，夺取我们的高塔，卸下肩头沉重的进化重负，拥有一种轻松幸福的生活。这就证实了我一直以来对进化的猜测：绝不存在令人心旷神怡的进化！有进化就会有艰辛！因为进化是一种动态的过程，只要进化存在，世界就一定会不停顿地运动、不停顿地改变，和谐与平衡因此根本无法长存。哦，众生求有常而世界本无常，就是这一矛盾决定了人生的苦涩与艰辛，决定了进化的沉重。世界啊，你为什么非执意要进化不息呢？我们人类为什么这么命苦啊！进化为什么非要是一种压迫我们的异己力量呢？进化有尽头吗？进化的尽头会是什么呢？……我仰起头凝视天顶的一轮明月，只见苍白的月光映出了云层的轮廓，天穹显得寥廓而神秘。我心灵一颤，一丝凄然涌上心头，我想哭，但我不知道这泪究竟该为谁而流。

第二天清晨太阳升起之时，我们发现黑鹰部落的幸存者们已全部消失了。他们在昨天夜里悄然离去，走向了虎视眈眈的未来。他们甚至连亲人的尸体也没法取回。

于是我们帮他们承担了义务，在镇长的安排下，一部分壮年男子回家取来农具到镇子的闲置地上去挖坑，其余人负责搬运尸体，我们必须尽快处理掉遍布麦田的尸体，以免发生瘟疫。

男人们两人抬一个开始向闲置地搬运尸体。人人脸上都漠无表情，看不到恐惧，看不到悲伤，每个人都只是埋头干活。但是我知道这冷漠的表情下是颤抖的心，父亲那痛苦的表情就是证明。现在我知道长辈们为什么谁也没有出去的原因了，可以想象他们之中肯定也有人向往过外面的世界，进化的诱饵肯定也强烈地吸引过他们，然而后来他们肯定都认识到了进化的沉重与艰辛，因而都死心塌地安下心来。喂，望月，你小子认识到了这些吗？你为了获取权力而不负责任地狂热鼓动大家出去，可那么强悍的黑鹰部落都渴望卸下进化的重担，你们这把嫩骨头承受得了吗？我四处寻找着望月，因为我知道他不比我笨，我所悟出的一切他肯定也悟出了，事实是最好的论据，我想看看此刻他的脸色，我非看不可，不然不解恨。

很快我就看见了望月，他也发现了我。我挑衅地望着他，我们的目光交汇了一秒钟他就低下头走开了。看着他我想大声冷笑，但终于没有笑出来。

麦地里的死者太多了，简直形成了一个外径五千米内径约三千米的由尸体组成的环！即使是猪或牛的尸体，达到这个程度，我看那也是相当可怕的。恐怖压得我们几乎无法呼吸。那场面我终生难忘！

为了赶时间，我们将儿童的尸体都投入了河里，让他们顺流漂下去了。看着一具具小小的尸体慢慢消失在远方，许多人和我一样在擦汗的同时抹去泪水。

我们终于赶在尸体开始腐烂之前将它们处理完毕了，当最后一锹土投出之后，小镇又恢复了原来的生活节奏，就好像巨石掀起的波澜已然平复的河流，又开始像以往一样平缓地流动。

但是我敏锐地感觉到，镇上的一切都与原先有了少许但却是无法忽略的不同。就在不久前的某一天，我曾轻易感受到了生活的美好和温馨，那一刻，节日般的气氛令人心跳，音乐撼人心魄，麦酒香气醉人，孩子们天真可爱……一切都很美。但是现在，我干活、唱歌、散步时，再也没什么感觉了，劳动不再乐在其中，歌曲虽仍悦耳但却再也没有了往常那种让我身心俱为之颤抖、令我直想大声呐喊的力量，我的心变得对一切都无动于衷了，似乎有什么东西从空气中消失了，永远地消失了……

不久后我发现了镇上生活的一个最显著的变化，那就是望月的演讲会再也没有举办了。这一场大屠杀干净利落地击碎了年轻人不切实际的幻想，我们又一次开始重复三百多年来一直在这镇上反复重复的人生轨迹，自觉而主动地维持小镇的和谐与平衡。从今后我们这辈子最高的使命就是娶一个自己喜爱、长辈也能接受的妻子，再生一到两个孩子（不可以再多了），并将他们抚养成人，要他们重复我们的生活……这没什么不好，生活这东西就该是这样的。我决定过一阵子重新去试探一下水晶的态度，我也该结婚了。

然而出乎意料的是没过多久的一天中午，水晶主动来找我了。她站在屋外的耀眼阳光中，我看不清她的表情，但不知为什么我竟有些害怕靠近她。尽管有大厅的阴暗保护，我仍感到了凌厉锐气的逼迫。

她约我五点钟到镇西的“兔窝”去，说有话要对我说。我自然求之不得。“兔窝”就在镇西离生死线不远的闲置地上，因三年前望月他们成功地对一群刚搬迁到此的野兔进行了一场种族灭绝行动而得名。

她消失在明媚阳光之中时，我的心忽地抽动起来。

当天夜里和第二天白天我一直心神不宁，干什么都安不下心来。

下午四点刚过，我便忍不住向镇西走去。

大出我意外的是，一出果树林子我就看见不远处望月也在向西走，方向也是“兔窝”。不快的感觉立刻在我的心中产生，我不明白水晶为什么还要约上这个人。我放慢了脚步，与望月保持着一定的距离，我不想和他说话。

可以看见水晶了，她站在前方的草地上，望着我们，长长的头发和她连衣裙的下摆在风中飘动。我们向她接近着。

随着距离的拉近，一种感觉从我心底悄然升起，它驱动我的心跳得快起来。我的脚步越来越快。望月也走得更快了。

望月终于跑了起来，我也撒开了双腿。而我的心跳得比脚步还快。

当我们停下脚步之后，我和望月都呆立着不动了。我们好久也没有发出一点声音，因为我们不知道该说些什么，一切都无法挽回了：水晶此刻已站在了生死线之外！

“我决定了。”她微笑着对我们说。她居然笑了！

“你疯了！”我大吼道，“你疯了！你知道你干了什么？！”

“也许能想个办法……”望月喃喃地说。

“还有个屁办法！”我凶狠地吼叫着打断了他，自从上次见面对视之后我就再没把这个人放在眼里，“谁他妈能有这个手段？你给我闭嘴！”然后我将脸转向水晶，继续冲她喷吐怒火，“你脑子出了什么毛病？该死！这不是儿戏！”

“我全都想明白了。”水晶仿佛全然没有听见我的怒吼，抬手一指高塔，语调平静，“是它封闭了小镇。我们这个镇子是个完全自我封闭的存在，它利用高塔来与整个世界隔绝开，用自我封闭来逃避进化，消除不安和恐惧。这就是真相。”

停顿了一会儿，她继续说道：“从表面上看，这镇子可以说是很理想很完美的，它里面没有争夺、没有仇恨、没有暴力、没有侵略、没有欺诈、没有难填之欲壑。但是，在得到这些东西的同时，我们也就失去了另一些东西，那就是未来和希望，还有存在的意义，甚至还有……幸福。在这个地方我们活着只意味着不死，仅此而已，其余什么都没有……这个世界是为参与进化的人而设计的。我们与世界隔绝，世界也就抛弃了我们。在这镇子里我们的生命形同一堆堆石块……这样的生活有何幸福可言？有什么值得留恋的地方？”

水晶的慷慨陈词，猛烈地震动了我的心，我的思维以前所未有的速度飞转了起来。这时我终于彻底明白了镇上的年轻人何以会产生那种候鸟迁飞般的向往外部世界的不安定情绪了，是因为人的体内天生就有追求进化的本能！这一刹那我豁然开朗：进化的真正动力，乃是人们心中的欲望与理想！这就是世界何以进化的原因！

“我们总是需要一个开始的……”水晶又开口了，这时她的气色平静了许多，“那么就让这开始从我这儿开始吧……人总有一死，为什么要让自己宝贵的生命成为一种虚假的生命？……并且逃避进化于这个世界也不公平。我们推掉了进化的责任，世界的进化动力就因此减弱了一些，因而我们人类到达那个我们为之无限向往的目的地的时间就要推迟一些。这不是可以视若无睹的无关紧要的事，这是使命！进化是生命的使命！屈服于恐惧而逃避责任、逃避使命是可耻的！非常非常可耻……”热情在她的眼中燃烧闪烁，使她的双眼在这苍茫暮色之中分外醒目，“你们和我一起出来吧！怎么样？望月，你不是从小就在期盼走出来吗？这么多年你不是一直在为出来做准备吗？现在，行动吧……”她一边说一边将她那灼人的目光射向望月。

她没有首先将目光投向我，这一点刺疼了我的心。但令我宽慰的是我看见望月的眼中闪现出惊恐的神色，他不由自主地向后略微退了一步。虽然只是极小的一步，但却使失望无可遏制地浮上了水晶的面庞。她的目光开始向我移来，我感到心脏里的血液开始向大脑涌升。“你呢？阿梓。你不是说你爱我的吗？你说过为我干什么都行的……”她望着我轻声说。

一刹那我只觉得我的大脑被她的目光轰的一声融化掉了，我全身热血沸腾，身不由己地向前迈了一步。

然而，宛如炮弹在我的脑中炸响，我猛然惊醒！不！我不能再往前走了！一旦跨过了那道一米宽的生死线，进化的重负便会如冰山一般劈头盖脸地压在我的身上。我认为我将不堪重负。看着水晶那映照着夕阳余晖的微笑的面庞，我突然明白了我和她的分别：我们的不同之处就在于气质的浪漫程度。我天生就是一个农夫，真正关心的只有庄稼、农活、收成以及日常生活，别的我很少主动去关心。而她天生就是个气质极为浪漫的人，她从小就能感受到这个世界中我们难以感受到的成分，她思考我们无法独自理解的问题，她追求我们视若水中之月的东西……正是她的这种浪漫情怀最终驱使她走出了这镇子，做出了前无古人的壮举……。而我深深地爱着的恰恰是她这独一无二的浪漫……我突然意识到，我之所以那么强烈地爱着水晶，实际是源于我对未来对希望对生命意义的渴望与憧憬！这种渴望和憧憬虽从小就在被排挤被压抑，但它却以另一种形式，以对充满人生活力的女孩的爱恋的方式，顽强地存活了下来。人都有进化的本能，实际上我也在追求我心中所缺失的那一切成分，我实际是在爱着希望、未来和完整的人生啊！只是我一直没有意识到……

我当然有机会改变这一现实，只需要前进一米即可。前进了这一米，我就能获得我渴求了好些年的爱，就能拥有一个完整的真实的人生，我的一生就将发生彻底的改变……这一步将是我人生的转折点。但我的双腿此刻如同铸在了地上一般无法动弹，恐惧将我死死按在原地。

终于，她转身走了。在失去了太阳正在逐渐向黑夜转换的天空下，她离开我们，离开这个小镇，用她那柔弱的双肩承担着进化的重担，远去了……她一边走，还一边回望我们。一时间我感到难过得直想放声悲泣，但眼眶中却怎么也流不出泪水。我双膝一软，跪在地上，痛彻肺腑地将双手十指深深插入了泥土之中……

人生不相见

人或非人，先行者的最后音符

何夕

1．领路人

午休时间的基地安静了许多，训练的喧嚣已经散去。这里是美国凯斯国家海洋保护区的基拉戈海岸，范哲一直警惕地扫视四周，因为叶列娜正在“工作”。怎么说呢，反正范哲现在算是叶列娜的同谋，档案馆的门禁系统是他突破的，现在也是他在给叶列娜望风。按章程规定档案馆网络与外界物理隔离自成一体，只有在内部才能调阅。严格说叶列娜就算进到里面也没法“调阅”，因为她根本不具备相应的资格权限。叶列娜已经潜入档案馆快一个小时了，也不知道情况如何。范哲可不想成为被好奇心害死的猫，再说他对那些档案也没什么好奇心，他最多只是对叶列娜有那么一点好奇心罢了。不过虽然是在犯规但范哲心里并无多少愧疚之感，其他学员一个月前都如期离开，偏偏只剩下他们两个人，而且不管找谁询问都是一句冷冰冰的“无可奉告”。范哲的脾气还好点，他只是一名工程师。叶列娜以前可是特警出身，天生就是个惹事丫头，反正闲着也是闲着，正好练练各人的手艺。

范哲心虚地四下张望，就在这时他见到了那个人。范哲敢肯定就在一分钟之前周围都是没人的，估计刚才这家伙是隐身于某个角落。对方显然发现了自己，因为他正点头示意。问题是范哲心里有鬼，他强迫自己不要望向档案馆的方向。

“这里真美啊。”来人应该是位亚洲人，大概四十七八岁的样子，脸上的皱纹宛如刀削。但他的语气让范哲觉得有些奇怪，因为这样的抒情口气就像是一个青涩的少年。

“当然。”范哲强自镇定地接过话头，“你刚才一直在这里……看风景？”

“我来了一阵了，我们这个星球上的大海很壮观，不是吗？”来人几乎是有些贪婪地四下眺望，一丝复杂的神色在他脸上浮动。

“当然，你慢慢看。”虽然来人透着古怪，但范哲没有心思追究，心里只盼着这家伙早点离去。

来人望着远处：“宝瓶宫还在原来的地方吧？”

范哲悚然一惊，离海岸8公里外的海面之下就是宝瓶宫。宝瓶宫始建于20世纪80年代，是元老级宇航员的训练设施。其生活舱和实验室就建在一个深海珊瑚礁旁边。宝瓶宫长14米、宽3米、重约81吨，建在27米深的水下，模拟了空间站的各种生活条件。许多年来它经过多次维护，但面积一直保持在42平方米，并非是技术上无法扩建，而是刻意保持与太空狭小居住环境的相似性。生活设置当然是很齐全的，但是只要想象一下让人在里面一连待上几百个小时（所谓的饱和潜水技术）就会明白那是什么样的滋味。宝瓶宫主要是为了训练宇航员的太空运动能力，但显然对宇航员的心理素质也是一个考验。据说在未公布的档案里就有宇航员长期幽闭后出现精神疾病被淘汰的记录，当然这样的资料不是一般人能看到的。不过范哲知道也许再过一会儿自己就能目睹那些神秘的资料了，希望叶列娜一切顺利。

“您是新来的教官？”范哲试探地问。

“不。”来人意味深长地摇头，“很多年前我是这里的学员。”

“啊？”这回轮到范哲吃惊了，曾经有人向教官问及以往学员的现状，但被告知这属于绝密。而现在居然来了一个活的。

“不用怀疑。”来人淡淡开口，“不过我出现在你面前的确属于前所未有的特例。”

“为什么告诉我这个？”范哲不禁有些紧张，出于本能他也明白某些事情知道了不见得是好事。

“因为我们将一起合作。你、我还有叶列娜。自我介绍一下，我是何夕。你们之所以一直待在基地，就是在等我，因为我是你们的领路人。”

范哲的嘴微微张开，样子有些傻。这时他手里的电话响了一声，上面显示出一条正在传输资料的横条。看来叶列娜已经有了收获。

“跟我来吧。”来人说完大步朝前。

“去哪儿？”范哲不知所措地问。

“当然是去档案馆。”来人眼里闪出洞悉一切的光芒，“你通知叶列娜终止行动吧。我会解开你们心中的谜团的。”

2．参宿

档案已经发黄。

在恒星际时代出现“纸”这种东西的机会是极少的，这只是因为在个别场合按照规定必须使用所谓的“硬”拷贝材料。何夕早已从电脑里知晓了档案袋里的内容，但现在他仍然必须在办理烦琐的手续后从机要员手里接过它。蓝色的菱形印章覆盖在档案的封口处，代表着某种至高无上的权威。印章已经有些斑驳，50多年的时光顽强地在上面留下了自己的力量痕迹。其实所有人都知道真实可靠的文件内容只能通过电子副本获得，因为在这个时代只需入门级的原子组装技术便可无法分辨地复制出连同这个印章在内的全部纸质档案，谁也不敢确定手上这套东西就是以前封存的原件。只有基于数论的电子加密技术才能完全确保文件的安全。但并不妨碍何夕一脸郑重地抽出文件从头阅览，因为这是规则。

看着那些文字何夕心里涌动出一丝难以言说的情绪，他知道20年前的那个人也曾经翻阅过这套编号为145的档案。范哲和叶列娜亦步亦趋地跟在何夕身旁，脸上的激动无法掩饰。何夕瞄了眼范哲，不禁想起当年的自己何尝不是一样。何夕知道他们俩能跟随自己进入这里看到“乐土”计划的档案的确是一件不容易的事情，这意味着他们至少要淘汰掉两千名以上的竞争者。但何夕不知道是，当这两个年轻人下一步完全明了自己的使命后是否还能像现在这样志得意满。从道理上讲应该影响不大，至少何夕知道在测试题目中已经隐晦地暗示了某些线索。

“好了，该进入正题了。”何夕示意两位年轻人坐下。“从拆开这份文件开始你们便正式加入了‘乐土’计划。也许你们也知道一些内情，但我还是按规定从头说起，因为我是你们的领路人。在未来这段的时间里我将陪伴你们，直到任务完成。”

“还是不用了吧！”叶列娜突然打断何夕，“基础的背景知识我刚刚在电脑里看过了。”她转头看着范哲，“我还传给你看了的，对吧？”

范哲有些错愕，他没想到叶列娜竟这样坦诚。

这回轮到何夕吃惊了，“乐土”计划归入联邦绝密级，他带些狐疑地看着这个斯拉夫血统头发微卷的女孩。他知道叶列娜有特警的经历，但没想到她居然还是一名技术超群的黑客。

“你不用怀疑。”叶列娜落落大方地开口道，“我潜入档案馆用自己写的一个工具软件搜索到了系统的小漏洞从而看到了少量密级不高的资料，但也到此止步，总体来说那个什么‘乐土’系统还是非常strong的。不过所有事情是我一个人干的，与范哲无关。”

何夕不动声色地问：“那你们知道些什么？”

叶列娜似笑非笑地答道：“至少我知道了我们这趟旅程并非一般的考察，和其他人不一样，这条航路曾经发生过重大事故，充满未知的危险。”

“你……”何夕顿时语塞。眼前这个文弱的女孩显然具有与她外表不相称的内在力量，她无所畏惧地对视着何夕的眼睛，竟然使得后者生出一丝躲闪的念头。一旁的范哲保持着沉默，但看得出他是站在叶列娜一边的，他看着叶列娜的眼光混合了欣赏与关心，甚至还有隐隐的依恋。这也难怪，他们一起接受训练，特别是这最后一个月他们一直单独相处。何夕心中一阵冷意掠过，这是一个让人感觉不好的苗头。

“恐怕基地的头儿也是有所顾虑吧？”叶列娜幽幽地开口，眼里有洞察的光芒闪现，“我们这次考察本该在一个月前开始，可一直拖到现在。其实基地并不缺领路人，但却专门将你从46光年之外召回来，因为那些人缺乏经验，难以胜任这次的特殊任务。”

何夕颓然跌坐。叶列娜说得没错，这次行动的确非同寻常。接到基地的命令何夕也相当意外，从来没有人会第二次执行“乐土”任务，这是没有先例的。20年来何夕一直生活在天蝎座里海星，天蝎座18号星距离太阳系46光年，地球天文学家很早就开始关注这颗恒星，原因在于它和太阳之间太相像了。具有几乎相同的年龄、质量、直径，甚至表面温度。就连自转周期也非常接近，都为25天左右。这颗位于天蝎座的左螯上的恒星理所当然成为人类优先纳入考察计划的星球。在“虫洞通道”技术进入成熟阶段不久人类就向天蝎座18号星发出了探测飞船。正如英谚里常说的“坏运气连着坏运气，好运气连着好运气”一样，人们惊喜地发现这颗恒星的第二颗行星竟然具有良好的生态环境，而更可贵的是这颗行星上还没有进化产生具有智能的生命体。一句话，人类中大奖了，奖品就是一颗直径一万一千公里的后来命名为“里海”的生命星球。

但是叫他怎么对两个年轻人说呢？他们只是好奇，只是对世界上的未知充满向往，却不明白人生其实一直行进在雷场之中，无法察觉的灾难随时可能吞噬一切。经历过危险的人才能加倍珍视生命，为了执行这次任务基地总共向12位“老人”发出了非强迫性的召集令，但最终只有何夕一个人接受了命令。

“先生，你怎么了？”范哲关切地问，作为一名工程师他不像叶列娜那样咄咄逼人。

“没什么，只是里海星的氧气含量略高于地球，我这次回来时间不长，还没完全适应。”何夕抚了抚有些气闷的胸口，“其实就算你们没有突破系统，有些事情我也是会告诉大家的，所以我不打算将这件事情上报。当然我会提醒他们系统出了漏洞。不过也请你们不要再对其他人提起这件事好吗？”

叶列娜的目光在何夕脸上停留了一秒钟，声音突然变得低沉：“谢谢。”

“还是让我们说说渤海星的事情吧。”何夕戴上数字手套，房间里顿时暗下来，一幅全拟真的星图浮现在半空中。淡淡银河垂地，仿佛某个超级巨人的信手涂鸦。“看那里，猎户座。也就是中国古人所说的参宿。”

何夕手指微动，星图在急速地拉近。“这颗编号为HP26762的红色恒星距离地球168光年，光谱类型为F，太阳的光谱类型为G，所以它的表面温度略高于太阳。”

镜头拉近，红色的灰尘被放大，显出模拟的细部结构，可以看见丝丝缕缕的日饵偶尔喷吐出星球的表面，宛如条条纱巾。那是另一颗光明星球，是太阳远在亿兆公里之外的兄弟。何夕注视着这颗美丽的空中宝石，眼里有某种难以描述的神情显现，即使以范哲的粗疏也能看出这个中年男人分明对这颗远在168光年之外的星球怀有某种奇特的情感。叶列娜记下了这一幕，她隐隐觉得此次的任务透着一些诡异。

“恒星HP26762的第二颗行星就是渤海星，是在50多年前被发现的，在例行的20年观测实验期后正式纳入‘乐土’计划。渤海星形成于30亿年前，比地球年轻。和地球的主要差别在于它的铁镍质核心偏小，这导致地核冷却速度更快，所以虽然它更年轻但它现在的地磁强度只是地球的1/2，并且每年仍以一定速率减少。将来渤海星也会像火星一样彻底失去磁场保护，到时候在恒星粒子流作用下它最终将失去绝大部分液态水。不过那是20亿年后的情形，在未来几亿年内它依然算得上人间的‘乐土’。”何夕例行规定地做着介绍。

“等等。”叶列娜插话道，“HP26762恒星表面温度高于太阳，渤海星的磁场又弱于地球，那上面的恒星辐射一定比地球更强。”

何夕赞同地点头：“准确地讲渤海星表面的平均恒星辐射强度是地球的2倍，在两极地区还要高很多。渤海星在30度左右的低纬度地区偶尔也能看到极光，这就好比地球上在上海市看到北极光。”

“那肯定很美。”范哲露出悠然神往的表情。

“当然，可以毫不夸张地说美得令人呼吸不畅。”何夕淡淡一笑，“但可惜我们欣赏不了多久。高能粒子会让我们的眼睛很快患上白内障，我们的骨髓细胞会迅速被摧毁，接下来便是顺理成章的结果——死亡。”

“所以才需要先行者对吧？”叶列娜插话道。

何夕这次没有表现出诧异，他料到叶列娜已经查知了先行者的资料：“是的，先行者率先登陆并征服这些星球，如果有必要他们还承担着改造星球环境的任务。总之先行者是值得我们永远尊敬的一群人。他们为全人类的美好前途付出一切……”何夕陡然止住，脸上浮现出萧索之意。

叶列娜与范哲面面相觑，何夕凝视着虚空中的猎户座群星，心里不禁滚过一阵悠长的感叹。在168光年的时空阻隔之下，彼端已然是另一个世界。

“资料里提到了通道事故的事情……”范哲小心地提起话头。

何夕从短暂的失神中回过头来：“是的，通道，那是一次事故。在发现渤海星的时候虫洞技术已经非常成熟，人类在座标点之间的跃迁有过无数成功的经验。虫洞技术的基石是引力，正是靠着对强大引力的精确操控才能将空间‘穿孔’，从而实现超距跃迁。虽然虫洞跃迁的理论耗时为零，但在实际中至少要维持15秒稳定态才有足够时间完成一次操作。不过虫洞的理论基石已经隐含着虫洞跃迁的一个危险，虫洞总是成对出现的，如果在‘虫洞对’之间的直线空间上存在着强引力物体，那么在跃迁之前就必须考虑到这种引力的影响，将其代入到计算中，否则建立的‘虫洞对’将陷入紊乱状态，跃迁目的地将变得无法预料。”

叶列娜插话道：“的确，这种情况下一旦误入巨星系的核心区域，肯定会导致灾难性后果。”

何夕摇摇头：“你说的情况并不常见，就总体而言宇宙中物质的分布非常稀薄。现在发生的几起事故是另外一种更复杂的情况。”

“什么情况？”范哲问。

“偏移并不只发生在空间上。”何夕神色凝重地说，“第一艘事故飞船发现自己偏离预定地点约20光年，当他们和地球建立量子通讯之后才发现虽然他们只感觉过去了一瞬间，但在地球上时间已经过去了一个月，人们当时都以为他们遇难了。所以他们是同时在空间和时间上都出现了漂移。”

“他们穿梭了时空？”叶列娜倒吸口气。

“穿梭这个词容易导致误解，没有人能够回到过去，只可能往后漂移。”何夕接着说，“根据事后分析这种效应相似于物质以光速运动时发生的情形，对他们而言时间停止了。迄今为止相同的事故发生了6起，时间漂移最短的是10个小时，最长的是70天。”

“渤海星任务也是事故之一对吗？”叶列娜幽幽地问道。

“是的，就是猎户座渤海星。”何夕点头，“也是我们这次的目的地。当年渤海星任务彻底失败，是迄今为止发生的最严重事故。”

“威胁来自黑洞对吗？”范哲插话道。

“并不是那么简单。”何夕缓缓点头，“在现有技术条件下，‘虫洞对’之间的距离不能超过10光年，所以去到某个外太阳系的行程实际上由一系列的跳飞组成。而对强引力物质的探查就是建立航道最重要的工作。10光年虽然是一个非常广大的区域，但现有技术对于包括普通黑洞在内的强引力源的探查是很准确的，唯独对那些形成于宇宙大爆炸初期的微黑洞束手无策。那些尚未完全蒸发的太初黑洞的视界往往不到一微米，具有的引力却非常强大，要完全排查极其困难。好在这种特殊结构并不常见，而且根据计算单个微黑洞并不足以扰乱‘虫洞对’的运行，除非是遇到散布的微黑洞群落，否则虫洞跃迁依然是安全的，实际上之前往渤海星发射的几艘飞船运行都是成功的。”

“资料上讲飞船成员发回了遇险讯息。”叶列娜开口道，“当时他们不仅在时间上漂移了12天，而且在空间上误入了一颗超强辐射脉冲星的势力范围。两名成员当即死亡，最后那位女性成员在发出航线上存在高危险微黑洞群警报讯息之后也死了。”

叶列娜注意到何夕脸上难以掩饰的痛苦，“这直接导致到渤海星的航道从20年前中断至今。”

“是的。”何夕调整一下情绪，“航道的重新探查是一个漫长的过程，尤其是在已经发生了悲剧的情况下。现在的新航道在距离上远了一些，但应该能够绕过那个可怕的微黑洞群落区域。”

“能确定是微黑洞造成的事故吗？”叶列娜探究地问。

“这个，当然了。”何夕有些诧异地看了眼叶列娜。

“可之前的航行都是成功的，现在新航线只是绕道，并没有确切发现微黑洞群落的位置，为此居然白白耗费20多年时间……”叶列娜止住话头，因为她突然发现眼前的何夕仿佛变成了另一个人。

“你说什么？”何夕瞪大双眼须发直立，“你有什么资格怀疑于岚的判断？这是她付出生命代价才送回的讯息，你……”

叶列娜忙不迭地摆摆手，她也觉得自己的怀疑有些过分：“对不起，我只是有些好奇。”

何夕撑住额头，20年了，一切仿佛昨天才发生，包括于岚最后那凄美的微笑……

3. 商宿

宇航中心一派繁忙，渤海星飞船将在这里升空进入外层空间后再转入虫洞飞行。虫洞飞船的主体就像是一颗巨大的枣核，周围悬浮缠绕着三个交叉的线圈。领路人马维康带着他的组员加腾峻和于岚一字排开站在飞船面前，接受人们的祝福。

何夕面无表情地注视着站在飞船前面的三个人，准确地说他的目光只是落在那个娇小的身影上，心里麻木得没有一丝感觉。就在昨天之前他的心还被幸福的憧憬填满，而现在一切都已无法挽回。

是的，就在昨天，何夕当时刚刚从减压舱出来。在宝瓶宫受训的宇航员由于长时间生活在水下，他们的身体体液被高压氮气所充斥，在返回海面前要进行17个小时的减压，这是最让人难受的环节。何夕一出减压舱禁不住仰头深吸一口气，感觉自己这才算活过来了。等他再次平视前方时一眼便看到了于岚那俏丽的身影。

绿树、草地、衣袂飘飘，这是一道风景。

于岚扬起脸有些调皮地看着何夕，“谢谢你这段时间对我的照顾。”

“咱们的生物学博士什么时候变得这么客气了？”何夕略显木讷地笑笑，他们相差10天进到宝瓶宫，在那里共同训练了20天。其实何夕觉得应该说感谢的是自己，因为自己晚到10天，正是于岚告诉他许多有益的经验。不过，在一起突发事故中也的确是何夕帮助于岚脱离了险境。

“我是来同你道别的。”于岚轻声道，她低头看着地面。

何夕有些意外，“道别是什么意思啊？我们可是分在同一个组的，应该是半个月后一起出发吧。”

“基地做了调整，我改派了别的任务。”于岚黑白分明的眸子里闪过难以言述的神色，一种称为痛楚的感觉在这一瞬间从她心头滑过。20天前的一次训练中于岚的潜水设备发生了紧急故障，几乎与此同时何夕将自己的呼吸器拉开接驳到了她的面罩上。那个时刻于岚心里某个最柔软的地方被深深触动了，她没想到这个世界上真的会有一个人视她胜过自己的性命，她本以为这样的情节只存在于赚人眼泪的小说里。那是怎样一种天雷地火般的触动啊。

“哦，怎么会这样？”何夕语气里有难以掩饰的失望，他觉得自己的心正在往下沉。

于岚咬住下唇，叫她怎么给眼前这个比自己小一岁的大男孩说呢？其实正是她自己要求改派的，当10天前回到基地知晓了任务的全部内涵后她只能做这样的选择，等何夕知道真相后应该也同意这是最好的选择吧。这个世界上有许多很伟大很崇高的东西，跟它们比起来爱情虽然美丽但却只是一件渺小的装饰品。于岚想到这一点的时候突然觉得有一丝什么东西从身体里被抽了出去，渐行渐远，仿佛多年前的某一天，她眼睁睁地望着心爱的布娃娃飞出了列车车窗。

“再过24个小时我就出发了。”于岚脸上挂着空洞的笑容。

“我们以后还能见面吗？”话一出口何夕就发现自己问得太

蠢。刚受训时他们就已被告知不同小组成员的今后的情况属于机密，彼此是无缘再见的。

“知道我要去的是哪里吗？”于岚的声音像风铃一样动听，“是位于猎户座的渤海星，中国古人所称的参宿。而你要去的里海星位于天琴座，中国古人称之为商宿。”

何夕陡然间明白了什么。人生不相见，动如参与商。参星在西商星在东，千百年来地球上的人们从未同时见到参宿和商宿，当一个上升另一个便下沉，永世不能相见。

于岚的心里也是滚过宿命般的浩叹，十天前她只是请求改派任务，到渤海星是上面的人决定的，但却那么不可思议地映照到千年前的诗句里，仿佛冥冥之中真有天意的存在。

……

送别的人群一一上前告别，祝福三位人类的勇士。这时领路人马维康注意到了于岚的沉默：“我们基地最美丽的女士不想给大家说点什么吗？”

于岚被突如其来的提问从失神中拉回，她静静地巡视全场：“谢谢大家来送我们。其实，我要说的话昨天已经说完了。”于岚望向人群中的何夕，脸上是一抹带泪的笑容。

何夕的嘴唇翕动，那是只有他们两个人才能听到的诗句：“人生不相见，动如参与商。今夕复何夕，共此灯烛光。”

是的，这就是人生的宿命。当何夕第一次打开属于他自己的里海星任务档案时立刻就明白了于岚做出的是怎样的决定，他现在赶到发射场只为最后同于岚告别。这并不是什么一般性的考察任务，在那个无比崇高的目标之下，需要他们付出的很多，这其中就包括——爱情。

4. 水星球

预定目的地设定为距渤海星60万公里的外层空间，这是为了尽量避开渤海星两颗卫星的干扰。作为领路人，何夕完成了90%以上的操作。每一次十光年跳飞后的方位确认、航道修正以及能源补给需时约两天。其实一切都是在计算机程序的安排下进行，领路人所能做的也不过是摁下确认按钮，这虽然只是一个表象，但却让人觉得仿佛是自己在掌握着命运。何夕摆摆头将这个念头甩开，拇指毅然摁下，启动最后一次跳飞。

35个地球日之后虫洞飞船突兀地出现在渤海星的外层空间，就像一只从遥远虚空中钻出的幽灵。防护罩缓缓打开，母星明亮的光线经过过滤之后照射进来。叶列娜和范哲迫不及待地解开束缚，飘移到舷窗旁，渤海星巨大的身影悬浮在远处漆黑深空中，像是一只绘满蓝色花纹的瓷盘。

是的，蓝色覆盖了渤海星的全部表面，这是一颗没有陆地的水星球。虽然这是从资料里已经知道的事实，但同地球的巨大反差还是让人一见之下让人难以相信自己的眼睛。

“真美啊。”叶列娜如痴如醉地赞叹道，“哎，范哲，你看它像不像一颗矢车菊蓝宝石？”

“真想把它镶嵌在一颗戒指上送给我的新娘。”范哲幽幽开口。“不过它真的太奇特了，竟然没有陆地。”

何夕的动作比年轻人慢了半拍，他凝望着渤海星，一时间难以言述自己的心情：“渤海星并不奇特，恰恰相反，是地球更奇特。”

“你说什么？”范哲不解地问。

“宇宙中的行星无非两种，要么有液态水要么没有。相比之下存在液态水的行星是小概率事件，根据现有资料来看概率小于一亿分之一。因为这要求行星具备一系列极难满足的条件，比如行星与恒星的距离、恒星所处的年龄阶段、行星自转的速率、行星的质量大小以及大气层厚度，等等。这些条件的苛刻程度足以与宇宙常数所具有的奇异精确程度相提并论。你们想想看，在太阳系里存在那么多行星、小行星以及卫星，但确定拥有液态水的却只有地球。”何夕耐心地讲解，“但另一方面，由于宇宙无比巨大的物质数量，存在液态水的行星数量在实际上却又是一个天文数字。而在数以十亿年计的时间条件下，如果我们认可生命的自发论是正确的，那么液态水和生命存在几乎就是一个等同的概念。所以人们很早就认为宇宙中生命绝非地球所独有。”

“这个我大概是知道的。”叶列娜插话道，“可刚才你说地球才是奇特的又是什么意思？”

“你们应该知道地球表面71%是海洋，29%是陆地。我的意思是在拥有液态水的星球里这是一种非常奇特的小概率现象。”

叶列娜和范哲面面相觑，表情都有些发呆。

“实际上水这种物质在地球总的物质中占有比例相当低。这些水大致有几个来源：地球形成时的太初尘埃、数十亿年来引力俘获的星际水分子、撞击地球的小行星或彗星带来的水分。正是这些极其复杂的来源共同形成了地球上现在的水分。地表水的重量只占地球重量的不到6‰，地核中则基本可以肯定没有水的存在。为了测出地幔的情况，2002年日本的研究者在高温高压环境下，创造出四种和地幔矿物相似的化合物，然后向这些化合物灌水，测试它们吸水后重量的变化，结果表明在地幔处溶解的水，是地表水量的5倍多。所以地表水的重量加上地幔水的重量，水占地球重量的比例约为1‰。这显然是一个非常低的比例，我们完全可以想象水占比高得多的行星，理论上甚至不能排除100%由水构成的星球，有些小行星和彗星的构成比例差不多就是那样的。那么从道理上讲，在存在液态水的行星中绝大多数的含水量都应该高于地球。”

范哲听得有些发呆，而叶列娜也罕见地保持沉默。

何夕笑了笑，说：“别这样看着我，要知道我的专业就是天文学，我当年的毕业论文就是研究地外含水行星的，题目就叫《水星球》。让我们回到正题吧，而即使以1‰这样低的占比来看，海洋也占据了地球的大部分表面。如果我们假设哪怕某个行星的水重量为星球总重的2‰，那么按照一般化的原理来看，大陆已经不大可能存在了，而如果行星含水比例再上升一些就连岛屿也将完全消失。也就是说对于所有存在液态水的星球来说，大片陆地的存在只是一个小概率事件，而表面基本被海洋覆盖才是一个常态。实际上迄今为止在现在人类发现的200多颗地外生命星球中只有一颗星球具有大片陆地。”

“在哪里？”叶列娜按捺不住地问。

“就是我生活了20年的里海星。它的表面90%被海洋覆盖，具有一片面积接近亚洲的大陆。当初发现它时引起的重视是空前的，人类委员会启动了最紧急预案。”

“为什么？就因为它有陆地？”范哲插话道。

“还能有别的原因吗？就是因为陆地。”何夕肯定地点点头。

5．乐观派

飞船已进入近地轨道。从这里看上去渤海星占据了大半个视野，它静谧地转动着，丝丝缕缕的云带间断连环，勾勒出大致的大气运动图案。叶列娜眼光扫了一下控制台，信号已经发出，但是还没有收到任何回应，这显得有些不正常。虫洞跃迁结束后是一段常规航程，大约4天后才能抵达渤海星，宇航员进行的培训就是为这种常规航程准备的。叶列娜转头欣赏着舷窗外的风景，她已经知道由于没有大陆，渤海星的气候是比较温和的，除了在赤道附近偶尔形成台风外基本上没有极端的气候状况，由于没有大陆的阻拦和消减效应，台风在渤海星的存续时间比地球长很多。不过就算是台风也对生物圈构不成多大威胁，巨量的液态水保护了所有的生灵。但是，这真的是种保护吗？

“我还是怀疑水星球能永远封锁智能生命的产生。”叶列娜看着何夕，“如果时间足够，也许生命会找到一条我们未知的进化道路。”

“时间不是问题，某些小质量恒星可以稳定存在几百亿年。但你能告诉我在水星球上怎样得到火吗？不是稍纵即逝的像闪电那种，而是持续不断地能被使用的火。”何夕的声音变得低微，“燃烧的三个条件是有可燃物、与氧气接触、温度达到可燃物着火点。在水中没有游离氧，而且水温也低于多数可燃物的着火点，自然条件下无法获得火。至于现在人们实现的水下燃烧实际上是基于精巧设计的机器，这种火其实是智慧的产物了。”

叶列娜泄气地摇头。她当然知道火对于智能生命进化的意义。那可不仅仅是提供保护和熟食，包括煅烧器具、冶炼金属，包括后来人类的化学物理等一切科技，没有一样不是发端于火的应用。

“以前有种观点，认为人类作为智能生命的标志是人的大脑与体重的占比是最高的，但现在知道宽吻海豚的这个比例是大于人的，可是几百万年来宽吻海豚也没能产生自己的文明，最多算是有些社会的雏形罢了。”何夕接着说道，“所以你们现在可以明白，当年发现里海星时地球联邦为何如临大敌了，因为大陆的存在极可能导致智能生命的产生。不过只是虚惊一场，里海星没有高智能生命存在，那里最高级的物种是一种生有脊椎、长着六条腕足的陆地章鱼，智力接近地球上的长臂猿。如果人类更晚发现里海星，这种生物可能会成为星球的统治者，但现在它们的腕足是里海星的一道名菜。”

叶列娜心中不禁涌起巨大的骄傲与庆幸。如果认可何夕的论点，水星球对生命的保护最终将变成一种近乎永恒的禁锢。处于这颗蓝色星球的顶空，叶列娜知道这几天与领路人的交谈已经彻底地改变了自己。她几乎是有生以来第一次意识到生为人类是一件多么奇异的事情，或者按何夕的说法是一件概率多么小的事件。

“但为什么人类会这么害怕另一种智能生命？难道不能成为朋友吗？”叶列娜吐出心里的疑虑。

何夕古怪地笑了笑道：“其实在这个问题上一直存在悲观与乐观两派。悲观派认为宇宙间的智能生命一旦相遇将立即导致落后的一方被掠夺、杀戮乃至灭绝，现在这种观点获得了很多人的认可，是主流。”

“那乐观派呢？”叶列娜急切地问。

“我就是乐观派。”何夕注视着叶列娜的眼睛，“这也许和我自己的天文学专业有关。但是现在我的这种观点出了点问题。”

“我不太明白你的话。”叶列娜蓝汪汪的眼睛里写满好奇。

“我们乐观的原因只是因为宇宙本身的宏大。离地球最近的恒星系是4.3光年之外的比邻星，但因为它是一个引力系统非常复杂的三星系统，通过计算就能发现大行星不可能稳定存在。而已知的拥有行星的恒星都离地球10光年以上，但基于生命产生和进化的苛刻条件，这些行星上面恰好拥有智能生命的可能性几乎为零，上百年来地球上最强大的射电望远镜还没有从这些星球上接收到一丝有意义的信号，这实际上已经否定了地球周围数十光年内存在智能生命的可能性。”

“那再远一些呢？”范哲插话道，“可观测宇宙的范围可是超过130亿光年的。”

“再远一些当然会有可能。”何夕肯定地说，“虽然智能生命产生概率极低，但由于宇宙物质的无比巨大，所以拥有智能生命的星球是一定存在的，而且其中一些肯定远远超过了地球人的水平。那么问题来了，如果这些进化水平可能超出人类上百万年的外星种族来到地球，它们会干什么？”

叶列娜和范哲对望一眼，都老实地摇了摇头。

“乐观派的结论是它们什么都不会做。因为对于能够跨越成千上万光年距离的高级文明来说，地球以及现阶段的所谓人类文明除了有一点观察意义之外根本就没有任何用处。这样的超级文明早就洞悉了物质的全部秘密，也许它们为了来到地球看一眼，顺手便熄灭了上百颗太阳大小的恒星，这样的种族又怎么会在意地球这颗沙粒上的那丁点所谓资源呢？”何夕露出一丝戏谑的笑容，“我常想这就好比人类建造了能抵抗深海压力的高科技潜艇，来到大西洋海底烟囱观察那些靠硫化细菌生存的管虫，如果管虫中也有悲观派的话它们一定会惊呼糟糕了人类来抢我们的硫化氢和美味酸水了。”

叶列娜“扑哧”一下笑出声来，何夕的比喻让她忍俊不禁，她当然知道人类的屁里就充斥着硫化氢。不过她想起一点：“那你为什么说自己的观点出了点问题呢？”

“是虫洞。”何夕的表情转为严肃，“这都是因为虫洞这种超越了时代的技术，至少我认为这种技术提前让人类进入了本来还不到时候进入的领域。”

“我有些明白了。”叶列娜点头，“这种技术可能让还不够成熟的文明和种族发生碰撞，结果导致悲观派预见的结果。”

“还没有回信吗？”何夕转头问范哲。

“的确没有收到回信。”范哲很肯定地报告，他已经全面检查了设备。作为一名合格的工程师，他很相信自己的能力。“哎，等等，有信号答复。”

何夕和叶列娜急速地飘过来，他们的目光都锁定在了屏幕上。

“这里是渤海星接引驻地，先行者欢迎来自地球的客人。驻地坐标东经115度，北纬30度。重复一遍：东经115度，北纬30度。”

“登陆飞船准备就绪，请领路人指示。”范哲掩饰不住心中激动，有生以来将第一次登上另一颗星球，这是多么奇妙的境遇。

但是何夕却微微蹙眉，仿佛面对一件奇怪的事情，脸上阴晴不定。

“范哲留在主船，我和叶列娜登陆。”

“为什么？”范哲失望地问，“按章程我也应该下去的。”

“你的任务是立刻对整个渤海星建立毫米级扫描观测。”

“计划书里根本没有这一条啊。”范哲大惑不解。

“这是命令。”何夕面色阴沉，口气不容置疑。

6．驻地

驻地像一片漂浮在无边池塘里的巨大树叶，登陆舱渐行渐近，在巨大树叶的映衬下像极了一只小小的瓢虫。这时驻地的表面裂开一道窄缝，吞下登陆舱。

面前居然是一片浅丘草地，不知名的野花绚丽绽放。小溪淙淙流淌，一只草原黄鼠“嗖”的一下从旁蹿出，惊起几只蚱蜢，在渤海星相当于地球4/5的引力条件下自在飞行。一幢四面透明的房子很突兀地矗立在平地上。

一个满头银发、皮肤黝黑的高个子从房子里走出来：“欢迎你们，我是先行者李高。”

“你好。”何夕淡淡点头，“你的先行者编号可以告诉我吗？”

来人沉默了一下：“当然，我是里海星先行者42号。”

“那好42号，我们现在要到大船去。”何夕简短地说。

“现在还不行，大船在圣地。”

“圣地？”何夕疑惑地问，“那是什么地方？”

来人的语调变得庄严：“圣地是世界上最美丽的地方。”

何夕用眼睛的余光扫视了一下自己手臂上的那个扣子，那是一个发射机，此处的一切情况已经传送到了虫洞飞船：“我想看看这个圣地，请带我们过去。”

来人再次沉默了一秒钟：“好的我去安排。现在请你们在此等待。驻地的环境和地球相似，领路人应该知道的。”

李高进了屋，叶列娜刚想开口却被何夕止住，他取出仪器四下扫描确定没有监视之后开口道：“你马上联系范哲，让他准备建立和地球的量子通讯。”

“现在就准备吗？”叶列娜吃惊地问。在虫洞飞船中携带有一组用于量子通讯的电子，保存在接近绝对零度的超低温环境中。它们都是一对双生电子中的一个，对应的另一组电子留在了地球上。双生电子诞生于纯粹能量的碰撞，呈现出量子纠缠态，由于泡利不相容原理，它们的物理状态永远是相反的，这便是超空间量子通讯的理论基础。量子通讯要求的能源巨大，实际上虫洞飞船只能支持最多两次量子通讯。按照规定第一次量子通讯应该是登陆第七天初步掌握目标星球总体情况后进行，所以现在何夕就要求做好启动准备的确让叶列娜感到不解。

“我觉得有必要。”何夕的语气不容置疑。“渤海星让我有种不安的感觉。”

叶列娜环视风景怡人的四周，不明白何夕指的是什么。但她知道何夕曾经执行过里海星任务，这样说一定有道理，她需要做的就是执行命令。

“我也觉得那个先行者有些傲慢。”叶列娜四下张望，“不过这里真的布置得和地球没什么差别，他们为了迎接我们是用了心的。”

“这只是章程的规定。”何夕冷冷说道，“按照《乐土宪章》，先行者必须在本星建造一处面积不小于一平方公里的地球环境，作为星球政府的永久驻地。渤海星还没有到设立政府的时候，这里应该是驻地的前期雏形。”

“我知道这部宪章，上面的规定都很死板。”叶列娜有些不以为然地撇嘴，“比如政府驻地这条，渤海星明明是一个水星球，像这样永久性地维持一块地球环境肯定不容易。”

何夕心中涌起面对淘气的晚辈时的那种宽容，但他的语气却依然不容辩驳：“宪章是整个乐土计划的核心，第一条就明确规定宪章不容违背，否则视为人类公敌。”

“这么严重？”叶列娜吐吐舌头，“我看宪章细则里面有些很细的规定，那些也不能违反吗？”

“我知道你指的是什么，那些规定的确很烦琐，但却是乐土计划顺利施行的保证。”何夕了解地点头，“比如刚才的先行者42号，你看出他和我们有什么不同吗？”

叶列娜摇了摇头，“只是觉得他的皮肤颜色较黑，但比起地球上的中非班图人还要浅一些，这应该是因为适应恒星辐射的缘故吧。别的好像没什么了。”

“难道你忘了渤海星是一颗水星球吗？”何夕问，“这些先行者大部分时间生活在水下，他们都有鳃，那才是他们的主呼吸器，肺只是辅助器官。”

“对啊。”叶列娜恍然叫道，“可是怎么没看到呢？”

“这便是缘于乐土宪章的相关原则。”何夕说，“比如大熊座黄海星的引力是地球的一点四倍，很明显人类必须经过改造才能在上面生存。黄海星的原生生物都普遍矮小，身体多呈扁平。先行者是经过设计的人类，很显然将身躯设计低矮是最方便的办法。但是人类采取了另一种方法，就是加固先行者的骨骼等支持系统，当然还包括提高血管壁强度等相关措施，虽然这样做的代价高了很多，但可以保证现在渤海星人的平均身高只比我们低一点点而已，也就是说从形态上能一眼看出他们是我们的同类。”

“那渤海星人的鳃在哪里呢？”叶列娜问道。

“在我掌握的资料里他们的腋下便是鳃的所在。”何夕肯定地说，“虽然这样做造成了呼吸道的部分冗余，但显然外观上更能让人接受。”

“其实也可以不采用基因改造的方法啊。”叶列娜想起了什么，“采用水下呼吸器不也可以在渤海星生存吗？”

“如果那样做的话人类根本不能算是移民成功，充其量只是一个过客罢了。”何夕说，“只有凭借本能的力量自由生存才是真正征服并融入了这颗星球，这也是乐土计划的根本宗旨所在。”

“那万一有些星球环境过于古怪怎么办？”

“已经有过一些放弃的先例。”何夕显然很满意叶列娜能提出这个问题，“比如离地球59光年的死海星，由于大量硫化物的存在死海星的海洋呈现较强的酸性，上面生活着一些奇怪的低等生物。基因工程师从一种水生螨虫得到启发设计出了可行的先行者方案，但最终被听证会否决了。现在死海星已经被废弃60年了。”

“为什么？既然都有了可行方案为什么不实施？”

何夕的嘴角抽搐了一下：“在方案里先行者为了适应那里的环境，将必须是一种全身布满黏液的有鳞物种。我的朋友威廉教授就是听证会成员，他是一位人类学家，据他说当时100多名听证员全票否决了方案。”

这时李高从屋子里出来，叶列娜注意到他的笑容有些谦卑：“大船正在赶过来，根据速度计算20分钟之后对接。”

何夕蹙了蹙眉头：“据我所知大船都是作为永久驻地的一部分，怎么在渤海星会分隔这么远？还有，这里既然是政府驻地怎么只有你一个人？”

“大船只是例行巡视。另外我不知道什么叫作政府。”李高的语气不卑不亢，说完便低下头去。

这个回答让何夕感到一些放心，他也知道政府是在验收之后才会成立。何夕没有注意到李高低头的瞬间一丝阴鸷的神色从他脸上滑过。

7．中央电脑

“我们现在上船，你请自便。”何夕扭头对李高说道，“驻地这里是你平时在管理吗？”何夕又淡淡地问一句。

“没有，中央电脑说我还需要学习更多的知识，我现在只是配合机器人管家做些外围的事情。”

大船的主控室位于甲板之上，是一处透明的半球形穹顶式建筑，四面的海景一览无余，当然，对于有害辐射已经做了过滤处理。正前方控制台屏幕上显示出一个虚拟的长得胖乎乎的头像。

“你好，中央电脑已经准备就绪。”头像的语气很平静。

“有一个问题，为什么那个42号先行者具备了某些不该具备的知识？”何夕的语气变得咄咄逼人，“你解开了伽利略封印？”

头像回答得很快：“45年前我同4 000枚先行者胚胎一起来到渤海星，我的使命本该在20年前完成。但你们迟到了20年，那些帮助我管理的机器人逐渐发生了故障。我只好向先行者传授了少量封存的知识，否则不可能在这颗星球上坚持到现在。”

何夕喟然长叹，担心的事情还是发生了。从上次冰河期结束算起，人类文明已经发展了13 000年，但是现在人们认为严格意义上的科技文明以伽利略为鼻祖。在伽利略和波义耳之前，人们一直禁锢在古希腊的短暂辉煌中难以前进，而之后的牛顿等人则是凭借站在他们的肩膀之上才得以进到科学的殿堂。所谓的伽利略封印是一个比喻，按照章程在验收之前任何移民星球所掌握的知识以农耕文明为上限，这也正好对应着伽利略之前的时代。也就是说验收之前先行者会掌握完备的经典几何知识，会有朴素的物质元素观念，能够有浅显的农业和医学知识。但是没有牛顿定律，也不会明白天上的星星是些什么东西。因为渤海星的特殊情况，之前人类委员会已经预料到可能会出现意外的事情，但没想到出现问题的居然会是伽利略封印。

“他们知道运动三定律了？”何夕尽量保持语速平缓。

“是的。”中央电脑说，“十六年前大船在海啸中受损，为了尽快修复我解开了牛顿定律的封印。”

“那热力学三定律呢？”

“很抱歉先生，这是能源应用中必须用到的。”

何夕沉默了几秒钟，小心翼翼地问：“那麦克斯韦方程呢？”

“电磁学、相对论、量子论以及虫洞理论没有解禁。”中央电脑说。

何夕吁出口气，看来情况还不算无可挽回。其实等到验收完毕这一切都不是问题，从现在掌握的情况来看验收应该不会有大的意外。何夕心里打定主意，等验收完毕就把这段插曲删除掉，毕竟中央电脑也是在与地球失去一切联系的情况下采取的应急措施。按照章程这台违规的中央电脑应该格式化后重新编程，但何夕不打算那样做，虽然没什么道理，但内心里他甚至有点喜欢上了这个自作聪明的胖家伙，尽管它实质上只是一台由“0”和“1”驱动的智能机器。

“先行者说的圣地是怎么回事？”叶列娜突然问道。

“十六年前的那次大海啸中大船受损，为了避免类似情况再度发生我指挥先行者建造了一处海底停靠点。至于他们称之为圣地，可能是基于对大船的敬仰。”

“那好吧。我的问题完了。”何夕觉得轻松不少，脸上露出笑容。

“但是我有一个问题。”中央电脑突然说。

“哦。”何夕的眉头一挑，“你问吧。如果我们解答不了还可以跟人类委员会联系，求得他们的帮助。”

“不必。”中央电脑说，“如果你不能回答就算了。我想知道现在的渤海星先行者还能不能得到改进？因为经过这么多年后我发现在设计上有个别不太完善的地方。”

“基因设计是系统工程，对每个移民星系的基因设计至少都要花费五年以上的时间来施行，要改变设计除非是通盘重新调试。”何夕有些不耐地回答，他没想到会是这种幼稚的问题，“个别地方不完善没有多大影响，世界上从来就没有尽善尽美的设计。”

大船行进了10分钟后海面上开始出现一些绿色的伞状漂浮

物，先是三三两两，但很快就变得密集起来。大的直径超过五米，小的也有几十厘米。

“这是海浮萍。”不等何夕询问中央电脑便给出了解释，“这片海域是渤海星的无风区，所以会聚集这么多。”

“渤海星的植物有根吗？”叶列娜突然问道。

中央电脑迟疑了一秒钟：“从我现有的资料来看应该没有。这颗星球上的所有生物都处于漂浮状态。渤海星最浅海域的深度是83米，最深处超过10万米。”

“我好像看到天空中有鸟在飞。”何夕插话道。

“渤海星没有同地球类似的鸟类。但是有类似昆虫一样的飞行生物。它们也可以在水面上停留，应该是从水生生物进化而来。这些昆虫也是先行者食物的来源之一，据他们说有一种大飞蝗的后腿烤制后很美味。”

叶列娜皱了下眉，似乎有些担心先行者会拿虫子款待自己。何夕指着远处一块不断起伏的巨大黑影问：“那是什么？”

“那是土鲨。”中央电脑解答道，“根据研究，这个物种类似于地球上的鲨鱼，已经有差不多10亿年的历史了。”

“10亿年。”何夕倒吸口气，他知道地球上某些种类的鲨鱼已经存在超过3亿年，属于地球最古老的物种之一，相比之下人类几百万年的进化史简直不值一提，实际上地球上的陆生物种的存在时间往往比海洋生物短很多。“经过这么长时间还没有灭绝真的可算是奇迹。”

“的确是奇迹，化石资料表明这么久以来这个物种几乎没有什么变化。”中央电脑补充道，“也许是渤海星的环境太平静了，进化的动力太小。”

“应该是这样。”何夕点头，“地球上至今仍有些人因为某些生物几千万年来变化甚少而否定达尔文的进化论，多年前一位叫‘哈伦·叶海雅’的人甚至还以此掀起一股反进化论思潮，其实这不过是因为这些生物几千万年来的形态仍然很适应环境罢了。生物进化是因为生存环境带来的选择压力，看来水星球的确是生命的舒适摇篮。”

“我们已经到达坐标位置附近。现在开始下潜。”伴随中央电脑的提醒，穹顶外陡然一暗，片刻之后四周已是一派海底风景。光线透过海浮萍的缝隙照射下来，形成道道明亮的光柱。光柱中大片悬浮的巨海藻漂来漂去，宛如无根的森林。

“它们虽然没有根但在下部却普遍长有一团沉重的组织体。”何夕对叶列娜说，“这是许多水星球植物的共有特点，以此来调节自身在水中的高度。”

“我们已经发现至少上百种植物具备初级运动能力，它们可以通过蠕动部分枝干缓慢前进，以便选择适合生存的环境。”中央电脑补充道。

“那是什么？”叶列娜突然指着一个方向问道。何夕望过去，他立刻就看到了奇怪的一幕。在一丛巨海藻的中部呈现膨大的一团，就像生出了一枚直径十来米的卵。在轻浪起伏中，这个巨大的物体缓缓漂荡，光线照射在上面波光流动熠熠生辉，就像一块用翡翠雕琢的艺术品，散发出梦幻般的不真实感。一时间何夕不禁看得有些痴了。

“那是花房。”中央电脑的语气保持着固有的平静，“是孩子们用巨海藻建造的，他们喜待在里面。”

话音未落便看到两个小巧的身影像游鱼般从花房里冲出来，他们有些惊慌地望着大船，脸上混合了羞涩和不安。何夕一眼看出他们的年龄都只有十五六岁，看来大船的到来打搅了一对小恋人的幽会。

“是秋生和星兰。”中央电脑说道。

两个大孩子镇定了些，他们向着这边嘴唇翕动。

“他们在说什么吗？”叶列娜问道。

“我们听不到的，在水底他们发出的是一种次声波语言。”何夕解释道。

“他们说刚才有一批银贼鱼袭击牧场，大人们都赶过去了。”中央电脑说。

何夕犹豫了一下：“这些人都有名字吗？难道用编号不好吗？”

“从20年前开始第一代先行者给自己起了名字。”中央电脑回答道，“当时起名的根据一般是根据各自的特点自己选择，其实更像是将原来的绰号确定为了名字，比如李高原来的绰号就叫高个子。不过，现在孩子们的名字就正规多了。”

“孩子。”何夕念叨了一声。在验收之前这本来是不应该存在的事物，但二十年联系的中断改变了许多事情。不过这也只算小小的意外吧，从道理上讲这些孩子也是先行者的一员。

窗外开始掠过一些悬浮在水中的结构精巧的建筑。这些建筑都呈现六棱柱形，有些是单独的，而更多的则相互拼接成更大的建筑。这片建筑连绵开去，占据了很大一片空间，俨然就是一座海底的立体城镇。可以想见在平日里这里应该是一派熙熙攘攘的景象，不过现在大多数人都赶到牧场了，只有稀疏的十多个人有些好奇地望向大船。

“这里就是渤海星的城市吗？”叶列娜问道。

“现在还只能称作聚居点，渤海星现在有八个这样的聚居点。”中央电脑说，“我们的人口还很少。”

“那现在先行者总共有多少人？”何夕仿佛不经意地问，“加上那些孩子。”

“原有先行者4 000人，现在加上孩子是总共8 754人，这不包括几十年来因为意外事故失去的人口。”

“从20年前算起，人口年增长率大约是4%。”何夕在电脑上作了个简单的演算，“人类向处女地移民时人口增长率一般都很高，当年英国皇家海军‘邦蒂’号上的反叛者在皮特凯恩岛上的人口增长率曾经高达4.3%。”

“需要建设的东西很多，劳动力明显不足。”中央电脑继续做着汇报，“机器人大多出现故障，备用零件已经告罄。”

“这都是意外造成的，正常情况下渤海星20年前就已经解除伽利略封印，现在早该有了自己的制造业体系了。”何夕了解地点头，“不过这一切就快改变了。”何夕转头望向叶列娜，“让这颗蛮荒星球沐浴到文明的光辉，这就是我们的使命。”

叶列娜身躯微震，她从何夕的语气里听到了一种不容置疑的决心。在拿到“乐土”计划书的时候她已经知道了自己此行的目的，但在此之前她更多地将这看成自己必须完成的一项任务，和此前自己曾经执行过的那些任务虽有区别但本质并无不同。但这段时间的经历让叶列娜有了不一样的感觉，她意识到自己的人生已经和这次任务密不可分，她甚至没来由地隐隐觉得自己的命运也会因之而改变。叶列娜其实不喜欢这种似乎带有神秘意味的感觉，但她无法摆脱这种感觉。

8．圣地和死亡

伴随一个明显的减速过程人船停了下来，窗外昏暗的光线表明这里至少已在海平面下几十米的深处。

前方的地板缓缓打开，显出一列向下的台阶。“前方也有我的终端，你们随时可以同我交流。”中央电脑保持着例行公事的腔调。

甬道里的照明条件很好，何夕注意到墙壁的材质类似于地球上的花岗岩，每隔一段距离就矗立着一根粗壮的显然是人工材料的支柱作为加固。何夕估算一下从离开大船算起现在已经又向地底深入了几十米，在这样的深度任何海啸都不再成为威胁。

眼前豁然开朗，这是一个圆形大厅。在正中的平台上悬浮着一个直径约1米的淡蓝色球体，何夕觉得那应该是代表渤海星的雕塑。

中央电脑胖胖的头像再次出现在前方的一块屏幕上，在旁边站立着三个身着黑衣的人。

叶列娜突然满脸惊奇地望向何夕，仿佛不知所措。何夕完全明了叶列娜何以如此，因为他自己也感到几分震惊——面前居中的那人长得同他颇有几分相像，年龄也差不多，就像是他的一个失落的兄弟。现在同样吃惊的表情也浮现在那人眼里，显然他也没料到现在的场面。

"我叫秦忘。"那人恢复了平静，"先行者编号17。在这里大家也叫我酋长，欢迎来自地球的尊贵客人。"

何夕立时明白经过这么多年之后先行者中间已经产生自己的领袖，看来这个秦忘就是这样的人物："那好，中央电脑应该告诉过你我们的来意。另外纠正一下，我们似乎不应该算是客人吧。"

叶列娜悚然一惊，她这才想起最初收到的讯息里称他们为"客人"时何夕好像也是满脸不悦。

秦忘脸上掠过不易觉察的一丝尴尬："我这样说只是出于尊敬，我们已经盼望很久了。我们现有的力量在渤海星生存显得太弱，迫切需要来自联邦的帮助。”

何夕脸色缓和过来，一路过来他的心情早已轻松了许多，到现在为止没有什么不满意之处，看来此行的任务会很顺利：“这里是什么地方，你们称这里为圣地有什么含义吗？”

“这里是我们的议事厅。”秦忘解释道，“圣地是大家的习惯称呼，并没有什么特别含义。”

何夕环顾四周：“这里有监控设备吗？就是那种可以从远处看到这里的东西。”

“没有。”秦忘很肯定地答复。这个回答让何夕满意，其实叶列娜身上就带有检测设备，刚进来就已经向他发出了安全讯息，他向秦忘提问只是一次的小小试探罢了。

秦忘迟疑了一下开口道：“按章程似乎你们还应该有一个人的。”

对方主动提到章程规定让何夕感到很踏实，他也觉得是让范哲登陆的时候了，毕竟范哲在渤海星计划里也是不可替代的一分子：“我现在就下令范哲登陆，让大船接他过来。”何夕兴奋地转头看着叶列娜，“渤海星计划正式开始了。”

秦忘谦和地点头：“我现在就去安排。”

范哲一进门就高声大嚷：“你们肯定不相信我看到了什么，那些用巨海藻编织的房子是我这辈子看到过的最漂亮的别墅。还有……”

“好啦好啦。”叶列娜打断他，“还有巨大的海浮萍是吧？

少见多怪。”

“原来你们也看到了。”范哲挠挠头，“不过有个东西你们肯定没见过，我在轨道上可是观测到了几十米长的潜艇……”

“那是土鲨吧。”叶列娜哈哈大笑，“渤海星可是农耕时代，哪来的什么潜艇。”

“先别说这些了。”何夕忍不住打断了两个年轻人的斗嘴，“我们还有正事要办。你们不会忘了自己此行的任务吧？”

叶列娜脸色变得有些奇怪：“当然没忘，不就是让我和范哲来渤海星和亲嘛，而你这所谓的领路人其实就是个星际媒婆。当初我看到参加选拔的条件要求是未婚时就觉得十分古怪，像宇航员这种高风险职业一般都是选择有了孩子的人。”

何夕陡然一滞，在叶列娜嘴里至高无上的乐土计划竟然成了老古董式的和亲，自己也当上了媒婆，可细一想这话却让人无从辩驳，一时间他竟然有些哭笑不得的感觉：“这个，乐土计划事关全人类未来的福祉。”

“我知道，宪章上讲了的。”叶列娜接过话头，“如果人类永远困守地球则必将走向灭亡，像超新星爆发、小行星撞击、高能试验事故、生化事件、太阳灾变等无法预料的偶然事件随时可能在未来某一天毁灭全人类。只有实施乐土计划才能让人类散布宇宙，永世长存。”

“对啊。”何夕语气变得郑重，“能够在这样伟大的事件里承担一份自己的责任是我们的荣幸。”

范哲幽幽地看了眼叶列娜："我们知道这是自己的使命，其实从看到计划内容的时候起我就觉得自己变得和以往不同了。我们将注定承担很多以前不明白的东西。"

"20年前我曾经有过同你们一样的感受。"一缕雾样的神色浮现在何夕的眼里，"而且由于另外的某个原因我的感受比你们更加刻骨铭心。"何夕停顿了一下，似乎有些犹豫该不该吐露这个尘封已久的秘密。

"发生了什么事情？"叶列娜突兀地问，她的脸上若有所悟。

"事情很简单，当年我爱上了一位姑娘。但不幸的是她也是乐土计划的成员之一，所以注定了这是一个不会有结局的故事。"

范哲忽然轻轻问道："那她也爱你吗？"他的目光有些飘忽地瞟了眼叶列娜。

何夕一怔："我想是吧。其实我们认识的时间并不长，但怎么说呢？也许感情的确是世界上最盲目的事情吧。当时我看着她乘坐的飞船在视线里渐渐模糊消失，觉得自己心里的某一部分也在那一刻永远地随她而去了……"

何夕突然停住话头四下张望："你们听到了什么吗？"他的脸上浮现出困惑的神色。

"我也听到了，好像是一声很轻的叹息。"叶列娜回应道。

范哲有些茫然地呆愣在原地，他没有听到什么，但是四周的情况却让他陡然紧张起来。不知何时四壁的门已经全部紧闭，范哲上前试图打开那些门，但无一例外都失败了。

叶列娜惊呼道：“快看，那些烟雾！”

何夕这才发现房间里已经淡淡充斥了一层雾气，与此同时范哲身上的便携仪器上也亮起了红灯：“天哪，是神经毒气梭曼，这样的浓度三分钟内就能致人死命。”范哲大叫起来。

何夕这才发现自己铸成了大错。当初在飞船上收到的讯号里先行者称他们为“客人”，按照乐土宪章所有移民星球在验收之前是不能视作人类家园的，但先行者的这种称谓却有以“主人”自居的意思，也就是说他们已经视渤海星为家园了，这个细节本来是让何夕有所警觉的，所以他安排范哲留守在飞船上，但后来的接触让他放松了警惕。现在看来渤海星上的确是发生了异乎寻常的事情，说不定范哲观测到的真的是潜艇之类的东西。中央电脑的程序肯定被人动过手脚，对方是做了有意的安排，等到他们聚齐之后才采取的行动。但是何夕不知道先行者这样做究竟是因为什么，而现在看来这也许将是一个永远的谜了。屋子里的三个人脸色惨白地面面相觑，眼睛里都是难以置信的绝望。死亡，就这么来临了，在这遥远的异星之上。不仅突然，而且透着不明不白的诡异。

在意识离开何夕之前的最后一瞬，滑过他脑海的是一个奇怪的念头：那声叹息怎么那么熟悉？之后纯粹的黑暗袭来，将一切吞噬。

9．当年情

这就是死亡吗？像漂浮在云团里，又像是沉浸在温暖的海水中。斑驳的光影在眼前四处跳荡，宛如一幅让人不明就里的抽象画。

“不——”何夕突然大叫一声醒来，这才发现自己躺在一张柔软的椅子上，虽然没有充足理由但第六感觉清晰地告诉他旁边有一个女人。这个判断很快有了依据，因为何夕立刻发现一个纤弱的身影就伫立在他的面前。

即使是最善于想象的人也常常在面对命运的安排时感到意外，谁都难以知道会在什么地方以及在什么地点遭遇不可预料的人和事。当于岚的身影突然间映入何夕眼帘的时候，他真切地感到这句话的正确。20年的隔膜在那个瞬间被穿透了，何夕觉得天地间突然恍若无物，只剩下了两个人。无论用什么样的语言也无法述说何夕在那个瞬间里的感受，因为他见到的是一个自己已经与之永诀的人。多年前的伤口一直还在隐隐作痛，但是那个人居然回来了，她穿透的不仅是时间，还包括死亡。

何夕此时还不知道与于岚的重逢最终成了他心里第二道痛入骨髓的伤口，而且永世难愈。

“是你吗？”何夕喃喃地问，“如果不是从小被培养的无神论信仰，我一定会认为这是在天堂里的重逢。”

“是我。”于岚温柔地回答，眼里装满欣喜。

何夕四下张望，发现这里是大船的主控室，现在已近黄昏，光线变得柔和，绚丽的云彩挂在天边。但他没有看到范哲和叶列娜。

“他们现在很安全。”于岚仿佛看透了何夕的心思，“我根本没想到你居然会是领路人，如果再晚一点可能就……”于岚止住话，似乎仍然心有余悸。

“我不明白发生了什么事。”何夕不太肯定地开口，“好像我们差点死了。但这怎么可能呢，一切都很正常啊。是不是发生了什么故障？”

于岚没有开口，像是没有听见何夕的话，但谁都能看出她眼里的喜悦发自内心。

“当年的事故里你不是已经死了吗……”何夕急促地问，几乎与此同时一道灵光自他脑海里滑过，他猛然想清楚了一些事情，“我知道了，并没有什么事故，一切都是假象。”

于岚迟疑了一下，终于点头承认了何夕的猜测。

但是何夕心中的疑惑更甚：“可为什么会这样？是先行者扣留了你们吗？”

“怎么可能呢？”于岚摇头，“他们都是善良而无害的，老实说地球人在他们面前至少在道德层面上肯定会感到自卑的。”

何夕想起一路上的见闻，先行者纯朴的风貌的确给了他很深的印象：“但那个警报讯息又是怎么回事呢？那可是你亲自发出的。”

“马维康和加腾峻并不是死于脉冲星辐射。”于岚幽幽地说，“而是死于一次突发事件。当时我同他们发生了激烈的争执，先行者站在我这一边。他们两人先动手杀死了几十位先行者，但是最终寡不敌众。后来我发出了那条讯息。”

何夕彻底震惊了，他没想到20年前竟然发生过这样惨烈的一幕：“是什么事情会发展到这种地步，难道不能协商解决吗？”

“不能。”于岚冷酷地说，“是生死或存亡，没有调和的余地。当时马维康和加腾峻正准备向地球报告渤海星任务彻底失败的讯息。”

何夕倒吸一口气，他当然知道这个讯息意味着什么。乐土计划实施以来还从未发生过这种情况，一旦讯息发出，后果的确不堪设想。

“是那种情况发生了吗？”何夕平静了些。

“还能是别的什么呢？就是那种情况发生了。”于岚的神色变得古怪，就像一个来自黑森林的女巫，她一字一顿地吐出剩下的四个字，仿佛那是一句可怖的咒语，“生殖隔离。”

虽然有所预感但这几个字还是像重锤一样打在了何夕的心灵上：“这怎么可能，我一直以为宪章里关于这一条的规定只是为了法律的完备性而准备的，没想到真会发生这种情况。要知道每个先行者方案都是经过至少5年时间上千次实验才确定的。”

于岚的思绪已经回到了20年前："当时我们顺利到达了渤海星，这里世外桃源般美丽的风光稍稍让我觉得安慰。我想就这样忘了过去罢，开始新的生活。"于岚的神色变得有些迷蒙，"后来的事情都是按部就班的，加腾峻同他的心上人一见钟情，而我居然遇到了一位和你颇有几分相像的先行者……"

"是秦忘吗？"何夕陡然想起那位酋长。

"就是他。"于岚苦涩地笑笑，"渤海星第一代先行者的名字都是自己决定的，唯有秦忘的名字是我给他起的。"

"秦忘。情忘。"何夕若有所悟地低语，一时间他的心里涌起痛楚的感觉，情真的能忘？

于岚平静了些，接着说道："如果一切正常我们就会像地球上一样，恋人们交往一段时间后在领路人的主持下谛结婚约，然后在几个月后的某一天诞下生命的结晶。由于先行者的所有重要体征都被设计成显性基因，所以孩子肯定能够适应这里的环境，孩子顺利出世便是整个计划圆满成功的标志。"这时于岚像是想起了什么，"你的家人都好吗？"

何夕有些措不及防地回答，"当然，他们都在里海星。"他低声补充道，"我和妻子已经分手，现在我同女儿生活在一起，她非常可爱，像个天使。"

于岚流露出羡慕的目光，不知为什么这目光让何夕觉得心中酸楚："也许是我的专业使然吧，我一到渤海星便采集了先行者的生殖细胞进行分析，想观察他们同人类的生殖细胞结合时的行为。”

“这好像没任何必要吧，在地球上的时候早就进行过无数次类似的实验了，虽然我不是这方面的专家，但也知道用先行者胚胎细胞制造他们的生殖细胞是一件很容易的事情，进行一次减数分裂就行了的。”何夕有些不以为然地插话。

于岚没有理会何夕：“由于我自己的排卵期的原因第一次实验是在到达渤海星的第五天才进行的，我同时也以实验的名义取得了加腾峻的生殖细胞。我说过当时只是专业兴趣使然，我根本没有想到会发生超出意料之外的事情。”

何夕的心渐渐下沉：“实验结果是什么？”

“相当可怕。”于岚的语气简短而冷酷，“在显微镜下我看到的完全是异种生殖细胞相遇的情形。精子漫无头绪地乱撞，完全不像遇到同类卵子那样舍生忘死地冲锋。而卵子则是完全彻底地封闭了表面的一切通道。也就是说它们排斥的程度甚至超过了马和驴，尽管后者也无法孕育出能正常繁殖的后代。”

“异种。”何夕从牙缝里挤出这个词，“可我知道类似的实验在地球上是全部成功的。”

“我当时也非常震惊，但事实就摆在面前。接下来我采集了更多的先行者标本做实验，结果完全一样。经过进一步的分析我找到了原因所在。”于岚竖起食指指了指天空。

何夕立时明白了于岚所指：“你认为是渤海星上特殊的恒星辐射造成的？”

“只能是这个原因。”于岚点头，“其实恒星辐射超过地球的行星并不少见，但以往从没有发生过以这种方式影响生殖细胞的情况，可见宇宙的确还存有许多人类未知的奥秘，我想可能是因为这里的恒星辐射中具有某些特殊频率的射线吧。不过我观察到先行者生殖细胞之间的结合却又完全正常，甚至当时已经有了一对偷尝禁果的先行者，他们一岁大的孩子在水里游得比银贼鱼还快。”

“再后来发生了什么事？”何夕强迫自己保持语速平缓。

“我确定实验结果无误后便报告了马维康。他当时不相信，但在亲眼目睹之后接受了我的结论。然后我们三个人在一起开了个会，其实根本不需要什么讨论，按照宪章的规定一切都是明摆着的。要知道任何违背宪章的行为都被视作反人类罪行。”

何夕打了个冷战，他用有些奇怪的眼神看着于岚。

“他们两人的意见是立刻向人类委员会汇报，准备启动抹除程序。我想那一刻自己可能是疯了，我无法接受几千个活生生的有血有肉的人在我面前被杀戮。我冲出了门对先行者大声嘶喊他们已经被人类视为异类，将被毫不犹豫地抹除掉。我告诉他们如果要拯救自己就必须制止屋子里的人发出讯号。”于岚痛苦地摇头，乌发变得凌乱不堪，当年那可怕的景象让她至今不能释怀，“然后人群向屋子冲过去，然后我看到不断有人倒下，遍地的血……”

于岚的话戛然而止，在极度的激动之下她突然晕厥倒地。

10．非人

于岚苏醒的时候发现自己正好同何夕掉了个儿，自己躺到了椅子上，而何夕正注视着遥远的天边若有所思。

“你醒了。能告诉我现在我们所处的方位吗？”何夕俯身下来，眼里是毫不掩饰的关切之情。

“我们现在就在圣地的上方，先行者称这里为圣地是因为我住在这里，我没有抵抗辐射的基因，多数时候都生活在地底。”于岚起身站立，“他们对我当年的行为充满感激，对待我像神一样充满尊敬。他们是知道感恩的人。”

何夕点头表示理解，二十年来于岚遗世独立，对渤海星的确付出太多，同时他也听出了于岚话中的维护之意：“我相信他们都是善良的，但他们是异种，这是不可否认的事实。”

于岚沉默了好一阵，像是在思考某个问题：“你看到这个了吗？”她突然指着桌台上一座半米高的拱桥模型，脸上浮现萧索的神色，“渤海星上没有河流的概念，当然也不会有桥这种东西，这个模型是我平时摆着玩解闷的。”于岚说着话用手轻轻一拂，拱桥立刻散落成十几块大大小小的配件。“这座桥没有用黏合剂，完全是靠着配件契合成型。你试试能还原吗？零件上面有编号，你可以按顺序来做。”

虽然何夕不明白于岚为什么突然扯到这个模型上，但他还是依言摆弄起那堆零件。何夕知道于岚的老家是中国南部著名的水乡，那里有着很多这样的石拱桥，少女时的于岚曾经日日从桥上走过。何夕想象着那时的于岚伫立桥上看风景是怎样一副纤弱的模样，而现在的她却只能在160光年之外摆弄一座石桥的模型，这样的联想突然让何夕有些心酸。何夕定定神，将注意力放到眼前，所谓零件其实就是一堆梯形的塑料块。何夕试了几次都失败了，模型总是在垒到一定程度的时候崩塌掉。何夕有些郁闷地盯着这堆不听话的零件，从道理上讲这应该是件很容易的事情，这些零件的形状肯定是能够契合成一座拱桥的，就像他刚才亲眼见到的一样，而且也的确和现实中的石拱桥一样不需要什么黏合物。

“你不会成功的。”于岚含有深意地开口，“零件一块不少，但你会发现你的工作总是进行到某一个时刻就崩溃了。”于岚从抽屉里拿出一个盒子，“你做不到只是因为还缺少一些东西，这个盒子里面的构件可以搭建一副脚手架来帮助你。翻开拱形桥建筑手册你就会发现，在造桥之前你需要搭建脚手架之类的辅助设施，但这些东西最后会被拆除，不留一点痕迹。”

“为什么和我说这些？”何夕若有所思地问，他觉得自己正在接近某个隐藏的真相。

于岚的眼睛变得很亮：“其实建造这座桥的过程和人类的进化非常相似。这本来是进化应有的常态，30多亿年里我们身体的所有构件其实都经历了这样的过程。那些曾经出现但最终消失了的部件并不是无用的，没有它们也就不会有现在的人类。但是我们现在对先行者的改造却完全违背了这种自然规律，跳开了所有中间环节。人类凭借着已经堪比造物主的强大技术，直接依据移民星球的环境需要设计制造出了先行者。”

“你是说先行者是非自然产物是吗？”何夕问。

“先行者完全就是纯粹计算的产物。”于岚的脸上滑过一丝悲戚，“他们不过是从移民星球的环境倒推得到的产品罢了。在人类委员会的眼里他们就是一群小白鼠，根据人类的需要被发送到一个个开拓地。出于开拓的需要他们先天就被赋予了各种特殊的能力，但是这些能力却可能在几十年后带给他们灭顶之灾。”

何夕沉默了好一会儿才开口道：“你说的这种极端情况并没有出现过。”

“只能说在渤海星之前没有出现过。”于岚直视着何夕的眼睛，“技术不是万能的，它不可能预见到所有的情况。你认为渤海星先行者会面临怎样的结局？”

何夕感到喉咙发干：“宪章……宪章里提到过的。”

“宪章。”于岚语气冷得像冰，“要我背给你听吗？这些年里我早就把宪章翻烂了。不错，宪章里写满了公理正义，它的每句话听起来都代表了人类文明的最高法则，让人无从辩驳。它对所谓移民失败的先行者只说了两个字：抹除。”

“实验总有失败的可能，既然明知是失败了……”何夕艰难地吞了口唾沫，“这也是迫不得已的做法。”

“问题在于渤海星先行者们失败了吗？”于岚逼视着何夕，

“你看到过他们，连同他们的孩子。这么多年来他们自由自在地生活在这颗星球上，没有任何不适应的地方，他们建立了自己的家园，同万物谐和，没有大的灾难他们还能这样生活一百万年。你看到过孩子们建造的那些花房了吗？”于岚眼里放射出动人的光泽，“我觉得它就像是一件美轮美奂的艺术品，是这颗蛮荒星球上最动人的事物。你敢否认自己曾经被它打动吗？”

“是的。”何夕低声说，“那些花房的确非常漂亮。还有，那些孩子也非常可爱。他们让我想起了自己的女儿。真的，我真的这样认为。”

“但是按照宪章的定义他们都是失败的样品，应该完全不留痕迹地抹除掉。就因为他们同我们产生了生殖隔离。”于岚话锋一转。“可这能怪他们吗？是人类在操纵这一切。”

“从生物学意义上讲他们的确不能称作人类了。”何夕肯定地说，“我承认这是人类犯下的错误，也许最严密的设计方案也会有出错的时候，看来人类毕竟还没有洞悉生命的全部秘密。这里发生的一切已经证明渤海星的环境超出了某个阈值，适合生存的先行者将注定异化成非人类。按宪章规定这个星球在抹除先行者后也不会再用于移民，它将成为又一个死海星。”

11．蓝色的雪

“你已经做出了决定吗？”于岚幽幽地问，一丝奇异的光芒在她的眸子里浮动。

何夕努力控制自己的目光不要四处躲闪，他知道从道理上讲自己没必要感到一点愧疚，恰恰相反，他现在正是站在绝对正确的立场上："我明白的你的心情，这的确不是一个容易下的决心。但是我们不能被感情左右，那些先行者……他们……他们的确已经不能算作人类。"

"不——你不会明白的。"于岚突然歇斯底里地大叫道，"你还是站在最狭隘的立场上看待眼前的一切。我认识这里的每一个人，熟悉他们的音容笑貌。秦忘很腼腆，李高喜欢在女人面前吹牛，星兰正在为自己长得太瘦发愁……他们体内的基因有97%和我们完全相同，他们和我们一样有智慧，有灵魂，还有——梦想。他们不是机器，不是小白鼠，他们是有血有肉的人！你明白吗？"

何夕面色惨白地看着这个狂躁的女人，一语不发。等到于岚变得平静一些之后何夕慢慢开口道："他们不是人类。按照门、纲、目、科、属、种的划分，我想他们最多只能到灵长目人科，到不了人属和智人种，他们和我们不是同一物种，生殖隔离是最有力的证明。我们同他们的差别之大也许超过了同为猫科动物的猎豹和非洲狮之间的差别。想想吧，只要有机会草原上的雄狮会毫不犹豫地杀死并吞食猎豹，反过来也是一样。"何夕的喉结艰难地动了一下，"我们和黑猩猩也有96%的基因相同。所以……他们不是人，他们是绝对的异种。"

于岚颓然坐倒在椅子上，她的理智告诉她何夕说的都是真理。

“人类很幸运，掌握了虫洞这种超越时代的伟大技术，得以一窥浩瀚宇宙的面貌。而更幸运的是在运用这种技术的过程中人类还没有遭遇到智能胜过自己的可怕异类。但在开拓异星的过程中人类却可能创造出这样的异类，谁敢保证某一天它们不会向创造者举起屠刀。”何夕冷酷地问。

“不会这样的。”于岚无力地嚅动嘴唇，头上的乌丝剧烈地摆动着。“他们很善良，我一直教育他们对地球怀有感恩之心。”于岚仿佛抓住了一根救命稻草一般抬起头来，“我会告诉他们地球人类是他们的根，我会让他们永远记住这一点。他们永远不会对抗人类的。”

何夕有些怜惜地看着憔悴的于岚：“永远是什么？世界上有永远的事情吗？对人类的历史你应该比我清楚。现代欧洲人都来自非洲，但当他们的后代在十五世纪重返非洲的时候带去的却是无尽的杀戮和种族灭绝。还有一个时间间隔更短的例子，公元一千年左右一些波利尼西亚农民移居新西兰成为毛利人。其中又有部分移居查塔姆群岛成为莫里奥里人。但没过多久之后的某一天毛利人冲到查塔姆群岛杀光并煮食了这些莫里奥里人，因为他们视那些人为异类。一个毛利人解释说，‘我们捉住了所有的人，一个也没有逃掉……我们抓住就杀——这符合我们的习俗’”。何夕露出残酷的表情，“这些例子里的双方其实还属于同一物种，人类自己的历史已经证明了一切。我承认现在的渤海星先行者都是善良而无害的，而且我内心里甚至很喜欢他们。但是，人类绝对不敢冒险去养大一个拥有智能的异种。”

“我要阻止你。”于岚有些失控地嘶喊，“你一定认为我是一个被感情冲昏了理智的巫婆，我已经当过一次人类公敌了，我不怕再当一次。”

“别这样。”何夕扶住于岚瘦削的双肩，“你已经尽力了，真相不可能永远隐瞒下去。”

“但是如果能多给先行者们一些时间，再给他们几十年时间，我可以教给他们更多一些知识，让他们拥有自己的先进技术，他们就能进步到足以同人类抗衡的程度。”于岚突然痛苦地抓扯头发，脸上是无所适从的绝望，“天哪，我在说些什么啊，他们永远都不会同人类对抗的，不会的。”

“你说出的正是真理。”何夕知道现在不是心软的时候，于岚已经执迷太深，他有义务唤醒她，“其实你自己早就看到了一切，只是不愿意承认罢了。”

于岚一步一步朝门外退去，脸上是无助与决然的混合：“你们都是屠夫，我不会让你们毁灭这里的一切的。”

“你打算怎么做，就像20年前一样？让先行者们撕碎我？”何夕脸上挂着冰凉的笑，仿佛想掩饰内心的什么，“我知道他们现在就在外面，他们的武器应该比20年前进步多了。”

“求求你别逼我。”泪水从于岚眼中不可遏制地流淌而下。一边是曾经的挚爱，另一边则是无数她必须保护的生灵。一时间她仿佛听到了自己的心碎裂滴血的声音。

“是结束一切的时候了。”何夕突然扬了扬手，“人类委员会在20分钟前，也就是你昏厥的时候已经收到了关于渤海星情况的报告。我和你都是小小的棋子，只有人类委员会才有权决定渤海星的未来。”

“这不可能。启动量子通讯至少需要两个小时，你在骗我。”于岚惊骇莫名地摇头。

“也许世间真有所谓宿命的存在，出于某些难以说清的原因我在几个小时前就让范哲启动了量子通讯。”何夕接着说，“我忠实地描述了渤海星的状况，其中也包括你所强调的渤海星先行者的‘善良’和‘无害’。人类委员会是最终的决定者，我想再过一会儿我们就知道渤海星的宿命究竟是什么了。”

于岚不再说话，实际上何夕的话已经让她完全僵立。何夕缓步上前温柔地围住她的肩膀，然后他们一同望向外面的黄昏，就像一对看海的恋人。

在120公里的高处，虫洞飞船以黑丝绒般的太空为背景缓缓滑过，宛如一只巨眼君临万方。飞船核心处有一个内部冷到极点的黑匣，里面的温度甚至低于宇宙的背景辐射。在这样的温度下运动几乎终止了，就连电子这种不可捉摸的轻子也表现迟滞。

突然，像是获得了某种古怪的魔力，其中一些电子开始无视低温的禁锢执着地骚动起来，它们迈开了奇异的舞步。电子们的舞蹈并不是无意义的，它们跟随亿兆公里之外孪生兄弟的脚步拼出了一条无比清晰的指令。几秒钟之后虫洞飞船整个震颤了一下，在指令的召唤下从它的周围伸出一圈发着蓝光的管子，就像是一头从沉睡中苏醒的怪兽正在舒展四肢。

片刻之后很多道流星般的亮迹破空而至，在黄昏的天空中显得夺目非凡。进入大气层之后亮迹急速地湮灭，与此同时无数淡蓝色的雪花开始在黄昏的天空中飘落，这幅无声的场景美得令人窒息。

天地间的异象迅速吸引了先行者的注意，许多人浮上水面争相目睹这从未见过的蓝色雪花。孩子们开心地大叫，他们甚至像海豚一样迫不及待地跃出水面去触摸满天美丽的雪花，却不知道这是与死神的致命邂逅。

“终结者病毒……他们还是做出了决定。”于岚喃喃开口，她的脸上一片幻灭。

何夕没有说话，在这样的时候语言根本没有任何意义。他知道这场雪会一直下12个小时，直到这个星球的每个角落都覆盖上足够的病毒。对应于每种先行者都预先设计有一种终结者病毒，它们是高度特异定向化的，一种病毒只能感染并杀死对应的先行者，当先行者全部死亡后病毒自己也无法存活。按照实验结果先行者受感染后存活率低于十万分之一，而现在整个渤海星人口只有几千，也就是说这将是一次完全彻底的饱和歼灭行动。

12．人生不相见

夜很深了，在两个月亮的辉映之下可以看到近处的雪花仍然稀稀疏疏地飘洒着，这幅静谧的图景让人很难把它们同无数的死亡联系在一起。

“我们终于看到了渤海星的宿命。”何夕再次提起话头，于岚像现在这样一言不发已经10个小时了。

“他们都死了，对吧？”于岚终于开口说话，这让何夕觉得稍微放心了些。

“终结者病毒攻击神经系统，感染者将很快因为神经系统瘫痪而窒息死亡。”何夕小心翼翼地说，“这是一种快速的低痛苦死亡方式。现在先行者应该都已经死去了，包括个别深海里感染得稍晚一些的。”

于岚机械地走到10米外的控制台边坐下，何夕知道从那里可以跟踪到每一位先行者，但于岚现在的举动已经毫无意义，在屏幕上她只会看到8 754个一动不动的小点——那是先行者横陈的尸体。

“一切都结束了。”于岚从控制台前站起，脸上一派麻木，“从渤海星被发现算起已经过去50多年了，在这颗星球上发生过那么多故事，而现在一切都回到原点，就像是做了一场大梦。”

“这就是结局了。”何夕低声说，他转身指向夜空中的一个方向，“从这里看过去太阳系只是一个暗淡的白点，那里是人类共有的家园。在这个故事里最幸运的是经过那么多事情我们的家园还在。”

于岚突然叹口气，像是有所触动：“知道吗？以前我觉得所谓的星座只是古人的奇特想象力组合，但现在我却不这样想了。也许其中真的隐藏着某种我们永远无法彻底弄明白的东西，它超越了所谓的科学定理，也超越了人类全部的理解能力。”

何夕哑然失笑：“怎么我们的生物学博士改行研究哲学了。”

于岚转头看着何夕：“就像现在，我们站在这个位置上，能看到太阳系连同半人马座还有旁边的群星，你看它们像什么？喏，稍微把头偏左一点……”

何夕凝视着那个方向，饶有兴致地，不以为然地，然后天地间突然沉寂了，何夕感觉到有滚烫的泪水从眼里涌出——他看到了一个小小的摇篮，下面是篮身，上面有一条提臂，那颗火红大星则是悬挂点……小小的摇篮就那么孤单地悬挂在这广袤无垠的宇宙中。

从这个位置上何夕其实也看到了在地球上永远无法与猎户座同时看到的天蝎座群星，火红的大星便是天蝎座α星，中国古人称为“大火”，曾经专门设立“火正”一职观察它的位置确定节气。天蝎座群星参与了太阳系摇篮的组合，这幅图景是那样美妙绝伦但却又蕴含着人类智慧永远不能理解的无尽深意。

良久之后何夕回过头来："该回家了。"何夕爱怜地望着于岚并且加重了语气，"是我们两个人的家。"

"回家。"于岚若有所思地重复一句，"我也很想回家，但是我再也回不去了。"

何夕有些意外："虽然你违背了章程但毕竟没有铸成大错，我想联邦政府也不会太难为你的，我有把握替你脱罪，至少会是比较轻的判决。"

"你认为我们还能回到从前吗？不可能的。渤海星改变了我的一生，我已经同这里的一切有了永远无法分离的血肉联系。太阳系是人类温暖的摇篮，但孩子长大后终有放手的一天，不应该让摇篮成为永远的禁锢和桎梏。正是几万年前的来自非洲的先行者闯进旧大陆，以及几百年前来自欧洲的先行者们挺进新大陆，才有了后来人类历史中一幕幕壮丽的篇章。终有一天人们会明白宇宙的法则也许并不是汇聚，而是分离，就像地球现在已知的几百万物种其实都来自38亿年前的同一个体。先行者不在了，但是我要留在这里，用我剩下的生命守护他们无根的灵魂，我怕他们会迷路。"于岚转头凝视着何夕，星星在她的眸子里闪烁着动人的光芒。"我们的人生分开得太久也太远了，就像参宿与商宿，东升西落，已经无缘相聚。"

于岚说完这番话将身体从何夕的围抱中抽出，轻轻地然而也是决绝地步入了门外的黑暗。剩下何夕一个人孑孓伫立，仿佛一具被抽空了魂魄的雕像。

尾声：最后的音节

登陆舱缓缓升腾越来越高，渐渐成为湛蓝天空中一个不可见的小点。于岚面无表情地注视着这一幕，这时主控室的地板滑开，两个纤细的身影扑进于岚的怀里大声哭泣，过去的这十多个小时他们一直生活在炼狱里。于岚紧紧搂住两个吓坏了的孩子，就像是搂着两样失而复得的珍宝。几小时前她在主控室上看到了两个移动的小点，也许是由于恒星辐射的缘故，这两个孩子竟然具有了抵抗终结者病毒的突变，也就在那一瞬间于岚做出了最后的决断。

“虫洞跳飞进入倒计时。”叶列娜向一直失魂落魄的领路人汇报，她忍不住提醒一句，“还有十分钟时间，如果想道别请抓紧。”这时她猛地瞪了范哲一眼说，“跟我出去呀，真是没脑筋。”

范哲稍愣了一下，随即听话地跟着出门，他正好觉得有许多话想对叶列娜说。

屏幕上的于岚已经不复昨天憔悴的模样，似乎还淡淡地化了妆，看上去明艳照人：“我已经在这里等了一阵了，我知道你会出现的。”

“再有几分钟飞船就会启动，这一别我们恐怕再也无法见面了。”何夕深深凝视着于岚，似乎想将她的容颜镌刻在自己的视网膜上。“我会在亿兆公里之外想你的。”

“我也是。”于岚柔声道。

何夕迟疑了一下，似乎在做什么决定，末了他平静开口道：“秋生和星兰都好吗？”

于岚悚然一惊，脸色一下变得苍白：“你、你说什么？”她的心急速地沉向无尽深渊的最底处。

“虽然你离开的时候关闭了控制台，但是后来我破译了启动密码，所以我知道有两位幸存者，很巧的是我居然见到过那两个孩子。我一直在回想你说的那番话。”何夕稍稍停了一下，“也许放手也是一种爱，而且是隐含着宇宙的至高法则因而也是最深沉的爱。我知道该怎么做，不会有人来打扰你们的，就让人类和先行者各不相见吧。永别了，我的渤海星女神。”

“谢谢你，我会守护着他们，不让他们迷路。”于岚眼里流露出依依不舍的神色。时间飞逝，永世的分别就在眼前，两人透过屏幕深深凝望，口唇微动中不知不觉吟诵的正是那已经刻入彼此灵魂的诗句：

人生不相见，动如参与商。

今夕复何夕，共此灯烛光。

千年前的绝唱道尽了世间的离合悲欢，泪水开始在两张面庞上聚集成行，肆意流淌，冲刷尽一切，将心中无尽的块垒抚平。

少壮能几时，鬓发各已苍。

昔别君未婚，儿女忽成行。

前尘旧事在何夕眼前一一晃过：地球的初遇、20年的分离、渤海星短暂的重逢、紧接着的永远的诀别，还有人类与先行者的离合际遇。无数的慨叹涌上心头，这一刻就像是历尽一生。

十觞亦不醉，感子故意长。

明日隔山岳，世事两茫茫……

眩目的闪光突然亮起，模糊了眼前的一切，宣告这个冗长的故事走到了终局。而空气中还停留着那最后的音节，在相隔亿兆公里的两端盘桓、萦绕。

关妖精的瓶子

物理学的另类解读

夏 · 笳 ·

詹姆斯・C.麦克斯韦先生虽然是一位严谨的物理学家，但是在面对超自然现象时却相当能沉得住气，这或许要多亏了他的妻子对一切民间传说的多年爱好。

眼下一位不速之客正坐在壁炉旁边，样子多少有点寒酸。经过主人的再三请求，他才勉强摘下头上那顶又厚又皱的暗绿色尖顶帽放在膝盖上揉捏着，露出汗涔涔的额头和那双标志性的毛茸茸的耳朵。

“抱歉，失陪一下。”麦克斯韦先生说着，起身离开了客厅，这时玛丽正端着咖啡站在走廊尽头。

“那就是传说中的妖精？”她好奇地问。

“至少他自己是这么说的。”

“个头倒挺大的。”玛丽评价道，“就是样子好像不太中用。”

的确，那个坐在壁炉旁的……（该怎么称呼呢？东西？）完全没有任何可以称作是威严、神奇甚至是可怕的仪容，披着一件破旧的外套，倒像一个刚从玉米地里钻出来的农场工人，尽管他确实是像传说中那样，“嘭”的一声，伴随着一阵烟雾凭空出现在麦克斯韦先生的实验室里的。

“我想这是个玩笑，”麦克斯韦先生耸耸肩，“尽管不明白为什么。”

“不过你还是小心点，妖精的力量没准儿并不像外表看上去一样。”玛丽说道，语气中却听不出什么担忧之意。他们一起回到了客厅。

喝下一杯热乎乎的黑咖啡后，妖精看上去放松了一些，于是麦克斯韦先生重新挑起话题："龙……抱歉，这位先生，您一开始说您的全名是？"

"科鲁耐里亚斯·古斯塔夫·龙佩尔斯迪尔钦[①]。"妖精回答道，表情几乎有点不好意思，"这是后来人家给我起的，一个非常古老的德国姓氏。"

"是的，是的，先生，不过还是让我们继续吧，我记得刚才我们谈到阿基米德。"

"对，他是我的第一个主人，实话说吧，一个不折不扣的老疯子。"妖精板着脸说，"我被他使唤了几十年，造了不知道多少乱七八糟的东西，罗马兵攻进叙拉城的前一天晚上，他把我封到石板里面，一封就是一百多年哪。"[②]说到这里，妖精的眼睛居然有点湿润了，他连忙用长满毛的手背胡乱摸了两下。

麦克斯韦先生清了清嗓子："我明白，不过您还没说你们当时打的什么赌呢。"

"打赌？哦，是的……太久啦，我……我记不清了。"妖精结结巴巴地说，继续低头揉捏他的破帽子，"其实那件事儿从开

---

① 这确实是一个作者本人拼凑的，非常古老的德国姓氏。其中龙佩尔斯迪尔钦这个姓来源于《格林童话·矮子精》，故事中的矮子精让王后猜他的姓，如果猜不出就要把她的孩子抱走。

② 这里实际是在说阿基米德的死亡。当时罗马军队攻陷叙拉古城，冲进阿基米德的房间，那时候他正在做数学题，并且平静地说："让我把这道题做完。"这时一个愤怒的罗马士兵杀死了他，妖精所叙述的事情即发生在叙拉沦陷的前一夜。

头就注定是我吃亏，您也知道他是个多难缠的老头。”

“好吧，那么您又是怎么从法拉第先生的实验笔记里冒出来的呢？”

“这个说起来话可长了，中间经历了好多事儿哪，您要是知道了我那一串儿主人的名字准能猜到是怎么个过程，我也不跟您在这儿废话。”妖精抬起头，用一种近乎哀怨的眼神望着对方，“总之你们这些搞物理的没几个正常人，就拿那位法拉第先生来说吧，我那天正帮他缠线圈缠得好好的，他就突然跟我来一句：‘你跟着我已经够久了吧，我也没什么事儿要你做了。’连声告别都没有，就这么着拿个本子把我封起来，然后我就稀里糊涂地到了您这儿。千真万确，跟了他这么久，除了线圈就是线圈，连一个铜板也没想起来向我要过。”

麦克斯韦先生刚想对此事发表一下评论，因为，众所周知，法拉第先生是他的老师，但是玛丽仪态万方地出现在了门口。

“詹，要留这位先生吃晚饭吗？”

妖精顿时坐立不安起来：“不……不用麻烦了，先生，太太，我想我们还是尽快把事儿办了吧。”他从口袋里摸索出一卷油腻腻的羊皮纸，因为年代久远而残缺不全。

麦克斯韦先生展开细细地看，妖精在旁边继续说：“总的来说就是这么回事儿，咱们俩打个赌，我输了，我就供您差遣，要是您输了，您的灵魂和一切财产就归我，而我就从此自由了。”

“一定得这么办？”玛丽斜过身子问道。

“老规矩啦，太太，几千年来大家都是这么办的，您大概多少听说过。”

“和妖精打赌未必是件有利可图的事。”麦克斯韦先生抬起头，“你能带给我什么？”

“很多。”妖精伸出毛茸茸的爪子，亮闪闪的金币从掌心里冒出来，他故意让它们叮叮咚咚地落在地上，“财富，权势，地位，只要是你所要求的。”

麦克斯韦先生好奇地望着他的手掌：“不管怎么说，这似乎是个机会……”他喃喃自语道，“好吧，玛丽，我们迟会儿再开饭，现在先拿支笔来。”

打赌的规则是这样的，麦克斯韦先生提出一个难题，如果妖精在24小时内无法解决，胜利就归麦克斯韦先生，否则就是妖精赢得一切，当然，前提条件是这个难题必须是有某种特定答案的。

“不能拿些不清不楚的问题来难为我，先生，您让我绕着美洲大陆跑一圈都成，别问我能不能出个自己都回答不了的难题。”[①]麦克斯韦先生表示接受。

“这事儿怕没那么容易，亲爱的。”麦克斯韦夫人心中多少有点忐忑不安，“你怎么能有把握赢过妖精呢？”

“听我说，玛丽。”麦克斯韦先生小心地压低声音，“我仔细看过契约书了，猜猜我发现的最有意思的事情是什么？那一长

---

① 这实际上是一个悖论，无论从任何角度都无法解决。古希腊的很多哲学家们（当时哲学和物理学还没有分开）都喜欢研究悖论，妖精一定吃过他们的亏。

串签名，亚里士多德、伽利略、牛顿、哥白尼，几乎我所知道的物理学家都在上面，齐全得可以编进百科全书了。这倒不稀奇，可是你想想看，几千年来，从没听说这上面的哪个人是因为和妖精订了什么契约而输掉性命的，我想我还不至于是第一个。”

玛丽迅速地眨眨眼睛。

“可怜的妖精。”她叹出一口气，“你打算怎么为难他？”

“慢慢看着吧，其实我也没有什么把握。”

就在妖精把他汗涔涔的尖顶帽揉到一百零八次的时候，麦克斯韦夫人带着和蔼可亲的微笑把他请进丈夫的实验室，顺便小心翼翼地从他手里抢救出饱经蹂躏的帽子挂到衣帽架上，这时候麦克斯韦先生正在对初具雏形的仪器设备进行进一步调试。

“我想这样就可以了。”麦克斯韦先生将塞有橡胶塞的一端从水槽里取出来，[①]说道，“来吧，这边是入口。”

妖精用近乎绝望的眼神看着这堆闪闪发光的玻璃器皿，它的主体是一个两端有橡胶塞的大玻璃瓶子，瓶子中间被一道竖直的玻璃隔片隔成两半，其中一边装有一些液态乙醚。

“你要把我关进去？”妖精有气无力地问。

“不错，让我们来看看你能不能找到出来的办法。”麦克斯韦先生回答道，“这将是很有意义的一次实验。”

“妖精站在空瓶子的那一头犹豫了一阵，带着听天由命的神

---

① 这是用来检验容器密封性能的简易方法，利用手掌的温度对容器加热，将它放在水里，看有没有气泡漏出来。

情缩小身躯钻进瓶子里，随着一阵响动瓶口被塞住了。

他飘浮在空气里向四周张望着，玻璃瓶壁展开一个圆滑的弧度，将外面的景物放大了很多倍，麦克斯韦先生及夫人正在向里面好奇地张望着。

直接出去是不可能的。众所周知，在任何一个童话里，一个妖精再怎么神通广大，只要被人关进了玻璃瓶就再也别想出去。（这个奇怪的事实或许说明了妖精的变身能力是有限度的，否则他就可以缩到原子级别，然后从二氧化硅巨大整齐的网格中悠哉悠哉地钻出去，①虽然我们很难说他会不会受到静电力的影响而被牢牢地吸附在某个共价键上。）显然，麦克斯韦先生是将这一点考虑进这个有趣的实验中的，哦不，差点忘了，这是一场生死攸关的赌博。

那么，要出去只有一个办法，一个由实验者事先决定好的，唯一的方法。

我们应该说妖精科鲁耐里亚斯·古斯塔夫·龙佩尔斯迪尔钦具有相当良好的科学头脑，或者，至少是在长达几千年与物理学家的相处中多少学会了一些科学的思维方式。最初的沮丧情绪逐渐平息之后，他开始尝试着把自己缩得更小，然后仔细地检查玻璃瓶的每一寸内壁。

当麦克斯韦先生和夫人喝过一杯咖啡，进入实验室观察进展

① 二氧化硅的晶体结构是呈立体的蜂巢形状的，每两个硅原子间的共价键上接一个氧原子，不过严格说来，玻璃并不是由纯净的二氧化硅所组成的，而是包含了很多杂质。

时，妖精重新把自己变到肉眼可见的尺度，身上满是湿乎乎的乙醚蒸气。

“我在横隔上发现了两个小孔。”他宣布说，“对我而言它们稍微窄小了一点，不过我还是把脑袋探到另外一边去看过了，除了令人晕眩的气体外什么也没有。”[1]“那些孔本来说就不是为你弄的。”麦克斯韦先生略带歉意地说，“我尽量把它们弄小一点，这是出于实验目的的考虑。”

妖精搔搔毛茸茸的后脑勺。

“我想我很快就能明白你的意思。”说完它又变得看不见了。

当他们走出实验室时，麦克斯韦先生夫人像少女般调皮地眨了眨眼睛，说：“我开始认为你赢定了，亲爱的，不过这没什么了不起，一个渔夫都能做得比你好，[2]可以的话我倒想听听其中的奥秘。”

“事实上，我想看看他有没有可能将冷热气体分开，换句话说，速度快的和速度慢的，这里涉及减熵的问题。”麦克斯韦先生回答道，“你知道，热力学第二定律规定能量不可能无代价地由高能物体转向低能物体，换一种说法，物体内部的无序程度，也就是熵，永远只能朝着增加的方向变化。就是为什么一团炽热的气体能够自由扩散，而要把它压缩回原来的状态就得靠外界对

① 乙醚蒸气在医学上可以用作麻醉气体，但是在这里主要运用了它容易在低温下汽化的特性。

② 指《一千零一夜》中渔夫和魔鬼的故事，只是一个普通渔夫就能把魔鬼骗回到瓶子里去，那么有人或许会问，麦克斯韦先生又何苦搞得这么麻烦呢？我们只能把这归于物理学家探究事物的好奇心，以及……妖精纯朴的天性。

它作功的原因。玫瑰凋谢，人会渐渐成长并老去，而宇宙最终会变成一团稀薄均匀的气体，不再有星星燃烧，一切一切都是热力学第二定律在起作用。”[①]“听上去太让人伤心了。”玛丽握着他的手低声说道，“我不喜欢这个定律。”

“还好，它不是我总结出来的。”麦克斯韦先生温柔地笑笑，“但是我想这并不绝对，如果有个跟气体分子差不多大小，心灵手巧的妖精在一团气体中间把着门，让速度快的分子进入一边，而速度慢的分子进入另一边的话，经过足够长的时间气体将自动分成冷热两个部分，结果呢？熵会减小，这个不讨人喜欢的定律失效了。”

“有可能吗？”玛丽睁大眼睛问道。

“只是个假设，我从来没想过能有机会用实验证实一下。理论上第二定律是不可推翻的，瞧，我们的身家性命都押在这个定律上呢。”

“这真让人心里有点不舒服。”

麦克斯韦先生微笑着搂过夫人的肩膀，在她额头上轻吻一下：“你先去睡吧，亲爱的，我想继续观察一小会儿。”

一个小时后他再去看的时候，发现妖精已经抓住了诀窍。

---

① 前一句话是热力学第二定律的开尔文表述，即热量不可能无条件地转化为功，后一句话是克劳修斯表述，这两种表述是完全等价的。“熵”是热力学中用来描述物质内部无序程度的物理量，当冷热气体相互扩散后，熵会等于这两种气体各自熵的和。根据热力学第二定律，熵应该是永远增加的，因此扩散、生长、腐烂等等过程都不可逆。

“我缩小到了所能到达的极限，那些空气分子就像一些疯狂的小弹珠一样飞来飞去。”[①]妖精气喘吁吁地说道，“我在想如果能控制这两个小孔，只让速度快的进入另外一边，就会使那边的温度升高，让液体变成气体推动塞子，甚至可能发生爆炸。”[②]“看来你真的知道不少东西呢。”麦克斯韦先生赞许道，“加油干吧，可能的话顺便帮忙记录一下那些朝你飞过来的小分子速度，或许我能借此机会验证一下我的速率分布理论。”[③]说完他便离开了。

第二天早餐后麦克斯韦先生与夫人欣赏了一支舒伯特的即兴钢琴曲，然后迈着轻快的步子走向实验室，清晨凉爽的风正从窗外的玫瑰花园里吹进来。

“怎么样？”他俯下身子仔细看了看，乙醚液面并没有明显的下降，“看来你这一晚上效率并不高啊。”

---

① 指气体分子在不停地做剧烈的热运动。

② 这里涉及文章题目的含义——“麦克斯韦妖”的概念。这是热学史上一个相当有趣，并引起很多争论的话题，最初是由麦克斯韦本人提出的。热力学第二定律表明，热能不可能无条件地从低温物体转向高温物体，在这个过程中必然要发生能量的损耗，但是麦克斯韦提出，如果存在一种形态微小，手脚灵巧的“妖精”，在一个封闭的系统中掌管两道门，让分子运动速度较快的进入一侧，而速度慢的进入另一侧，就能通过分子的无规则运动使冷热分开。利用这个原理，轮船就能在海上航行，利用海水中的热能做功，将剩下的冰块排出，而这实际上是违反热力学第二定律的。这个假设虽然荒诞不经，却引出了许多认真的讨论，并得出有关于负熵及信息熵的概念，在此不做过多介绍，只是想说明科学家们在研究看似严肃的物理问题时，也往往是保持着旺盛的幻想能力与童心的。

③ 指“麦克斯韦分布律”，这是由麦克斯韦得出的一个方程式，用来描述同一系统中，不同速率的分子的概率分布情况。或者也可以说，一个分子在速率无规则变化的过程中，处于不同速率的概率分布情况，两者其实是等价的。

妖精甚至没有现身，只是扯着嗓子大喊着："您自己试试看就知道啦，先生，枪林弹雨哪，哎哟！对，我是说，在您看来这分子好像老老实实的，其实一个个都跟发了疯似的，能站稳脚跟儿就不错啦，哎哟！哎哟！嗨，就好像把疯狂的牛群分开似的，西部牛仔干的就是这活儿，行啦，不跟您说啦！"

麦克斯韦先生摇摇头，这时玛丽从后面靠上来，柔声说道："你看上去挺失望，詹？"

"可能有一点。"他转过身，轻吻妻子芬芳的卷发，"我们的妖精虽说不上精细灵巧，可也挺卖力的呢。"

"我们的？"玛丽冲他顽皮地眨眨眼睛。当丈夫离开实验室去书房的时候，她小心地拉上窗帘，将早上温暖明媚的阳光挡在外面，以免影响了实验精度。

当他们傍晚散步归来的时候，终于看到了一点成果——瓶子那边的温度确实有升高，但是远远不够。

"其实我早该想到，妖精在内部也要做功的，对这个尺度的妖精而言，这太困难了。"麦克斯韦先生若有所思地说，"无论如何，第二定律胜利了。"

两个人心平气和地坐在旁边等待着。巨大的时钟敲响了九点整，随着"砰"的一声响，妖精气咻咻地将他那扁平的鼻子贴在玻璃瓶内壁上。

"我认输了！"他声音嘶哑地说，"快放我出去。"

妖精被放出来，玛丽十分体贴地端来面包卷和热咖啡，妖精狼吞虎咽了一番，总算恢复了精神。

“我可从来没干过这么累人的活儿，真想让您找个机会亲自试试。”

麦克斯韦先生笑眯眯地叼着雪茄，脸上流露出好奇的表情。

“我想那一定挺有意思。”他边说边取出那卷长长的写在羊皮纸上的契约书，妖精神情沮丧地签上他笨拙的字体表示新的主仆关系生效。

“以后我就听您的了。”他把一只手指头放到嘴里，开始轮番咬指甲，“不过您能不能给我解释一下刚才是怎么回事？总有什么科学原理的，对吧？您给我讲讲。”

麦克斯韦先生挠了挠脑袋，站起来说：“好吧，你跟我到书房来，有几本书是我自己写的，可以先补充点基础的东西……”

他搂着妖精宽大的肩膀走出去了，玛丽叹口气，柔顺地把满桌杯子和盘子收成一摞，本来还以为从此这些事情就可以拜托妖精干的。无论如何，今后的生活看起来相当值得期待。

这就是麦克斯韦先生怎样轻易地制服了妖精，或者换个角度来说，这位因为遇见了阿基米德，从而决定了之后的几千年中一系列悲惨遭遇的妖精科鲁耐里亚斯·古斯塔夫·龙佩尔斯迪尔钦，是怎样又一次不幸失败的故事，但是这个故事到这里还没有完全结束。

当麦克斯韦先生及其夫人去世后，他们在天堂的角落里种了一小片玫瑰，一时间再没有什么物理研究来打扰他们清闲而宁静的生活，不过心地善良的妖精偶尔会来看看他们。

“你带来了什么？”麦克斯韦先生坐在椅子里问，他的妻子仪态温婉地站在一边，姿势和位置都和他们生前所习惯的没有区别。

“一张照片，先生，太太。”妖精把那张薄薄的光滑的纸片从背后拿出来，神情有些扭捏，“是我照的。”

麦克斯韦先生把照片举到眼前细细地看，上面是一些他不认识的人。[①]“让我猜猜……哪个是你现在的主人？或者说，是谁看了我的手稿？”

“前排，中间那个，先生。不，再往右边，您相信吗？那时候他才16岁，我算是看着他长大的。”妖精边叹气边说，“别看他现在形象这么邋遢，头发好像闪电打过似的，当年可是个英俊少年。”

“他都让你干什么了？”麦克斯韦先生好奇地问。

“他跟我说：‘喏，你追着这束光跑，能跑多快跑多快，等你追上它的时候别忘了告诉我你看到了什么。’你说说，这是人干的事吗？”

“当然，当然……”麦克斯韦先生沉思着，“我认为这个想

---

① 这张照片是真实存在的，照片上有包括爱因斯坦在内的29位著名物理学家，可以称作是“世上最强合影”。

法很了不起，众所周知，光速是不变的，这我早就证明啦。”①

“我不太明白。”麦克斯韦夫人柔声说，“听上去是挺难为人的。”

“还有更过分的哪，太太。”妖精眨巴着眼睛，亮晶晶的泪水在里面打着转，“您再看这位先生，背着我不知道搞了什么鬼名堂，然后拿出个盒子神秘兮兮地让我钻进去。我可从您这儿学乖啦，郑重建议他放只猫进去试试，让我猜到底会发生点什么，结果到现在都不知道那可怜的小家伙是死是活。”②“猫？那是什么意思？”麦克斯韦先生问道。

“这得慢慢讲，以后您会明白的，这跟您以前研究的东西不太一样。”妖经略有几分得意地回答，“最关键的是这个老家伙，对，我就是要说他，他给我讲了一上午的物质结构，还笑眯眯地拍着我的肩膀夸我学得挺快，到最后拿着红笔往满黑板乱

---

① 爱因斯坦最早提出狭义相对论的构想就是在16岁，他在一篇论文里写道：“如果能够以光速前进，就能看到周围存在着静止的，同时又是振荡的电磁波，这真是一个奇妙的矛盾。”而这一构想是根据麦克斯韦的光速不变理论而来的，最终他大胆推断，既然无论以什么样的速度运动，所测量到的光速都是不变的，那么只能是时空本身发生了收缩。总之，现在就算是小学生也知道，妖精想要追上光速是不可能的。

② 指薛定谔的猫，这是薛定谔在描述量子力学中的不确定性时，所提出的一个相当经典的比喻。如果将一只猫放进一个封闭的盒子里，里面有一个放射性的粒子，该粒子的衰变能够开启一个装有剧毒物质的瓶子而杀死猫。因为在打开盒子实际观测之前，粒子的衰变与否始终处于不确定的状态，因此猫也就处于半死半活、既是死也是活的奇妙状态，而观测这一行为本身将导致系统本身发生扰动，最终决定猫的生死。

七八糟的图上圈了两个小球，然后说：‘好吧，你能让它们朝同一个方向转我就服了你’。”[①]麦克斯韦先生疑惑地摇摇头，显然，这都不是他研究领域内的东西，但是无疑重新激起了他对于物理学的兴趣。

“我会在今天下午的茶会上提出这些问题，你愿意参加吗？或许，你想见见你以前的主人们，现在你所知道的东西已经超过我们了。”

“他们都会来吗？”妖精有几分怯怯地问。

“大多数都会来，如果阿基米德先生没有忘了时间，而牛顿先生又没有身体不适的话，[②]我们每天下午都会在一起喝茶，这个传统延续几千年了。”

“阿基米德先生？你是说阿基米德先生？”妖精抓起他从不离身的尖顶帽从椅子里跳起来，紧张不安地向四周张望着，“哦，不了，谢谢您的好意，但是我突然想起我还有点事……”

“太遗憾了，你真的这么不想见到他吗？”麦克斯韦先生站起来把妖精送到门口，“那么你能不能告诉我，他到底问了你什么问题？我猜了很久都没猜出来。”

妖精回过头，天堂宁静的午后阳光铺洒在他毛茸茸的耳朵

---

① 指泡利不相容原理，泡利认为对于费米子而言，存在于同一个能级上的两个电子一定自旋方向相反，这个原理似乎高中的化学课本里面有涉及。

② 牛顿晚年时健康恶化，患有厌食、失眠等严重症状，并且有间发性的受迫害狂想症，于1727年因病去世。

和悲伤的黄眼睛上，是如此温暖宁静，但他仍然笨拙地缩了缩脖子，仿佛仍不禁在那位容易激动的老人激昂的气势威慑之下打了个寒战似的。

“其实他是个老好人，有时候我还真挺想念他的。”他回答道，“可是他不该冲着我喊：‘给我一个支点！’这可是连上帝都没法办到的事情啊。”①

① 阿基米德的名言：“给我一个支点，我就能撬动地球！”可怜的妖精……

人事猛于虎

打印一个新地球

吴岩

1

寒冷的深夜。你蜷缩在被窝中，不想做任何事情。

除非，紧张而急促的电话铃把你吵醒。

我不太喜欢夜间接任何工作上的电话，特别是在北京初暖还寒的春天，雾气那么浓重。PM2.5会给人带去多大伤害，还不可知。我做医生的妹妹曾经告诉我，她的研究表明，每隔6～7年，PM2.5的含量就会达到一个峰值。而此后的6～7年就是城市中肺癌发病的尖峰时刻。这样的天气，无论是情感还是理智，都不可能使我离开被窝、离开家门。

但是，电话还是顽固地又响了起来。

我瞥了一眼号码，有一种似曾相识又模糊不清的感觉。是接还是不接？我翻看了一下床头那个以塔罗牌为画面的日历。因为，直觉告诉我这个电话将改变我对生活的认识，甚至可能改变我一生的走向。好吧，如果它继续响第三次。

当电话第三次顽强地响起来的时候，我便被卷入了这一场根本不应该卷入的事件当中。

我放下电话，穿好衣服，打开门。北京的深夜正张着神秘的大口想把我彻底吞噬。

2

我在城市边缘的一个远离居民区的上岛咖啡馆见到了他。

打电话的人跟我有一面之交。早在15年前，我们就曾在一个有关高校管理培训班上见过面。我那时候还在管理学院教授教育领导学，而他是一所不太出名的高校的副校长，在我这里培训。我仿佛记得事后他还请我去他的学校，给创意设计学院做过一次报告。那时候的他，显得风流倜傥。而今天却判若两人。他身上看起来不那么规整，有点佝偻。我甚至隐隐地看到衣服上有吐了却没清理干净的痕迹。15年的时光，好像磨碎了他的面孔，在原本白皙的皮肤上刻蚀出深深的皱纹。我不知道为什么上岛咖啡的人会让他进来。他看起来不应该出现在这种充满布尔乔亚风气的地方。我的一个直觉是，他变得比过去要自信许多，但却因为受到了严重打击成为了惊弓之鸟。桌子上摆着一杯味道恶劣的鸡尾酒，酒杯被粗暴地移动过，洒出一大滩。

见我进到他所在的小小隔间，他猛地跃起飞快地奔到我的身边，贴近我的耳朵，紧张而激动地说："你终于来了，我的时间没有多少了。门外没有警察或警车吧？"

我摇头表示确实没有。

"没有就好，没有就好。"

他把我拉回到自己的小小桌子旁边，用眼睛直盯着我："你还能认出我对吧？”

我点了点头。“高士兵！”我甚至记得他的名字。

“嘘！”他制止住我大声讲话的意图：“我的时间已经不多了。”

在这样的夜晚，碰到这样的事情，真是极大地勾起了我的好奇心。人生到底有多少种神秘？他会给我讲些怎样的故事？

3

我要了一杯咖啡，知道这个夜晚将彻夜无眠。他以怀疑的眼光盯住送咖啡的姑娘，而那个姑娘则对我们看都不看。我想这对他起到一些稳定作用。

“高校长，您这么晚把我叫来……”

“嘘！不要出声。我时间有限。你只是听我说。不到万不得已不要插嘴。我的政治生命岌岌可危，到底会受到怎样的处置，还很难说。你还记得我们15年前的那次见面吗？我邀请您来学校给我们的创意学院教师做报告的那次？”

我点了点头。

“好吧，我当时跟您说谎了。我们参加听讲座的，不是创意设计学院的教师。我们根本没有创意设计专业。

“事情是从1998年开始的。那个秋天，教育部颁布了他们的985计划。要在21世纪，用1998年国民生产总值的5%重点资助10所高等学校，让这10所学校迅速成为世界顶尖大学……”

我点头表示同意：“我甚至参与过相关项目的测算和报告的研讨。虽然我自己很怀疑这种通过资金打造世界一流名校的做法是否真的奏效，但国家已经下决心要做这个工作，我们只是打打下手。”

“我就知道您是计划的参与者。我记得在那次培训中您谈到过一点点。长话短说，我们请您去为我们的主要领导干部讲座，就是为了全面了解这个计划将给我们这些边缘的、三流以下的学校带去怎样的影响。所以那天我们的问题都集中在没有资格进入这些国家项目的院校该怎样生存上。

“您的整个谈话让我们的团队非常失望。要知道我们这种基础非常薄弱的学校，能在这个世界上坚持存活下来，其实是凭借我们对教育的信念。但当时的教育体制看着像在发疯，他们不是采用循序渐进的方式引导教育，慢慢实现人际公平，而是采用揠苗助长的方式拔尖，完全不管我们这些正在底层从事踏踏实实教育工作的学校的死活。我记得我们曾经再三逼问您最坏的结果会是怎样，您说，大概在10年之内，一定会将排列在学校榜下端的这些院校进行大幅度清理和关停。这是管理学的效率原则决定的，您当时振振有词地说。”

我不知道他的这些话是在指责我，还是纯属一种中性的描述。但我似乎感觉，他要说的事情确实跟我参与过的某个改革项目相关。

“那天听过您讲演的人都忧心忡忡。吴老师，我们不想被关停，我们的教师多数在40～45岁的年龄，上有老下有小，此时如果他们失业，进入其他更高院校任职的可能性几乎为零。而转移第二职业的难度您是知道的，这等于把我们多数教师推向火坑。

“在您离开我们学校之后的半年里，我们四处奔走，一方面想弄清您说的关停学校的消息是否属实，另一方面也希望如果真发生这样的事情，我们能未雨绸缪先做好保全自己的准备。我们想到的第一个办法就是跟其他学校联合。如果我们能被更好的、不会被取消的院校收编，将免于厄运。实在不行，如果能跟一些较好的同等水平的院校合并，增大规模，也许有挽救的余地。但上述两个方法对我们的一把手校长书记来说，并非什么好事。合并可能丢掉他们现有的官职，因此虽然我们在四处活动，但学校并不真正对这些选择表示支持或满意。再说，中国的很多事情都是长官意志，没有上级意图，根本无法独自按照设想去合并。退一步说，即便我们找到合作单位，他们可能有人员重新筛选的要求。再有，如果同样的三流院校凑在一起，合并之后就能逃脱被驱逐的命运吗？”

我讲座中普通的一句话，曾经让他们产生了这么大的担忧，真让我感到有点吃不消。但这毕竟已经是过去很多年的事情了。从1998年到今天，差不多15年过去了。15年就算犯罪，也该脱离追诉期了吧？我重新集中起注意力听他讲话。

“吴老师您做教育领导学研究，比任何人对我们都了解。

在中国当个校长，真的是让他坐在火炉子上方1米的地方活活地烧烤。用完就扔的干部体制，会让人在任期中尽量使用权力。现在有一句话说要把权力关进笼子，但体制不改，有权不用过期作废，谁会不明白其中的道理？咱们教育口就算是比较不错的行业了。我们中的许多人都不是为权力来工作的，但我不得不说，在中国这种疯抢资源的现实中，失去权力可能终生掉队。我们的校长对这个未来看得特别清楚，与其等待着被关停彻底失去自由，不如我们搏一把，找到一个能延缓生命终止的方法，就算损失一些权力，也是值得的。为此，他很快就私下里责成我组织一个精干的小组，研讨全方位应对关停的策略。

“你还从来没听说过一所在体制内的学校，面对上级可能颁布的新的管理举措去建立应对小组的情况吧？其实这种事情天天在发生。但能把这样的小组相对独立出来，给他们资源和一定权力，让他们尽可能发挥作用，我们校长真的是高瞻远瞩。我跟您一样对管理学充满探索的兴趣，且跟校长一心一意，因此被定为小组牵头。我们从国家的短期和长远发展趋势方面做了三个秘密报告。我们发现，无论是短期还是长期发展，我们这样的学校都会在未来的所谓发展大潮中被阉割后剿灭。

“您讲座之后的第三个月我们领导班子再度开了个碰头会。我们的校长跟书记不合，校长强力支持我寻找自主方案，而书记则建立了另一个团队希望能走上层关系，为学校的未来（恐怕最终将只有他自己的未来）寻找出路。

“在会上，我把一些国外薄弱院校如何自救的经验做了简单汇报。我的想法是，这些经验虽然来自他种文化，但对我们的未雨绸缪转型和应对未来很有参考价值，说实话，我跟校长都认为，给所有教师保住职位确实是一个新的、可能发展自己的机会。

“讲起这些，说难也难，说简单也简单。想要让自己不被吃掉，一个最重要的方法是要做成世界上唯一的、其他院校不可替代的学院！你所具有的特性或能力，是其他学校所不具备且为社会有益的，这是所有大学或科研院所生存的基本法则。但我们那时候没有这种唯一性，我们在科研上不突出，教出来的学生又跟当前的热点职业毫不沾边。这样的状况不可能保证我们不被撤销。想要自救，只有一个办法，在今后的10年中把自己变成一个独特、唯一、对社会有用的学校。幸好您告知我们还有10年时间。”

上岛咖啡温暖的房间，让我忘却了刚刚走过夜路的寒冷。而高士兵副校长所讲的这套有关高校拯救的管理学原理，虽然没有什么出处，但也合乎逻辑。我对整个事情充满了兴趣，急不可待地想知道他们怎么开始了10年创建独特高校的道路，而这一切又是怎么让他感到了今日如此巨大的威胁。

难道他们的能力建设最终走向了邪路？

他们最终建成了一所对社会有害的学府？

4

高士兵的故事相当冗长。但自救的整个过程充满了戏剧性，确实能够进入教育管理学的经典案例选。

“从自救的开始我就已经认识到，对我们来讲，跟随在那些有名的学校后面，人云亦云地搞专业和人才规划是不行的。我们的资源有限，永远赶不上别人的发展。我们只能寻找自己最优势的部分，让这部分得到最大程度发展或一种迅猛膨胀。为此，我们将建校至今所聘用的所有教职工都认真进行了逐一分析，我们相信，即便在我们这种三流学校，也会有一些在某个领域具有出类拔萃可能性的人，我们要找到他们并给予特别孵化。

“这件事情说来容易做起来困难。我们是个粉碎‘四人帮’之后才建立起的学校，至今只有二三十年历史。我们的主要科系是工程，当时是为了满足北京市不断发展的工业需求，为了培养北京建设急需的工程技术人员。在这样的目标指引下，我们能吸引到的人才是相当有限的。

“三个月下来，我们从压阵的工科六院系勉强发现了4个人。从为此配套的理科和文科的基础教学科系发现的人则只有3个。

“7真是一个奇妙的数字。你记得1956年乔治·米勒那篇有关7的文章吗？当时这篇论文轰动心理学界。米勒的研究认为，7是自然界中最神奇的数字。人的感觉系统的信息处理极限就在

7正副2这个数量上。换言之，我们的大脑无法处理超过九个模块的内容。多余的部分必须放弃。

“后来人们还发现，群体有效性的极限也跟这个相类似。即如果少于7加减2，可能没有足够的搭配性，信息量和相互的思维激荡也不足。如果多于这个数量，则显得人浮于事，或立刻会分裂成一些小的部分。而我们找到的，恰好是7个人。真是上天有眼。

“啊，我们找到了怎样的7个人啊，你简直无法明白。”他双眼眯缝着，长长地出了一口气。好像终于有了一个转机，终于可以休息一下似的。

“但很快，我就知道这其实只是整个事件的第一步。

“认知天才，跟我们过去想象得完全不同。虽然统计学家早就指出，天才在我们生活中只是非常小的一个群落，但事实上天才比我们想象得要多许多。有一种社会压抑理论认为，许多天才被社会规范所压制，而解除这些压制的方法就是取消社会规范。我们对这个观点做了一些更改，我们认为，虽然社会规范对人的天性有所压制，但一些蛛丝马迹总能从各种侧面透露出来。

“比如档案中人的简历。吴老师，你读过多少人的简历？简历中充满了学问。我现在只要一看简历，就立刻能把一个人归入三个不同的亚类型中。简历中到处错别字或语句不通，这种人不用细看，没有最基本的逻辑和文化规范。不太可能是我们所需要的天才。简历中的一切都中规中矩，到某个年龄上学，到某个年龄结婚，到某个年龄升职，到某个年龄生产，这样的人也没太大希望。他们可能是社会适应者，而不是社会变革者。唯有第三类人，他们的简历中逻辑正常，但却充满了一些矛盾或反常的信息，这样的人尤其值得重视。像我们常说的早慧，这是一种在人生的前半个阶段走过了其他人后半个阶段甚至全部阶段的人。他们是我们世界中的天才。你可能会提到《伤仲永》的例子。但王安石伤的是仲永后半部分没有发展或回到社会适应者的角色，并不反对他前半部分人生处于天才状态。在我们的简历分析中，数学家陈戈文就属于简历有严重问题的人。他是中国科大少年班毕业且转入数学系学习的学生，但不到2年就被除名。这场变故断送了他的未来发展之路，让他匆匆回到老家北京，而他被除名的原因你猜是什么？”

我耸耸肩膀表示对此根本无知。

“他用数学方法测算六合彩的获奖概率且十测九中！他由于参与不同性质的赌博而被开除。幸好，他的家庭在北京有很多关系，所以才趁当时不那么规范的用人制度进入了我们学校。他的脾气很大，常常对有些死脑筋的学生出言不逊。我们询问过许多上他课的学生，据说他的到来会让一些学生唯恐躲避不及。但从我们的角度来看，他是个早期夭折的天才案例。虽然在本科的两年中就发表过三篇相当具有启发性的论文，但道德污点让他背上了社会压力。只有少数人，那些对数学特别具有感受力的学生说，这个老师的到来能让教室充满深邃的灵光。这说明什么？我想他数学上确实有天才。”

“你们不会让他通过赌博去寻找学院的未来吧？”这么半天，我第一次感到忍无可忍。

“您真的是非常敏锐。我们当时应该更多咨询您才对。让我继续刚才的话题。在发现陈戈文仍然在概率方面有着跟其他人不同的数学感觉的时候，我们就期待为他寻找一个回到科研领域且能继续前进的道路。如果说对六合彩结果的猜想是未来预测的一种，那么未来学领域中如此多的领域，比如天气预报、空气污染预报甚至地震预报，难道就没有他所能参与的工作吗？

“我至今仍然记得我跟他讨论未来发展的那次谈话。我是直截了当的。我告诉他我们整个学校都处于危机之中。而要拯救这种危机，我们必须在学科发展上加强力度，要做到不是简单的雄踞联合大学的诸多分校前列，而是要能在全国甚至全世界领先。

“‘你疯了！’他回答我。有些学者的政治敏锐性比我们这些搞管理的人强许多倍。他当场就回答说，他不会帮我们任何忙。因为我们都是为了自己，为了保住自己的位置。”

“您猜我当时说的什么？我现在还能清楚记得，我说：我不跟你争这些。政治的东西你我都是门外汉。但我们都是搞业务出身。如果一个领导突然站在我身后说，提你的条件吧，任何条件我都答应你。那时候我决不会像你这么讲话。

“他停下来看了我很久，然后好像明白了我的意思。

“‘好吧，就算太阳从西面出来。我在这里教书已经腻透

了。我跟傻瓜泡在一起的时间已经太久了，我确实想做点新的玩意出来。’

“‘你说吧？你需要什么条件？’

“‘我已经不太做概率研究了。我转了方向。当前，我最感兴趣的是用电脑证明数学定理。’

“‘那么，你是需要买更好的电脑？’

“‘只是需要更好的软件。我们的硬件跟国外的不相上下，但专业软件不行。你知道中科院的吴文俊吗？他这几年做了大量的机器证明定理的工作。我其实比他的方法更好，更重要的是，我发现这个工作能把许多不同的内容联系起来。’

“‘买软件大致要多少钱？’

“‘我想要100万人民币。’

……

“在2000年前后，100万人民币等于多少您是知道的。”

高士兵抬起眼睛看着我：“我们没有那么多钱给他。但我们必须找到这些钱！”

5

“吴老师，我尊敬您是从事教育领导力研究的学者。但我想您的实际经验很少。抱歉请您讲座前我找您要过简历，知道您心理学系毕业就在大学教授管理学。现实生活中的管理跟您所教授的那种，可能完全不同。现实永远不会按照教科书一样按照规定情节发展，但有时候，它又超越教科书所展示的底线。

“让我们回到那个轰轰烈烈的拯救学校的运动，回到我们把全校师生动员起来的日子，我们克服了人员之间的矛盾，共同为生存而搏击，主动出招，在应对难题过程中变得更加具有战斗力。虽然在坚持自救的校长和试图寻找上级支持的书记之间仍然存在着矛盾，但大家都知道，只有学校自身的完善，自救和拯救才能到来。因此，各种矛盾在这样的竞争激烈时刻全面减弱了，书记虽然仍然指点着他自己的团队做着外部努力，但也乐于支持内部改造的诸种活动。

“在接下来的几个月中，领导班子分解成几个不同的小组。我作为负责人事和科研工作的副校长，自然主要领导人事处和科研处。我把两个处室的办公相互协调，对选定的七名教师进行了全面的分析了解，并期待给他们创造最好的条件，让他们的创新力全部发挥出来。

“吴老师，我是个中文系出身的教师。在这样的工科学校中只是讲讲语言和写作的公共课，能当上副校长，纯粹得益于我多年不断地丰富自己。终身学习是这个时代的人生存的必要能力。您写作的有关教育领导的书我全都读过，还有世界各大学校长年会的一些访谈和发言，我也常常认真领会。不但如此，由于主管科研和人事，我还会阅读比尔·盖茨、乔布斯等人的传记，阅读贝尔实验室、罗马俱乐部等组织的发展历程。对科研工作者的一些专门访谈，我也会抽时间关注。

“我记得杨振宁仍然在美国长岛的时候，曾经作为纽约大学石溪分校教授接受过电视台访问，他当时说他做的每一项创造性工作，其实核心的时间都不会超过三天！一旦你对某个题目感兴趣，有了思路，在三天中灵感将带着你走到最远的地方。在三天里他会形成一个问题的答案，并对这种推测性的答案进行计算验证。科学工作者很相信他们的直觉，而他们的估算能力也很强，三天时间便能看到一个路径是否光明。如果三天做不出成果或被验证为彻底错误，他会转到其他思路。其实，在管理学中也有所谓的80/20原则。人们做得最有价值的事情中的80%，是用20%的时间完成的。现在，我们有信心在一个较短的时间中为我们选定的创新专家创造出最好的工作条件。我们通过快速访谈、接触，甚至简单的心理测验给他们寻找最合适的助手，让他们的学术活力能恰到好处地传达给同事甚至学生。通过这样的方法，我们期待能像滚雪球一样地把团队带大。举个例子。在工程制造专业我们给一位专家选定量子力学、扫描成像、材料科学等三个不同方向的助手，这使他多年期待完成的一项突破性的立体成型技术很快实现。您知道，所谓立体成型，就是今天所说的3D打印。这个技术到新世纪的第二个10年才逐渐成熟。而我们至少比国际先进水平要早上10年。我们的另一个教师，是马哲教研室的。你不能相信吧，这个搞马克思主义哲学的人竟然能成为我们未来竞争力的首选带头人之一。天体物理行当的人多数其实是数学家，只有他们在纸上分析出宇宙的隐秘才转而去寻找观测数据进行证明。选定他到我们这个大学来教书，原因是多方面的，他是强调素质教育运动的时候被请来教天体物理的，但由于我们这个学校是工科为主，多数学生只选跟未来工作接近的课程，他常年工作量不满，只好靠开设自然辩证法必修课为生。不过，在业余时间里，他仍然醉心白洞和蛀洞物理的研究且在学界小有名气，只是过去囿于我们学校的工科性质，他的成就很少被广泛认知。现在，在彻底放开不再管上级怎么要求我们的时候，我们觉得只要能给他们条件，说不定真能出现具有世界意义的成果。

“以科研带动学校的发展，不是说我们放弃对学生的培养。教学仍然是高校教师的主业，但我们必须改革课程。除了基础课以外，我们把大量的专业课从大课堂讲授改为研究型的课题小组课堂。学校里WORKSHOP（工作坊）和SEMINAR（讨论课）流行。学生成长也变得出奇的迅速。一些围绕带头人的本科学生，竟然逐渐进入到他们的团队之中，成了科研的得力助手甚至学术主力，这在过去简直不可想象。

“书记在外面拉关系的团队四处碰壁，为了掩盖他的窘态，他转而把团队从上级主管单位转向企业，争取横向联合和土地创收，这倒为我们在同类大学中获取了更多资源。不瞒您说，我们真的搞到了数学家要求的100万人民币。由于只有他才真正懂得购买什么样的软件，所以，我们把用钱的决策权也交给了他。

“但这一切，却为我们酿成了大祸。”

6

“我们真的在短期内给他攒足了所需要的100万人民币。这些钱是我们通过一些项目置换获得的。例如，我们把学校内部相当一个篮球场的一片地跟相关企业合作开发，企业投入进行楼房改建和未来使用，而我们会在改建的楼房中占据三层。整个楼房的产权将在50年之后回归学校，无论那时候楼房在还是不在。这种土地置换的方法在多数学校都在采用。前提是不会影响到正常教学秩序和未来发展。跟企业的合作主要是办学跟生产科研上的一体化。我们的学生到他们那里实习，他们的一些产品开发项目给我们设计。一些大企业真的很有钱，我们从他们的支持中获益匪浅。

“总而言之，我们用土地租让和校企结合的方式获得的部分资金给每一个潜力教师都进行了投入。对天体物理方向，我们给他提供了最好的电脑系统，还相应改变了办公条件。冠冕堂皇地讲就算我们投入基础研究。但知道如何办学的人都会说，你们的基础难道要从宇宙大爆炸开始？对立体成型方向，我们考虑应该帮助他做更先进的立体成型机。我们发现国外的研究都集中在如何处理塑料、金属等现有材料，设法将他们固塑成型。但我们的注意力集中在如何通过远程方式进行一种超距离无机打印。换言之，我们想制作出像电影《星舰迷航》那种物质传递机。这项工作投入了将近1 000万。当然是在2000年前后的价值币值和通货膨胀率下的投入。最后，对电脑数学定理的计算，按照跟教师的协商，决定真给他100万用于软件购买。

“但正是这100万，让我们陷入了绝境。

“我至今仍然记得那个11月的晚上，天跟今天一样寒冷。怎么我们的苦难都发生在这种寒冷交替的时代？我收到会计的一个紧急电话。‘高校长吗？您在哪里？您快点来吧！我们账户上的那100万已经被人在澳门提现了！’

“‘澳门？’

“我的脑子‘轰’的一下子。

“对于多数中国人来讲，澳门相当于美国的拉斯维加斯、大西洋城、雷诺，是欧洲的摩纳哥，那里是博彩业的中心谁都知道。我们的钱在澳门被提现，说明我们的人正在澳门。而几天之前，陈戈文确实办好了特区证和港澳台通行证，要到香港去购买他所需要的软件。

“一切的一切，都在那一刻发生了。

“我们的推论顺理成章。我们派了一个曾经因为赌博而被开除学籍的人。他的赌博是因为他大肆在赌场应用概率统计。但是，谁都知道，再好的赌徒也有失手。一朝你陷入其中，早晚会获得应有的回报。

“眩晕。

“为了拯救仍然在生死线上苦苦挣扎着的500多名教师和学

校的未来，我们孤注一掷地寻找着天才，我们的目标只是期待自己的学校建设成为一个没人能取代的特别的教育机构。到今天为止，我们的路子都是对的。我们至少让整个学校像一个新的有机体一样运转了起来。而且，多数教师都转而对我们的努力抱起期待。我们的书记甚至在设想当前的状况可能是他未来提升的敲门砖这样的事情。

“但是，来自澳门的消息给了我当头一棒。

“在那个寒冷的晚上，我只有一个念头，要立刻赶到澳门，要在他还没来得及出手下注之前阻止他，取回我们错误的投注，取回本希望通向未来的资产。”

7

“温暖的南国。天空中下着细雨。

“空气中有某种甜腻的滋味。

“澳门是个纸醉金迷的地方吗?

“至少对许多中国人来讲，这里充满了神秘。谎言和想象力包围着这座城市，也挑逗着人们的探索欲望。

“这时候我们才发现，陈戈文从到达特区就没再打开过手提电话。我们不知道他是哪一天从香港转向澳门的，也不知道他在这里待了几天。

“但我们相信，只要一个赌场一个赌场地寻找，我们一定会找到他。

“好在澳门的赌场本来就不多，如果是拉斯维加斯，那我们的希望将彻底渺茫。我和亲自出马的人事处与财经处主任三个人决定从大到小地逐个搜索。于是，威尼斯人成了我们第一个全面搜索的目标。傍晚，度过了白天冷落期的巨型赌场中的投机气候正在升温。我们进入金碧辉煌的大厅，开始四处逡巡。

“我一直在想，100万这么个资本量，对学校发展来讲不算多，但对一个赌徒来讲，到底算多算少呢？这100万元能让他进入大户室吗？我知道每天来自东南亚甚至其他大洲的赌徒的单笔投注都大大超过这个数字。但手拿100万的人会去一下下地拉动老虎机吗？这么做结果的出现是否太过缓慢？如果上述两个可能都不会出现，那么他一定是选择中等赌注的赌法，而且，一定要特别能够符合概率原理。

“之所以仍然抱着微弱的信心，相信自己能够找到这个卷款潜逃者，是因为我相信作为数学家的陈戈文在赌博中一定不是把利益获取当成最重要的目标。少年班多年来培养出的那种争强好胜、想证明自己存在的冲动才是他的主导意识。由于多年来他一直被驱逐于数学科研之外，他的生活中也没有任何可以炫耀的地方，那赌场上的某种胜利，就将成为他存在的自我证明。

“出于这样的考虑，我们尽量在公平性和概率论原理作用较强的赌台周围转悠。而那些纯粹没有理性的游戏，我们会一带而过。

“在赌场中不能打手机。这让我们先分散后集合，发现之后进行集解的想法落空。可能是为了防止作弊，无线发射类的通信系统在这里都显得不好使用。但三个人绑定一起去找又显得效率太低，殊不知每一分钟，我们的100万人民币都有损失殆尽的危险。如果他已经把所有这些出手，我们的资产已经放空，自然没什么可说，但如果恰恰是我们到来之后没有赶上他的决策，或者眼看着他在我们身边把这些资金彻底挥霍，那真是我们的悲剧。

“吴老师，您别笑话我。我是搞中文专业的，对数学这些一窍不通。但我看过一些有关赌博的电影。那些电影自然都很夸张，不过我能记得其中一些细节。我记得有一部电影中写一群数学家去赌，他们除了赌马，还去玩21点。所以我感觉牌戏应该是一个值得调查的重点。为此我们分散各个赌场去寻找加勒比扑克或21点聚集的台子，然后每30分钟大家都回到同一个中心地带交换情况。幸好澳门不大，赌场也相对集中。

“但我们跑遍了所有赌场，还是没有看到他的踪影。到晚上九点，赌场中的灯火变得更加辉煌。穿过如潮的人流，我们再度聚集在最大的威尼斯人赌场，垂头丧气。

“陈戈文到底在哪里呢?

“一种可能，是我们没有认真看每一个角落。毕竟在这种金碧辉煌、金钱和戏剧性的电脑游戏、音乐混合的地方，想要集中注意力寻找一个人不是特别容易。再有一种可能是，我们的路径还是不对。

“经过一天多的紧张、愤怒之后，我们的心情都开始有所冷静。我们再度聚焦到陈戈文的个性和他所从事的数学研究上。也许，我们都错了。不应该放弃那些简单的老虎机和押大押小游戏，因为那些游戏才是概率真正起着重大作用的地方，反而这些扑克牌戏中充满了数学无法预测的人的狡诈，他不太可能这么傻去面对自己的弱点。

“想到这些，我们再度重新开始全盘搜索，不放过每一个概率可能被应用的赌台的死角。

“我们一直在考虑陈戈文可能穿怎样的服装。他会西装革履、手提皮箱吗？这种装束是否显得太滑稽？除非他也跟我一样看多了香港电影或美国电影。那么，他会穿得跟在学校中一样邋遢且破旧吗？那种不修边幅的状态会让他感到更加自如吗？但这样的话赌场的保安会立刻让他出去。

“您有这种感觉吗，吴老师？在一些非常紧张焦虑的场合，你会突然想到非常幽远漫长的东西，那些东西虽然跟当前的境况格格不入，但却出奇地攫住你的思想久久不愿离去。

“在那个紧张寻找的澳门之夜，我突然在想中国人所说的知人知面不知心这句话。

“我们以为我们了解陈戈文许多了。我们读了他的简历，跟他有不少次交锋，我们以为在这种矛盾斗争中已经掌握了他的个性，但我们其实对他知之甚少。我们甚至不知道他在放弃概率研究转向机器证明数学定理之后，仍然在摸索预测赌博输赢的秘密，而且一旦有机会他还会现场尝试。

“100万元，那是一个可以判无期徒刑甚至可能获得死刑的犯罪，他难道没有生活的底线吗？

“难道数学家跟我们的道德观念不同？就算他没有自己的底线，难道他不关心我们这些给他创造条件发展学术、发展未来的人吗？一旦他发生问题，我们这些人，甚至整个学校都会遭到灭顶的灾难，难道他自己不清楚吗？

“我记得我们学校讲授科学哲学的人常常谈论科学家的道德问题，什么学术上的弄虚作假、什么使用动物做实验上的违反伦理，这些都太遥远了。我们连自己身边的人都弄不清，连他的基本生活选择都还无法弄清呢！

“就在我的思想信马由缰胡乱想象的时候，我们的人事处长发现了情况：‘高校长，您快看那儿！那不是陈戈文吗？’

“人的一生能有多少次用光彩照人的样子出现在大家的面前呢？你觉得万事如意容光焕发，你觉得整个世界都在你的脚下，山峦海洋都向你臣服？歌曲中唱过的亚洲雄风、世界之巅等所有的说法，都无法跟我们看到的这场华丽的演出相提并论。

“一袭藏蓝的中式暗花上装，镶嵌暗金裤线的阴丹士林裤子，脚凳一双墨菲斯特休闲皮鞋，头发被刻意地整理过，一改总是蓬头垢面的模样，陈戈文展现出中年人所特有的那种干练，同时又隐含着某种神秘莫测的风采。

“他跟着一群同样气宇轩昂、各种肤色且操着各种语言的古怪同伴，目中无人地从我们身边走过，朝向赌场深处的一个光明的桌子走去，一场看起来波澜壮阔的世纪赌战将要正式开始。

我们三个人不顾自己的身份和年龄，竟然像听到了发令枪一样飞奔了过去，在第一时间和众人恐惧诧异的眼光中从各个角度把他紧紧地按在桌子上不能动弹。

“‘快说，钱呢？’三个愤怒的人竟然汇成了一致的语言。

“‘什么钱？’他扭动着不舒服的身体，使劲挣脱着。

“‘我们的一百万呢？’

“‘谁拿了你们的100万？’

“‘难道都让你赌光了？你把钱拿到哪里去了？’

“‘放开我，你们疯了吗？没看到这是第3届澳门博采数学讨论会的会场吗？’

“我们放开他，再度回顾他周围这些人。

“‘傻×啊，你们！神经病啊，你们？疯了，你们？’他接二连三地臭骂我们，把我们搞得很不自然。

“‘没听说过博彩业大亨何鸿燊先生亲自创办的概率论数学大会吗？只有全球最顶尖的概率学者才有机会参加吗？’

“‘你之前申请出差可没说要来开什么概率论的研讨会，你不是到香港买软件吗？’我们的人事处长争辩着。

“‘对啊，所有这些参加会议的人都会到香港的公司去寻找最新的软件更新，我就是在那里跟他们熟悉后才决定来这里的啊！’”

8

“澳门事件完全是一场虚惊。我们对人的认识没有发生任何失误。但我们对人的承诺、信任和信心不足，这是导致我们一时恐慌的根本原因。这件事情之后，整个领导班子都在反思，我们到底应该怎样更好地信任我们的教师，让他们能发挥出更大的能力，以更大的力度和速度拯救我们的学校。基于这些讨论，我们继续扩大当前的精英团队的范围，让更多具有闯劲的年轻人走到前台，扔掉枷锁，开始他们自己的创造生涯。我们的另一个思考是，在一个“大科学”的时代，不能让所有的项目都停留在单人、最多是小团队的作坊式运作方式上，我们要搞一些大的学科融合和知识人才集成。

“为了落实扩大精英团队的任务，学校开始一系列的创新奖励和创新文化建设宣传。我们广泛地把各个兄弟院校和中国科学院的学者请进来做报告，希望他们能引领我们。这不是胳膊肘向外拐，而是一种坦荡的智力吸纳。我们想让教师靠近真正的大师，感受真正的创造能量的冲击。

“不过恕我直言，这项行动并没有起到真正作用。或者，作用有限。现在我们明白，兄弟院校甚至中国科学院中，90%的专家也都没什么创造力。一些人即便有院士头衔，但他们那种做事亦步亦趋的方式，听着就让人着实失望。唉，中国的事情不就这样吗？人情关系盘根错节。许多人就是因为跟定了某个导师，在他的团队中打打下手，随着整个项目的升级，人也就爬上了学术高位。他们不能说没有一点功绩，但他们不是创造者。我觉得千万不能学习他们，听他们的经验就像游泳中呛水似的令人战栗，这些人讲话中多数会以执法者的态度出现，而执法风格的人际关系和学术态度会令旁人创造力泯灭，这是斯腾伯格的领导智力理论中阐述过的。别抱怨我，吴老师。我感觉您所在的学校也是庸人多于天才。这当然不怪你们，还是怪这个社会体系，怪中国的教育制度更恰当一点。

“其实，鉴别出真正有创造力的人并不难。这不看他们发表了多少文章。我看过张五常写的一篇谈他在美国不同大学中寻找职位的短文，他说那些院系的选人用人根本不看有多少文章，就是找你来谈，半个小时、一个小时、两个小时，看你思想中有多少灿烂的火花和对这个领域积累的认知判断力。有这些基础的人，没有什么重要论文著作他们也会签约让你来教书……其实，许多著名的公司在选人用人上也跟张五常说得非常类似。像苹果公司还不像今天这么大的时候，他们的选人面试常常让所有职工全部参加，这些人各自躺在地板上或歪在椅子上，不等你开口他们会先说公司想开发点什么，讲他们的技术创新，等应聘者听得热血沸腾，急切地加入谈话，这便形成了真正的交流。他们觉得这种方法才是找到志同道合且有创意者的最好方法。

“长话短说，当我们发现学者中普遍创造力不足的时候，就决定在选人讲座方面更加留意。我们要找到真正的创意人才，让他们真正占据我们的讲坛。最后，我们在全北京的各个科研机构或大学中找到的人，加起来不到20个。我们一个个把他们请来，每次讲学都是全校性的，不管他们谈的东西其他领域的人是否熟悉，让大家都来听，都来感受。

“您猜怎么的？听他们讲话最受益的，竟然是非他们本行的教师和科研人员。在这之后学校明显地感到，这几年最大的科研成就确实是被上面的不到20人所激发的，但他们激发出的，是跨学科的创造力迸发。一个典型的例子是中科院系统科学所请来谈数学跟诗歌关系的报告，这个报告的结果是打开了地理、气候、环境科学群体教师们的思路，破除了他们的思维定式。另一个例子是科学史所谈中国古代中国四大发明的讲座。这本来是个‘政治性’浓厚的话题，但主讲人从科学考证入手进行了去政治化，而当考证四大发明不是为了证明民族优越性，只为了现实考古学在当今世界可以做到怎样的去伪存真后，我们的通识教育学部的文学院和外语学院教师获得了很多启发，一些人放弃了纯正的批评理论转而朝向‘新进步主义’。

“吴老师，您大概特别清楚，创造力的发生发展最忌讳两个东西。第一是功利性。把任何事情带上功利，创造力本身就会受到限制。虽然有人提出，谋求个人利益是创造发展的动力之一，但这仅仅在一定条件下才是成立的。在多数情况下，创造力发展到一定程度必然会跟功利主义分道扬镳，为此更看重给探索者自由的空间，寻求自由才是创造力发展的永恒动力。在这方面，我们要做出制度保证。具体来讲，探索中出了什么问题，我们领导出面顶着，绝不让教师受到伤害。我们跟所有教师签订合约，当他们从事自己领域内外的科研时我们决不参与意见，成功后决不在上面签名，不从中夺取哪怕半点名利。但如果失败，我们将挺身而出，作为整个活动的主要参与者承担下全部责任。

“创造力忌讳的第二个东西是批评和指责。人都希望别人对自己的工作提出建议，但这些建议不应涉及他人做事的目的和意义，更不应对他人的思维方式评头论足。意见都应该是建设性的，协助改进的。你用了一种新的方法炒出一盘不太好吃的鸡蛋，你会乐意听这样的评论：盐还可少放一点，火还可热一点。但你不乐意听：你这个人根本不会炒菜！或者：还是好好先学习炒大白菜再来炒鸡蛋吧！这样的话语最伤害人的创新能力。我们正是看到了这一点，才在全校的课堂和科研活动中反复跟教师们强调，要直接针对问题提出建议，与其指责他人的个性或知识缺陷，不如展示出自己对探索的支持和期待对方能创造更好未来的渴望。

“在上述一系列措施的引导下，学校的科研和教学成果都取得了长足的发展。我们的优质论文数量正在增加。这里所说的优质论文，是真正具有启发意义和创造力的论文。像文学院的《楚辞》研究，跳出文本和作家，从楚文化中蕴含着的创造资源出发，将文学纳入到一个异常广泛的新的符号空间。我敢说我们对屈原认识的改变，可能是当前最具创造性的文化颠覆。在工业设计方面我们也取得了积极进展。跟20世纪上半叶德国包豪斯学院做的一样，我们在信息时代重新定义了工业设计到底是什么，这种定义让工业设计的整体思路转向一种‘量子层级式创意毛边云切换机制’，他们的意思是说，要改变认为创意无底线的想法，即要为不同创意加上能量表征，这样下来，通过能量差异或将‘毛边能量’做云切换后，新创意跟老创意的差距便可最大化。有关这个方法的具体内容，我只能谈这么多。毕竟我们不是这个行业的工作者。

“在各个应用工科院系发展的同时，我们的基础科学和通识教育也得到了大幅度发展。观察我们的课堂就能看出，学生的穿着更加自由丰富且随意得体，既跟那种管理过严的学校学生穿着不同，也跟一些缺乏美育、穿着过分夸张的学校学生不同。换言之，在走向创造的过程中，学生的审美观发生了转变，他们更贴近自己的存在，更有一种自然放松。

“学习成就评价方式的改变，让我们的学生都成了自信的人。他们相信未来社会虽然存在着强烈的政治、经济、文化、科技变动，但他们有能力应对。有点怪的一个情况是，我们发现自己学校中自然发展起来的相互恋爱比过去多了不少。我们正在想，这是否因为孩子们更能坦率地面对自己和面对异性造成的？”

9

我差不多被他的讲述搞傻了。教育教学和科研方面的改革，使人的状态发生了如此大的变化，这是我从事这么多年学校领导力研究中从未听到过的故事。我真想立刻跟他询问更多的细节。但他的故事还在沿着自己的思路发展着，我只好继续倾听。

10

“在上述教育教学与科研取得成果的同时，我们也看到我们的不足。在过去的几年里，我们做了太多的个体创造力发动。这些，在今天我们这个多重压力的社会中显得弥足珍贵。但是，面对未来大科技时代，我们的合作还根本没有。除了各自的小团队，我们简直就是一个个各自为战，就像孔子、孟子、庄子、荀子各带着一群学生自己讲自己学，不跟其他群体发生联系。如果说我们回归了教育的本来理想，那我们回归的只是春秋战国时的教育，是古希腊的学园，我们还没有进入第二次世界大战之后的世界。如果我们想让我们的这个小小的世外桃源能继续前进且经久不衰，就必须迅速让我们的学校类型从古典升级到当前。

“今天我特别来找您，主要还是基于您给我的教育领导学的教诲。一日为师，终身为父。吴老师，我认真读过您的《教育管理学基础》。我知道那本书曾经被评为看不懂在说什么的“最差著作”。但我却能明白其中的奥妙。您从一开始谈后现代管理与科学的性质，我就摸到了门道。我记得您特别有两章讲福柯的观点。福柯真是这个时代最伟大的管理学家。我不把他当作哲学家。他的《规训与惩罚》《性史》《疯癫史》我都读过。喜欢得不得了。您提到他，我觉得最深层的含义是想焊接当前知识分子关系中被折断的链条。可惜的是，福柯人没来过中国。来过也是在20世纪50年代。如果他现在到这里看看，便会感叹我们的知识分子关系在全世界范围内有多差了。由个体或文化习俗差异引发的普遍忌妒，由生活或教育条件差异造成的歧视，等等。我知道您的学校也发生过许多事情。我研究过几乎北京市所有学校的人际关系状况，不瞒您说，我发现你们学校中最有特色的是城乡矛盾，这些年来，外省乡村籍教师几乎排斥了所有本地城市教师，这虽然不能说是劣币驱除良币，但确实是一种古怪的排斥与歧视。我猜想，外省乡村教师不喜欢本地教师，是因为本地人太过孤傲。于是，他们宁可执行过往的苦大仇深政策，让整个学校的血统越来越纯正地成为一所乡土高校。吴老师，这些正常吗？知识创新需要五湖四海，需要城乡结合。知识分子关系的另一个问题，是学术打压。这种打压可以发生于学派纷争，也可能由前面两个差异引申造成。当前高校中一个教师的学生抱团打压另一个教师及其手下的现象屡见不鲜，群体间势力此消彼长。年复一年，人们眼巴巴地期盼着新一届学校领导赏识自己的派系。如此多的矛盾和问题，根本不是福柯所能处理的。而对我们这些急着把所有智慧团结起来的人来讲，必须寻找一种办法，让我们能立刻穿越福科，也穿越爱德华·赛义德！

“吴老师，我记得您曾经在课堂上讲过，压力才能建立团结。我们的整个尝试，其实就是建立在外部压力基础上的，只要能保全这样的压力，我们的人际关系就不会出现巨大的崩溃。在人类的历史上，这样的事情不胜枚举。渣滓洞里的革命者具有如此力量强大的团队能量，跟他们的共同信仰有关，也跟他们所受到的非人隔绝和恶劣待遇等压力有关。再比如南非非洲人国民大会，在曼德拉的领导下几十年努力消除种族隔离，一直坚持到胜利。

“我们庆幸高校改革给我们的压力，我们掌握好了在压力下完成组织变革的时机和步骤。而一旦在压力下组织中的大多数人开始以创造而不是谋生为工作的目标的时候，相互的和谐合作就已经成了他们的生存需要。这种出自个体的充盈的需求，强烈且无法彻底被满足，人们不再为什么相互关系费时费力，直言不讳的交流方式使许多可能造成误解的机会都取消了。于是，理想的道路因此在我们的脚下延伸。

“我记得您在书中曾经谈过，一旦人际关系问题得到彻底解决，领导者会把注意力全部集中到当前问题的技术方面。我们确实是这样。困扰其他学校的那些内耗不存在了，我们便能集中力量把教师吸引到一些当前最重要的大学科方向上。例如，我们的第一步是针对学校中缺少生物医学这个当前最重要的专业领域向大家提出，我们能否通过自己的努力，建设一种新的跟生物和人体有关的专业？恕我直言，我知道你们学校的医学专业是怎么来的。你们跟校园旁边的一个医院建立了合作协议，把对方的主任医师都纳入你们的教师体系，把他们的医疗设备都当成你们医学院的设备，给他们每年招生。这个做法当然方便，但我也要说，你们没有什么真正的跨学科创建。这些医院的大夫，不太可能跟你们校园中的教师交流看法。而我们的做法不同，我们在没有这个专业方向的前提下，发动所有不同专业的专家思考我们怎么通过无中生有把这个专业建设起来。随后我们发现，机械制造专业可以从残疾人的义肢方向切入人体生物学。化学工程专业可以从事生物化学类药物的设计与研制。人文基础部这种通识教育学部可以进行医学和生物伦理研究。即便有这些生长点，我们不希望将这个领域固定下来，我们要保持开放的边界让其他专业的学者敢于进入和易于进入。随后，我们的3D打印技术开始在打印人体器官方面取得丰硕成果，再度领先于行业。

“吴老师，大学科指的是需要集结很多不同方向的人、投入大量资源进行协作研究的领域。但我们发现，大学科可以做成字面意思的那种大，真的让这个学科大到一种超越极限的宏观尺度。我曾经跟您说，我们的马哲教师在白洞和蛀洞物理研究方面的深入，我们还有世界上最好的数学定理证明机器，一旦有人提议将这两者跟机械制造和化学工程等结合，阻碍融通学科的玻璃纸就被彻底捅破。我们就此最终解决了3D无源打印的问题。这是一种超大规模的未来技术。它的基础集纳了资源对等性原料存储位置探测的数学结构、蛀洞物质运输的物理机制、无源状态下的电场调节、成型过程中的抗干扰多元信息传递，加上对3D打印已经建立的诸多专利成果，我们完全可以在世界任何地方把一个物体凭空创造出来。当我们在演播室镜头前第一次无中生有地打印出一小枚闪闪发亮的钻石的时候，我们相互抱头痛哭。因为整个演播室除了摄像机和灯光系统，根本没有任何用于打印的设备，在空寂的世界上看到一个东西隐隐成型，您在场也会有跟我一样的激动。

“我们不但解决了自己学校生存的知识基础，我们现在还有充足的知识生产能力和教学能力把这个学校搞下去，我们还具有了自我创造财富的能力。就算今天国家停办了我们的学校，我们照样能通过民办学校注册将这个学校继续办下去。但是，我发现充满创造力的教师和学生现在都跟国家、民族和世界的命运相互关联着，让他们为自己获取他们都不干，只是一心一意地设想着让世界更加美好。

“还拿我们的3D打印技术说事。我们让它彻底脱离了机器，也远离原材料，这种‘无源化’设计导致我们可以在任何范畴做任何水平的设计。您常常听说政府要整治北京的PM2.5空气吧？针对这种顽疾政府几乎到了进退两难的地步。你能禁止车辆启动？车辆一启动就会排放尾气。我们计算过，如果能尽快把全部汽车改为电动的，情况将有所缓解。但当前电动汽车设计不过关，充电设备也不足，且价格昂贵。所谓的分区限行也只是权宜之计。我看就连迁都都不一定能解决北京的问题。而且迁都的成本太高。这个首都已经形成了中国的政治文化和商业中心，外国人甚至用北京形容中国，它就是中国的代名词。韩国首都汉城更名首尔，所有政府用纸的抬头更改，就是巨大的开销。当然这不是钱的问题，迁都最大问题还是过程控制和人的适应。你要选址、设计、建设、搬迁，种种行动真正完成难道不需要十年二十年或更长？持续的变动中哪个环节卡住都可能发生危机。对一个稳定压倒一切的国家，PM2.5的问题已经成为了我们的生存悖论。对此，我们的教师提供了简明扼要的解决办法：何不打印一个新的北京？让我们寻找一块新的土地去规划我们的新城。您觉得这个方案疯狂吗？一个全新的北京，可以比现在小许多，但功能性齐全且舒适并跟大自然全面融合，要把机关、学校、住宅的远近调整恰当。然后，把北京的一批人搬过去。他们什么都不用带。就自己过去，那里一切都有。这个计划我们觉得非常合理，只是选址问题一直困扰我们，所以我们才没有真正提出来。在中国当前的各个省市，我们没有找到能跟北京现在的战略和地缘相媲美的位置。我们的空间太狭窄了。而正是这个狭窄的空间让我们想到第二个方案。

“这个方案说出来让您更加吃惊：我们想打印一个全新的地球！为什么不呢？我们有宇宙中使用不完的物质，这些物质可以通过神秘的蛀洞被转移过来，我们有良好的无源打印技术，我们计算过，整个地球的打印过程，按照现在的机器运行速度，只要50年！我们的一些师生甚至计算过这个新地球的位置，它必须不改变整个太阳系的动力结构，不能破坏当前的平衡性。有的学生说应该放在拉格朗日点上。抱歉我不是学力学的，我只是听他们在说那个位置具有某种‘漂浮性’，我想这一定是比喻。但这个位置后来被否定。原因是什么我也不知道。我只知道当前最被看好的一个方案是让新地球就跟原有地球形成一个环绕系统，而两者之间的轨道轴心就是现在地球的质心。

“您能想象吗？用我们的技术，50年之后我们就能搬迁到身边一个新的地球表面去居住。无论从哪个方向看对方，您都能看到一个云蒸霞蔚的镜像地球。等所有人都搬迁过去，我们的原有地球可以得到生态恢复。这个双行星系统将成为人类休养生息的重要备份。

“吴老师，您不觉得我们不但拯救了一所学校，还培养了能改变历史、创造未来的新人吗？”

11

可能是我喝了酒的缘故。我感觉自己已经漂浮在一种氤氲环绕的温柔的幻想之中。在这个寒冷的早春夜晚，我听到了一个如此不可相信的故事。

高校长所讲的一切，对我来讲都像是乌托邦。这个乌托邦起源于人的群体拯救，之后是创造力的全面宣泄，人活得更加自然，再后来，通过技术改变，人们彻底找到了挽救自身的途径。

他所描述的那个未来，久久地激荡着我，让我无法停止对未来的憧憬。

但是，故事总是有结束的时候的。现在，我将回到现实。因为高校长正在告诉我有关这个乌托邦的结局。

“吴老师，我是您的学生，但不是一个好学生。您一定为我们学校刚才所做的这一切管理学尝试感到骄傲，认为我们达到了自马基雅维利以来人类控制自身导向成功的高峰，是自马斯洛自我实现理论创建以来人本主义所达到的高峰。我们确实把个体、群体所能碰到的大问题都解决了，而且解决得相当出色。但是，我忘记了您也讲过，学校不是设置在世外桃源的。我们仍然在中国现实的大体系中。这话怎么被我忘得一干二净呢？我们太沉浸在自己的小天地的优化中了，忽视大环境恶劣的后果终于显现了出来。简而言之，我们的成功引发了兄弟院校的强烈不安，出于同样希望保全他们自己职工饭碗的初衷，这些学校向我们发起了一轮轮明里暗里的猛攻。”

“他们还能做什么？你们在科研和教学领域中做出了如此巨大的变革和成就，他们还能怎么说？”

“对这些他们无话可说。但他们能找到我们工作中的许多问题和麻烦。谁不存在问题？只要你做工作就必然在破坏过去和建立未来之间不断推进，而每当你为了发展进入无人地带的时候，你已经打破了旧的制度的边界。但那些落于你之后的人却可以就此指责你、调查你、控告你，甚至起诉你。

“吴老师，您还记得我给您讲的陈戈文到澳门买软件但出现在赌场的事情吗？他在那个事情中没有犯错误，但他确实没有认真执行严格的财务制度。而我是这个问题的主管者，那笔钱是我和主管财经的副校长一起签字的。

“除此之外，我还动用过其他不在开发领域的资金协助过一些项目的开发。所有这些都已经构成了重大问题。跟我同样犯有重大问题的人还包括我们的校长、书记、办公室主任等，他们的罪名分别将是在用人制度上、资产管理制度上破坏政府规定，都可能在调查后被起诉。我今天已经得到了通知，必须在24小时内到规定地点报到，交代问题。

“吴老师，我一直在想，一旦我们学校被撤销，必定有一些人会编造谎言把这个学校所做的一切都涂抹上黑色。对我个人这些都无所谓，但我们在教育管理领域所做出的这些尝试，将被彻底消灭。这一点是我最不能忍受的。我们都是普通的高校管理者，是大时代中的小人物。但整个时代却是由我们这样的小人物撑起的。为了不让我们的经验彻底被消灭，我觉得一定要冒险把这些都告诉您。事实曲折由您来评判。

“现在，这个24小时差不多已经所剩无几。我庆幸在这最后的晚上，我找到了一个人可以认真谈谈发生在我们学校的故事。现在，我该说的都说完了。”

他喝下最后一口啤酒，扣好衣扣，想马上冲出饭店，而我则被他的最后陈词震慑得目瞪口呆。

“等一等，高校长。也许一切不会像你想得那么糟。”

虽然讲这话的时候我几乎没有底气。我知道我们习惯了的办事方式，我也对他的未来抱有深深的忧虑。我怎么能让他得到哪怕些许的安慰？我怎么能为他们的自由进行拯救？

他像看出了我的意思，只是朝我摇头。

“没什么可抱怨的。吴老师。您搞领导力研究自然知道，中国的问题，其实是人类学问题，所有的政治经济问题，都会最终归结到资源的争夺。不解决资源问题，我们永远会在这个怪圈中相互残杀。

“谢谢您在这么寒冷的夜晚出面跟我聊天，我其实没想让您出面做什么，只是觉得您的课程让我受益匪浅，我所做的这些，就算您未来教学中一个小小案例吧。”

“如果算案例，高校长，那我这么评价：你不是一般的案例，是教育领导学中最辉煌的一个案例。它必定会成为未来许多年都反复引用和讨论的最佳范例。”

黎明的北京，压抑着城市的毒雾仍然没有消散。但我记得天气预报中说，24小时之内将有大风。

我期待着这场大风吹散一切。我更期待在澄明的天空中仰望天际，能看到一颗全新的小星点。直觉告诉我，高校长所说的打印地球的计划已经启动。

50年之后，我们都将离开这里。

我们将站在一个新的星球上回望历史的天空！

铁血年代

僵尸鬼肆虐世界

燕垒生

“是这家吗？”

我掏出通知对了对门牌号。没有错，确实是这家。我点了点头，让她走在前面。

其实谁在前都没什么，只不过，让这户人家开门后见到的是一个女子，可能心里要好受些。

她按了按门铃，里面传出来一个人趿着鞋的声音。我有点百无聊赖地看看四周，不知为什么，突然很想抽烟。只是就这么点时间，做事时抽烟总不太好吧。

门开了，一个男人探出半张脸看了看我们。她用尽量平静的声音问道：“请问，这里是邓宝玲的住宅吗？”

这男人有点狐疑地看了看我们，脸一下变得煞白，道：“你们……你们是……”

她还想解释什么，我有点不耐烦地走上前，“我们就是。请邓宝玲女士快和我们走吧。”

“她还在梳洗，请你们……稍微等一下吧。”

我站在她身后，刚想说什么，她已经抢先说：“没关系，让她慢慢来吧，我们等她。”

那男人有点如释重负地道：“那，请进来坐坐吧。”

她走了进去。尽管对她那种心慈手软有点不满，我还是跟着她走了进去。在13个行动组中，她是唯一一个女子，我毕竟还得随着她点。

这邓宝玲家里并不是太富裕，但整理得很干净，墙上还挂着几幅廉价的中国画复制品，倒也并不恶俗。

一进他们家客厅，刚坐下来，我便说：“请邓宝玲稍快一点吧，我们还要赶时间。”

男人低着头，道：“好，好。”

他抹了把眼角的泪水，这时，内室的门开了，一个只有十二三岁的男孩子走出来：“爸，妈说……”他一见我们，像是被砍了一刀一样，叫了起来，“爸！你说过不去叫他们来的！”

男人没说什么，我的女同事站起身道：“小朋友……”

那小男孩冲过来，想要去打她。我站起身，一把抓住他的手腕，他的手乱抓着，两脚还向我腿上踢来，嘴里叫着：“不许你们把妈妈带走！”

我把这男孩拖开几步，顺便看了看手腕上的探测器。还好，并没有信号，这男孩还是个正常人。我抓着他，对那男人道：“请把你儿子管好吧。”

那男人又抹了把眼泪，一把抱住这男孩，道：“小康，听话，妈妈是跟叔叔阿姨住院去的。”

“你骗我！大人说过，妈妈要被烧掉的！我不要妈妈被烧掉，爸，爸，你去打他们，去打啊！”

这男孩像一头凶猛的小兽一样，在那个男人手里挣扎着，还想着冲过来打我们。男人死死抓着他，即使男孩拼命咬着他的手。

“小康，别闹。”

内室里，一个女子又走了出来。我有点惊愕，几乎有点妒忌这男人了。

这邓宝玲居然是个美人，婚前她身边一定聚集了一大帮献殷勤的男人吧。虽然她现在已不再年轻，依然还有着很大的魅力。

“请问，你是邓宝玲女士吗？”

我也听得到自己语气里有点惋惜了。

“是的。我准备好了，我们走吧。”

那男孩已经不闹了，突然，他大哭起来，叫道：“妈！妈！”

邓宝玲蹲到男孩跟前，摸了摸他的头，道：“小康乖，要听爸爸的话，妈妈会经常来看你的。”

她站直了，对我们道：“对不起，让你们久等了。”

她的镇定令我也不禁有点佩服，我侧了侧身子，让她先走过去。

门关上了。门里，还传来那男孩的哭声。邓宝玲突然用手掩住嘴，无声地抽泣着。我的女同事表示关切：“没事吧？要不，再看看你儿子？”

这是违反纪律的，可是，我也没有阻止她这种女人气的做法。我坐在驾驶座上，敲了敲方向盘。如果她还要回去看看，我就不发动车子了。

“不用了，多见几次也没用，还不是一样。”

邓宝玲坐进了车子的后座。等女同事坐到副驾驶座位上，我按了下启动钮。

车开了。在离开那幢楼前，我眼角扫到了大楼上，不少窗子都开着，也几乎千篇一律，每个窗前都有一些目光呆滞的人看着我们，不带什么感情，只是看着。这幕场景，许多年前曾经在噩梦中见过，我没想到居然会有成为现实的一天。

这车是特制的，前座和后座用强化玻璃隔开，是专门运送感染者的。当我开动车时，后座就完全被封死了，与外界一点气也不通，完全是一个密封的铁箱，要是待久了会憋死人的。其实，不少时候连这点空气也不需要，后座的杂物箱里放了几颗氰化物胶囊，这是专门给那些不那么坚强的人准备的。我向局长提过几次意见，要求别把氰化物胶囊放在车上，可以下车后由我们提供，不然把死尸弄出这个铁箱子是很困难的。可局长说这是上级的意思，上级说要尊重公民自己的选择。

开着车，在肮脏的大街上走着，我的心里却是一阵阵寒意，很不祥地想到小时候看过的一个希腊神话——推着石头上山的西西弗斯。我现在做的一切，与西西弗斯不也很像吗？在那些大街小巷里，每时每刻会出现多少感染者？我们又能处理掉多少呢？

我心里有点烦，打开了车里的全方位激光音响，顿时，传来一阵柔美的江南丝竹之声。

那是女同事爱听的音乐。我不由看了看坐在边上的她。在她脸上，没什么表情，只是，眼神有点儿茫然。

处理场马上就到了。我打开后座的车门，邓宝玲走了出来。我注意到，在我手腕上的探测器显示屏上，格数又上升了一格。

“到了，请服药吧。”

邓宝玲手里已经抓了一颗药，但她像是没听到，只是看着远处。

处理场原先是个垃圾填埋场，现在好久没用了，长出了不少草和灌木，看上去倒比以前正常开工时干净得多。因为是秋天，草木都半凋了，没什么生气，对面一阵风吹过，扬起一片尘土。邓宝玲近乎贪婪地看着四周的一切，忽然，像是自言自语地道：“你们放了我吧。”

我皱了皱眉，道：“不要想这些了，放了你，你也没几天好活，却有可能害死一大群人。你总不想这样吧？”

邓宝玲转过头，看着她，道：“小姐，你就发发善心，放过我吧，我保证不会害人的。”

她没说话。这些话我们听得多了，我从怀里摸出一张照片，道：“你看看这个吧。”

那是一张未公开的新闻照片，是好些年前一个体内食尸鬼已经孵化的感染者的样子。那时感染者不多，这个感染者不知为什么逃过了每周一次的大检查，可能是家里的亲属帮他瞒下来的吧。结果，当邻居听到从那家人房中传出凄惨的叫声，通知警察来时，在那户人家里，人们看到了如同最恐怖的噩梦中才会出现的景象。因为太过血腥恐怖，尽管这照片可能是让感染者自愿结束生命的最好武器，市长也严禁发布，只是让我们带在身边，给那些事到临头失去勇气的人看看。说实话，带着这么张照片在身边，我也很不舒服。

邓宝玲看了看照片，像看见一只蟑螂或者死老鼠一样，一下扔到一边。我多少有点幸灾乐祸，道："好了，请快点吧。"

邓宝玲闭上了眼，一下把那颗胶囊吞了下去。

氰化物，几百年来一直是一种使用频率很高的毒药。虽然随着科学的发展，自杀的手段也日新月异，但氰化物作为干净、迅速而无痛苦的自杀方式，依然受人青睐。

看着她的身体慢慢变得僵硬，呼吸停止，我从杂物箱里取出一瓶高能燃烧剂倒在邓宝玲的尸体上。这具尸体虽然失去了生命，但还是有些魅力的。从某种意义上来说，邓宝玲在这时死去是一件好事，至少她留在世上的一切都还会让人有好感。如果她的丈夫和儿子能幸运地活到自然老死的时候，他们也许会想念这个美丽的妻子和母亲吧，而不是像想起一个噩梦。

我取出枪，扣动了扳机，一道火光喷出，邓宝玲身体一下子被火舌吞没。在火光中，她的身体开始拼命扭动，发出尖厉的声音。当然，这声音并不是她发出的，可是听起来却像是她在挣扎喊着救命。我饶有兴味地看着这具会动的尸体化成灰烬。

我注意到，女同事闭上了眼，不敢去看。我不由暗暗笑了笑，女人到底还是女人，不论她装得多么坚强。这让我有一种莫名其妙的优越感。

28世纪的人类，也许仍然保留着很久以前那种男尊女卑的思想。

天色已经暗了下来。今天我们已经跑了三次，完成定额了。

只是，我也觉得那不过是自欺欺人而已。连前些天的新闻里也说，感染者已达3.2%，以1 000万人计算，该有32万人之多。可按我们的进度，13个行动组，每天处理40人上下，全做完的话那要多少年？有时我觉得，我们更类似于安慰剂而不是特效药。

天空中划过一颗流星，在那一块宝蓝色的天空里，只不过一瞬，但我好像听到了玻璃破碎的声音。女同事垂下头，嘴里默念着什么。

我笑了："流星早灭了。"

"是。"她抬起头，我看见她眼里，依稀有点儿泪光。

"你还相信这些？呵呵，长不大的女孩。"

"好吧，我们走吧。"她说着，飞快地用手抹了一把眼睛。我本想说两句打趣的话，可是，心头一酸，没有说出来。等她坐进车，我踩了下油门，又打开了车上的音响。

她是总局技术部主任老计的女儿。老计的兴趣，一是发明各种东西，二是喝酒。我刚进总局行动组时，她经常穿了一身旧衣服来给老计送饭。那时我也才20出头，看着她16岁的身体像只有十一二岁那么干瘪，做梦也想不到8年以后她会以总局第一美人的身份成为我的同事，而且是在这个一般人无法忍受的行动组里。

虽然我们是同事，私下却从没有交往。不过，我还是从别人嘴里听到了她家里的事。老计的妻子早亡，有一段时间他颓唐至极，而她那时才5岁，居然就撑起了一个家，每天一早去买菜，回家洗一下，在比她还高的灶台上做两个人勉强能下咽的菜——当然那是指她小的时候，后来她的厨艺已经够好的了。

如果我不是亲眼看见，我也想象不到在她那看似柔弱的身躯里会蕴涵着这样的坚强，以至于以说怪话出名的我，也无法对她多说几句挖苦话。

我们回到了市中心。车开过大街，迎面一辆慢悠悠的车开过来。那是市电视台的宣传车，一个听上去掩饰不住惊慌的声音从车上传来，“紧急通知，紧急通知！请所有市民立刻收看收听电视广播，市长即将发布紧急通知！”

我看着那辆漆得像救护车一般的宣传车开过。不知道那些政客又想出什么花样来了，可能又要发药品吧。宣传车开过好几次了，有时发布的是异想天开的新疗法，有时提出的是毫无可行性的建议。不论哪一类，过不了多久都被证明没有任何用处。

我手腕上那兼用作通讯器的探测器突然又发出了尖厉的声音。我看了看，道：“要集合。今晚上到底出什么事了？”

一回到总部，门口总台的七号大声道：“行动组，马上去会议室集合，就等你们了。”

我和她走进会议室，整个特勤局的人似乎都到齐了，行动组的人坐在最前面几排，整整齐齐。可是，我注意到第六组的古文辉却不在，和他同一组的柯祥坐在靠过道的椅子上哭得像个泪人一样，文秘室的“花瓶”正在用纸巾擦着他的眼。我不太看得惯他这种有龙阳之好的人，就坐在了另一边。

“老王，出什么事了？”我坐下后，悄声问坐在前面的第四组的王世德。

王世德回过头，小声说："你不知道吗？古文辉被寄生了。"

尽管我一向不喜欢古文辉（当然，他也不喜欢我），但不能否认，他确实是个很称职的人。我们这13个特别行动组26个成员里，他是出类拔萃的一个，比我的能力强多了，这一点我也不得不承认。他和柯祥两人总是安安静静地携手走在大楼里，让我见了也直发毛。可是，昨天还在让我发毛的人，今天就不见了，实在让我感到空落落的，也有点叹息。

"不是有治疗的办法吗？"我们身上都带着老计研制的疫苗，在刚被寄生的十分钟内，趁虫卵尚未进入循环系统，可以杀死它。

王世德的脸上满是无奈："在古文辉身上失效了。"

局长和老计走了进来。老计手里抓着一卷录像带，他走上台，打开录像机，灯灭了，墙上露出一个亮块。老计站在阴影里，慢慢地说着："大家也知道了，六组的古文辉在今天执行任务时，受到一个感染者的袭击，尽管他及时使用了疫苗，但是发现疫苗已经失效。我们已经为他做了全身换血，可是，在他血液里，还是发现了食尸鬼的幼虫。你们看，这是他的血液样本放大图。"

那亮块是一种淡红色，当中有一些褐色的小长条在不停地蠕动。这些小长条看上去毫不起眼，可是，有谁知道，这种不过0.03毫米的幼虫子，竟然会在人身体里长成近一厘米长的成虫。

黑暗中，王世德道："不能再次全身换血吗？"

老计道："不可能了。这些幼虫在人体内已经开始繁衍，我约略计算了一下，每条幼虫两小时就会分裂繁殖一次。这种以几何级数增长的方式，我想大家也应该知道后果，一条幼虫在8小时后，就成为16条；20小时后，成为4096条。比以前的速度快了许多。"

有人惊慌地说："那……也就是说，一旦被食尸鬼咬过后，就是死路一条了？"

老计站在屏幕的边上，只看得到他的身影。他慢慢地说："理论上，的确如此。"

在剩下的二十几个行动组成员中，发出了惊呼。以前，疫苗都发到成员手中，人们尽管对食尸鬼一样害怕，却并不太担心。老计的话，等于是把最后一线希望也打破了。

局长在黑暗中站起身，刚想说什么，突然有人站起来，抢过话头，道："局长，我要辞职。"

像连锁反应发作，一下子又站起来了好几个，这种局面局长也许也没料到。

灯亮了。

我看见了局长脸上的憔悴和不安。

"大家静一静，"局长晃着手，"请听我说一句。"

人们静了下来，他毕竟还留有以前的威信。在灯下，我看见他的头发已白了许多。

"刚接到通知，本市已列入极度危险名单，特勤局已被当局撤销，所以大家不必辞职，过一会儿去财务室领补偿金，听候遣散。”

我叫了起来：“这怎么行？火灾大了，怎么把救火的先撤了。”

他看了我一眼，苦笑了一下，道：“政府已决定放弃本市，给了十天时间疏散人群。”

有人道：“这消息公布了吗？”

“市长正在下紧急通知。老计，把电视信号接进来。”

老计还没说什么，那个花瓶突然尖声哭着，叫道：“我不要看，我要回家！”

以前，花瓶发出这种神经质的叫声时，总会有不少护花使者一拥而上，可现在，也许所有人都惊呆了，没有人理睬她，每个人都木然坐着。老计在桌前转了一下，市长的模样在墙上出现了，以前气宇轩昂的他，现在那样子更像一个泄了气的皮球。

这消息是循环播放的，市长正说着：“……发扬人道主义精神，争取能抢在事态恶化以前离开本市。”说到这里，他已经把身体靠在椅背上，像是如释重负，画面一跳，却又正襟危坐地说，“全体市民请注意，鉴于目前那种寄生虫已经失去控制，即日起，本市在四周已设立了五百个检查站，并开始发放离境许可证。所有接到离境许可证的市民可就近接受检查，确认正常后即可离境。请大家不要惊慌，所有检查站都是24小时开放，一定让所有健康市民离开本市，以防发生无法弥补的遗憾。大家要发扬人道主义精神……”

我没再听市长的讲话了。事实上，会议室里也已乱作一团，也听不清市长在说什么了。我也学着市长的样子把身子靠在椅背上。

一开始，谁也料不到，一种小小的寄生虫会造成这样的后果。也许，这世界真的已到了末世吧。

那花瓶叫道："局长，快给我许可证！快给我！"边上还有几个人也围着局长。局长手忙脚乱，大声道："许可证不是由我发布的，请自行去市公安局领取，每人限领一份。"

我摸了摸口袋，袋里的烟还有半包。总算有时间抽烟了，我想。

我把烟在盒面上敲了敲，叼到嘴边。

如果以前在这里抽烟的话，一定会扣罚奖金的，但这时恐怕也不要紧了。我点着烟，吐了个烟圈。现在几乎所有人都围着局长，局长费力地向外走，一边说着什么。这里吵得像个菜市场。我注意到，只有三个人没动——老计、柯祥，还有她。

我没有和别人一起去财务室，而是到了局长室。我没敲门就闯了进去，局长正在收拾东西，只是抬起眼看看我，似乎也没有在意我的无礼："你领好钱了？我们走吧。"

我没动。

他看看我，诧异道："有什么事吗？"

"为什么不坚持到最后一刻？从小你就教育我，做事绝不能半途而废。做人，就要做得像个英雄。"

他笑了，笑容里带着无尽的苦涩。

“你走吧。有些事，不是人力所能摆平。”

我看着他，想看出他眼神里的怯懦，可是他却坦然地看着我。在这个培育了我十多年，让我接受教育的人身上，我只能看到他的坦然。

“如果你愿意再做一点事，就和我一起到检验处去吧。这十天，大约要检查几百万人，人手缺得很。”

我终于退却了。我低下头，喃喃地说：“好吧。”

“在这种形势下，有谁能只手挽狂澜？不要太英雄主义了。你先回去吧，明天我通知你。”局长拍了拍我的肩，想再说什么，最后还是没说。他自顾自整理办公桌，把那些过时的文件拿出来堆成一堆。

我退出局长室，不少人已经骂骂咧咧地从财务室走出来。以前一向很肃穆的特勤局，现在几乎像个娱乐场所。

我走进财务室，出纳小姐白了我一眼：“你怎么来得这么晚？都最后一个了，害我也一直等着。”

我拿起笔：“对不起。”伸手在液晶书写板上签了自己的名字。电脑里，已经有一长串名字了吧……我放下笔时，道：“老计他们也拿了？”

她道：“老计早就来拿了，而且把他女儿那份也拿走了。”

她也拿了？我心中不禁有点失望，但马上明白，难道拿属于自己的工资也错了吗？我是有点求全责备了。

走出大门，在马上要离开时，我不禁回头看了看。这幢高大的特勤局大楼马上就要成为空楼了。我叹了口气，又摸出一根烟，点着了。

街上人来人往，各种牌子的磁悬浮轿车依然不停穿梭在大街小巷。只是，这一切都像一块画布被抹上了一种错误的颜色，尽管景物还和以前一样，却总透出一种病态的感觉。

第二天，局长叫醒了我。他带我到市区边界的检验处报到。自从公众知道出了一种寄生虫，几乎一夜之间，这个市的四面都设起了电网。自从昨夜市长的紧急讲话发布以来，出境的人几乎像狂潮般拥来。五百个出境口不算少，却也有些不够用了，每个人都希望早日离开。以前那电网外五步一哨十步一岗，擅自外出者就地正法。现在可以合法外出了，那些有钱人都有点迫不及待了。

对于偷越出境的人，军队接到命令，格杀勿论。以前很繁忙的空中出租车也停开了，军队每个士兵都配备有小型激光制导对空导弹，可以说想偷一辆空中出租车私逃的人，绝对是死路一条。假如真有一个病人逃出去，极有可能造成连锁反应，使得全国爆发一场大灾难。

我加入的是化验组。我不太会摆弄仪器，给我的任务是采血。为了防止作弊，所有出境的人一律要经受辐射扫描、验血、消毒三道手续，我的任务是在每个人臂弯处的静脉上现场抽出20毫升血，注入试管后放进自动检测仪。

食尸鬼只寄生在人身上，没有发现别的动物感染过，这类似于某些寄生虫只寄生于某一种牲畜身上一样。但为了防患于未然，所有宠物一律不得带出，一切随身衣物都要经过高温消毒，即使是正常人，也要经过严格消毒才能外出。通过的人欢天喜地坐着军用卡车前往郊外的火车站，等着离去。自从发现食尸鬼以后，政府极为重视，几乎是一夜之间，城市就军管了。以前外出手续非常复杂，现在却以前所未有的高效率运作。只是我总觉得，这种检查方式未免过于简陋，难以保证绝对正确，万一有一个漏检的，只怕会引起难以预料的后果。但我向上反映后，得到的却只是一个标准的官方回答："您的意见已收到，近期将进行讨论，感谢您对政府工作的支持。"

我现在的工作，也就是叫人撩起袖子，然后，把注射器针头刺入他的动脉，抽取20毫升的血。仅仅如此，如果这也叫工作的话。

轮到下一个了。他穿着一件笔挺的西装，料子相当高级。他撩起袖子，我像一台机器一样，精确而无聊地把针头刺入他的手腕。他把袖子放下，道："请问，什么时候能知道结果？"

"很快，请稍等。"

我用他的血液样本压住他的申请单。那些人大多像他一样，急不可耐地想要离开这个地方。这个人文质彬彬，看上去很像个有文化的人，可是他的表现和那些操皮肉生意的浓妆艳抹的女人、大腹便便的官僚差不多。其实他完全不必担心，我的手腕上戴着探测器，如果他体内已有食尸鬼寄生，探测器一定会有反应的。

“能不能快一点？我急着要走。”

“很快的。”我没抬头，忙着给下一个抽血。这时，自动检测仪突然发出了蜂鸣，在那边敲图章的人跳了起来，冲到检测仪前。我有点奇怪地看了看那台机器。

那人抽出了一张申请单，念道：“成凡，成凡是哪一位？”

我转过头，又有一个不走运的人了。检验处的门口装有一架高灵敏度的探测仪，那些已经有危险的被寄生者根本走不进来，只有那些刚被寄生的人，因为虫卵密度很小，才能躲过门口的探测器，可是，却逃不过这台号称准确率高达99.96%的血液样本检测仪。食尸鬼以体液交换方式传播，尽管科学家宣称蚊虫叮咬不会传播，可我却知道监狱里的囚犯就有被寄生的，因此，患者也许自己也不知自己已被寄生。有时我真有点幸灾乐祸——以前如果来一次全民彻底大检查，其实完全可以即时消灭那种寄生虫，正是上头那些人莫名其妙的想法、新疗法、新药品，反反复复，朝令夕改，使得每周一次的例行检查成为一纸空文，以致我们这13个特别行动组的一切努力都成了徒劳。

这时，我看见了那个人。他脸上，是一种惊愕和恐惧混合在一起的奇特表情。我刚想说句什么，他突然向我扑了过来。

这是不正常的现象。此人体内的虫卵并未孵化，不然不会通过大门口的探测仪的。这时的人，并没有危险性。只有那些体内食尸鬼已经从蛹中孵化的人，才会像晚期狂犬病患者一样见人就咬，另外几方面的症状和狂犬病也很类似。

我根本没有防备，但严格的训练让我的反应比他快得多。我的右手一把托住他的下巴，他白白的牙就在我的虎口间合拢，咬了个空。他的双手乱抓着，我把右手向外送了送，叫道："保安，快按住他。"

突然，我的臂部微微一疼。两个身强力壮的保安已死死按住他的两条胳膊，他的腿还在拼命踢着，踢得化验台上的东西也在乱震。我这时才发现，他在乱抓的时候，把一个针头扎入了我的胳膊！

我的心一下抽紧。如果这是个用过的针头，谁知会不会带有食尸鬼虫卵？但马上我就放心了。

用过的针头都扔进了化验台下的一个高能焚烧炉里，立刻烧掉，化验台上的针头都是经过严格消毒的，没有用过，肯定是安全的。我拔下了针头，上面还带着一点血。

我的制服是不透气的，但到底不是铠甲，一根针头还是轻易就扎透了。我撩起臂上的衣服，手臂上一个小小的针孔里，正冒出一滴圆圆的血珠。我挤了一下，用吸管吸了些血放在载玻片上，做了个样本，交给在一边的手工化验员，"快给我化验一下。"

不管怎么说，绝不能大意。我拔出腰刀，把刀尖贴在那针孔边上，如果化验员说我血液中已有虫卵，我会立刻把那儿的一块肉都绞下来。

那个成凡已经不再踢打了，保安还不敢放开他。危险分子完全可以立刻交给警方消灭——也许，他们也已经把他列为危险分子了吧。可是我知道，他目前思维完全正常，他要咬人，不过是一时神经有点错乱吧。

“一切正常。”

化验员抬起头看看我，我不由松了一口气。

那个成凡不再挣扎，坐在地上抽抽搭搭地哭。每一次申请都会在中央计算机里留下基因信号，这次出不去他以后别想再出去了。可是，尽管他差点要了我的命，不知为什么，我却没法恨他。我走出化验台，走到他身边，蹲了下来，“想开点吧，就当一切都是天注定的。”

他抬起头，笔挺的西装已经一塌糊涂，“对不起，我妈得了重病，我一定要回去看她。”

我沉吟着。每个人都有这种那种的理由，可是，规定却是死的，绝不能变通。局长告诉我，一定不能弄错一个。

“这样吧，我再给你化验一个血液样本，再给你用人工看一看。”

他一把握住我的手，想站起来，那两个保安还是死死摁住他，我说：“放开他吧。”

我带他到化验台前，那两个保安跟了过来，一左一右地夹着他。正在排队的下一个道：“喂，有完没完，我都等了半天了。”

人太多，各个取样的窗口都挤满了人，我这儿本来就还有不少人，因为闹了这么件事，新来的不许再排了，可已经快轮到的人却不肯走开。我赔笑道：“请不要着急，很快。”

成凡撩起左袖，我在他另一条手臂上取了20毫升血，又做了个血液样本，一边安慰他道："机器并不是很准确，说不定会出错。"

"不会错的。"他的眼里充满了绝望，却还带着一点明知不可能还想再试试的希望。我能对他说什么，说他可能属于机器出错的0.04%吗？我只能对他说："希望机器出错了，机器也会出错的。"

这样的话，连我自己也觉得虚伪。

这里，第二次化验结果出来了。化验员没说什么，递给我一张化验单。

每立方厘米血液中检验出虫卵12个。

这个数字并不多，如果是以前的，老计和他的同事们研究出的疫苗可以治好。可是，现在，这个数字没什么意义，就算每立方厘米只有一个，患者一样是被判死刑了。

他听到这个结果，眼里亮了："可医治的极限数字是每立方厘米50个吧？"

"是。"我不敢跟他说，这个数字已经作废了。

"那我还能治好？"他的兴奋很真诚，"谢谢你，谢谢你。"

"什么时候都不要放弃希望。"送他出去时，我言不由衷地说。

看着他的背影，我的心头一阵颤抖。欺骗是什么？古代一个哲人说，欺骗如果是善意的，那比恶意的实话要好。可是，一个空幻的希望，又有什么用？什么时候都不要放弃希望？可是，当没有希望时还要人抱有希望，那只是种残忍。

回到检验台前，我开始给下一个抽血。

检验处的人，24小时不断，分为3班。我这一班到下午5点就下班了，本来检验处的人都实行军事化管制，每个人都有宿舍，但我是第一天报到，还没分配给我。

回去的时候，看着街上变得空空荡荡，我心里一阵阵凄楚。说不清那是什么滋味，事不临头时总是很达观地想，天塌下来压的也不是我一个，可是真正碰到这种事时，每个人还是惊恐万状。

生命，毕竟还是最宝贵的。

路过一个正在大甩卖的小店，我用几乎白拿一般的价钱买了两瓶酒。我想去看看局长，我贪杯的毛病是跟局长学的。工作后，我一个人住，好久没去他的住处了，可他毕竟是我的养父。

街上到处都在大甩卖，到处都是卖多买少，几乎每一个人，都已经开始绝望了吧？我有点不祥地联想到沉船。记得局长在我小时候跟我讲过一个故事，别的都记不得了，只记得他说，船将沉时，船上的老鼠会早于人感知，争先恐后地逃命，即使是跳下水也在所不惜。那些扛着大包小包的人，也让我联想到那群老鼠。

局长的住宅在城西，那是一片高层人物的住宅，我在那里度过了生命中最难受的12年，整日忍受身边那些趾高气扬的大人物的眼神，也让我过早地敏感。

门房还没走，盘问了我许久，才让我进院子。他一定不再记得许多年前那个老是因为可笑的自尊而和一大群养尊处优的高干子弟打架的少年了，他感到奇怪的也许只是居然有人送礼只送两瓶酒吧？

局长住的也只是一幢公寓楼。要住独门独户，他的级别还不够，不过近200平方米的大房子，在寸土如金的时代，也不是常人所能想象的。我按响了对讲门铃，可是没人回答。

局长睡了？

我看看楼上。他那间屋子的灯亮着，一定在啊。我又按了下门铃。等了半天，却听得有人嗵嗵地跑下楼来，有个穿着风衣、戴着大帽子、像做贼一样的人走出来。当然，我不至于傻到真会以为那是个在平民公寓里常见的“白日闯”。大概，那是个为了早日得到出境证而来送礼的人吧，只不过，此人羞耻之心未泯。

他推开门，匆匆地走了，走过我身边时似乎顿了顿，我没在意。我拉住门，又按了下门铃。尽管我有房门钥匙，可礼貌总得有吧。

还是没人回应。

我心中有了种不祥的预感。局长不是个颟顸的人，如果听到了，早就该回答了。难道会……

我冲上了楼。

局长住在四楼。我在门上敲了敲，还是没人回答。我摸出钥匙，刚插进匙孔，鼻端突然闻到一股淡淡的火药味。

出事了！

门一开，证实了我的预感，我看见局长倒在地上，胸口是一摊鲜血。

我把酒放在地上，直奔过去，抱起他的头，叫道：“出什么事了？”

他的瞳孔已经扩散，似乎想说什么，可是，已经永远不会再说什么话了。

“谁，是谁干的？”

我毫无顾忌地大声叫着。尽管我一向只当他是我的养育人，现在，却觉得他的确是我的父亲，是我的恩人。

他没有回答我。我也知道，这一枪正中他的心脏，他几乎是毫无痛苦地死去的。凶手一定是个受过严格训练的人，以我受过的那点半吊子军事训练，都看得出那人开枪时，手非常稳，一枪命中左胸。

忽然，边上一间紧闭着门的屋内，发出了点响动。我的心头一下燃起了怒火。我摸了摸裤腰上的火焰枪，尽管那并不是一把制式手枪，但在近距离内，也足以要人的命。

我走到门边，握住门把手。门反锁了，我扭了两下，门没开，退后几步，猛地上前，一脚踹去。

门开了，一个面无人色的老妇人发出了尖叫。

那是局长的保姆。

我有点失望，突然，门外已经闯进了两个五大三粗的保安。

“什么事？”一个保安道。

我刚想说话，那个保姆尖叫着道：“他……他杀了先生！”

我吃了一惊，但马上发现，我手上握着一把手枪，还一脚踢开了门，确实像个凶手，如果换个角度，我也会认为这么个人是凶手。我刚想解释，那两个保安取出了警棍，道：“把枪放下！”

我迟疑了一下，一个保安猛地冲上前，一棍向我打来。我本能地用手一挡，只觉手腕处钻心似的疼，可能他打断了我的手腕，火焰枪一下掉到地上。我左手刚握住被打的右手腕，那个保安又是一棍，“啪”的一声响，那个探测器被打得粉碎，碎玻璃、小螺丝之类一下嵌入我的皮肉中。还不等我叫出声来，后脑勺又被重重打了一下。

警察局局长把火焰枪还给我，道：“手腕不要紧吧？”

我试了试，虽然还疼，却只是因为缠着绷带有点不灵便，其余的没什么不正常。我收好火焰枪，问：“局长为什么被杀？”

“不知道。”他端过两杯茶，自己喝了一口，“现在是非常时期，公检法也彻底瘫痪了，如果调查一下，犯罪率一定几十倍于以前。唉，也没法，警察已经走了一半，现在只能维持一下最基本的治安。”

我猛地站起来，“难道，局长的死，只能是个无头案了？”

他没有看我，只是喝着茶，半晌才道：“的确如此。”

“那个保姆怎么说？”

他苦笑了一下，“她一口咬定你就是凶手。事实上，她说凶手先和老于说了半天话，后来还争吵起来，突然就是一声枪响，而她从头到尾都只是躲在自己房里，听到枪声才从钥匙孔里向外张望了一下。”

我喝了口茶，道："她看见了什么？"

"她说就是你的背影。"他喝了口茶，"她一口咬定，那个持枪的人就是你，太肯定了，甚至说你就一直站那儿，直到踢开门想进来杀她。要不是我检查了你的枪，我都要相信她了。"

我有点绝望地道："难道，没别的线索了？"

"没有了。"

看着我那副绝望的表情，他拍了拍我的肩，道："老于和我是几十年的老朋友，你也是我看着长大的，你的心情我理解。只是……"

"我知道了。"我打断了他的话，根本没有顾及礼貌不礼貌。他道："检验处你也别去了，快走吧，我给你开张离境许可证，明天你做个检查就走。"

走出警察局，我的泪水再也按捺不住了，直往外流淌。

天空中，星光闪烁，不时有几颗流星滑过天空，也仿佛泪水。我从口袋里摸出了那张许可，细细地撕得粉碎，对着风撒去，看着那些碎纸片飞得到处都是，又渐渐地落在地上，像一群受伤的飞蛾。

沿着马路，我独自走着，摸了摸口袋，里面还有一包烟。我摸出了一根，点着了，让辛辣的气体充满肺部，又长长地吁了一口气，把那些烟气全吐出来，似乎这样可以让我忘掉痛苦。路边，一家快打烊的店里，正放着很久以前的一首英文老歌《Take My Breath Away》，那是一部很久以前的美国电影里的插曲，也许店老板没注意到这歌的名字是那么晦气吧，放得欢天喜地，天旋地转。每个人都忙着整理东西，争取用最少的重量带走最值钱的东西。每一个人想的，也只是尽快离开。

据说，船上的老鼠在沉船前，会争先恐后地离开船只，哪怕四周是茫茫大海。或许，人和老鼠，并没有本质的不同。

当嘴里吸进来的烟变得灼热了，我把烟头扔在地上，用脚踩灭了。这时，我才发现，又来到了单位门口。大门紧闭着，局里竟然还开着灯。

“啊，你也来了。”

我回头，看见老计的女儿正提着一个饭盒，站在我身后。我道：“你还上班？”

“我爸还在实验室干活，我给他送饭。”

“老计还没走？”

她点了点头，道：“我爸说，他还想找找变种食尸鬼的对症药。”

“还有人在局里吗？”

她的脸有点阴沉，道：“整个局里，就我们两个了……对了，还有古文辉。柯祥一开始来过几次，现在好久没来了。”

古文辉体内的食尸鬼大约还没孵化，他被放在实验室的隔离罩中，尽管没死，也已经没有知觉了。这是他的要求，把自己的身体献出来当实验材料。对于这一点，我多少有点敬佩他了，我想如果我处于他的位置，可能不会如此通达。

“老计还在吗？我看看他去。”

她掏出钥匙打开大门，我跟她走进去。只有走廊上开了一小排灯，以前那种肃穆已经荡然无存，现在，整幢大楼就像废墟一样，空旷冷清。在走过局长的办公室时，我不由自主地一阵心疼。

物是人非，世间最难堪事，无过于此。

老计的办公室还亮着灯。她推开门：“爸，有人来看你了。”

老计正坐在一台显微镜前看着，抬头见是我，笑道：“你来了？坐，坐。还没走吗？”

“还没走。”我不想告诉他，局长被杀了。

“来，喝酒，喝酒。”

老计贪杯这一点，和我有点像。老计女儿在一张小桌子上摊开了一张旧报纸，把拿来的一点熟食和酒放在桌上，自己拿了个小烧杯，给窗台上一盆植物浇水。老计把杯子给我，自己找了个干净的烧杯，倒了两杯，道：“先干一杯吧，就当预祝我成功。我这个女儿，什么都好，就是不肯陪我喝酒。”

我端起杯子：“老计，你真的不想走吗？”

他呵呵地笑了两声，拈了片猪头肉：“你还不是一样。”

我端着杯子，眼却看着别处：“我只是还有事没办完。”我不敢面对着他，怕他看到我眼底的泪光。

“说这些做什么，先喝酒吧。”他喝了口酒，“你要是乐意，来帮帮我吧，实验太烦，现在我也找不到人手。”

我几乎没有考虑，就说："好。"

我没有后悔，却也不觉得自己有多少了不起。我看了看她，她在一边掩饰似的忙着收拾东西，可我也看得出，她的眼里带着些欣喜，手忙脚乱中，水都洒到了盆外。

老计的实验实际上也没什么难度，从古文辉身上取得食尸鬼的蛹后，用各种人类已知的抗生素之类的各种药物进行测试。可是到目前为止，还找不到一种可以有效杀灭食尸鬼的药物。我的任务，也就是帮助老计调配各种匪夷所思的药物。有些东西，要是中世纪欧洲的那些野蛮医生见了，只怕也要摇头，但我们已经没有退路了。

做完一天的实验，毫无进展。我和她告别老计，离开了局里。

街道上几乎没有人了。深秋的街道，本来就有几分萧条，现在更是显得衰败不堪，到处都是落叶，夹杂着废纸。

她走在我身边，一声也不吭。这些天，她已经完全没有了以前那种英气，纯粹成了一个小女人。不知为什么，我突然说："你有没有想过离开？"

她抬起眼，有点吃惊地看看我："当然想过。我劝过我爸，做那种事，并不是我们的责任。"

我笑了笑："你那么劝他，他肯定不会听的。"我也明白老计。老计的性格和我有些相像，都是认死理的人，打定了一个主意，就再不会改变了。说不清这是不是个好的脾气，反正，我已经不愿意再改变了。

她看着天：“你说，你们的实验有成功的可能吗？”

我站住了：“不管怎么说，那已经不是我们个人的事了，那是为了整个人类。”

“是吗？”她冷冷地笑了一下。一阵风吹过，一张撕破了的报纸像小狗一样擦着地面滑到我的脚后。

“你不相信？”

“我只是希望你们能够成功。”

她深深地叹了口气，加快了步子，向前走去。我看着她的背影，突然感到一阵心酸。

一个年代有一个年代的英雄。如果我做不了这个年代的英雄，那只要无愧于心就是了，但我还是想做一个英雄。我默默地想着，忧郁地摸出一根烟，点着了，烟气冲入肺中，呛得很。

几天过去了，还没有一点进展。

老计和我每天都在喝两盅之后，再像古代炼金的巫师一样想出一些匪夷所思的药物。只是，每天的几十次实验都以失败告终。杀死食尸鬼的唯一方法是提高热度。烧死患者防止传染，我们一直在这么做，似乎用不着我们花那么大精力去发明，可任何活人都承受不了能杀灭食尸鬼的温度。麻烦的是，虽然在低温下食尸鬼发育很迟缓，但古文辉体内的食尸鬼仍然一天比一天大。可能马上要孵化了。

一旦孵化，那么只能进行毁灭。我们贴出过征求志愿者的告示，也在硕果仅存的电视台里发了一回广告，可患者大概早不看电视了，根本没人应征。我怀疑还有一个原因是，老计那广告写得太吓人，什么“征求实验对象，保证毫无痛苦”，好像实验对象是要开膛破肚一样。

广播里又通知了一回，由于城里人口越来越少，检查站不再24小时开放，改成早7点到晚11点开放，倒像是个便利店。

其实他们也不必多说什么，留下来的，除了患者，就只剩下我们三个傻瓜了吧。不知城里还有别的傻瓜没有。

我没把真的傻瓜计算在内。

第二天，我一大早就起来了。起床时，阳光明媚，今天是个好天气。梦中我又回到了过去，那时特勤局还没有成立，我所服务的，只是一个做些维护治安工作的国家机构，而局长还是那机构的负责人。那时，老计女儿刚进局里来，只是一个因为长期营养不良而发育得不太好的女大学生……

为什么想这些？我觉得有点好笑，可是，现在我经常会回忆起过去。因为局长之死的缘故吧？

我无言地穿戴好，从食品柜里翻出点营养食品，对付着吃了一点。这些天，这城市像一个漏了的浴缸一样，每时每刻都有人像水一样流出去。本来过去一大早这宿舍区就吵得要命，现在却安静得甚至有点儿死寂。

走到离局总部大楼还有几十米的街道拐角处，远远看见有个提着皮包的人站在门口。我走近了，有点儿忐忑不安。感染者体内的食尸鬼孵化后，人会有一段时间的疯狂，因人而异，从两小时到两天不等。以前，早期病人被发现后送医院，当不能治疗后送回家由家人看护，到一定的时间则由特勤局人道毁灭。但现在对患者的管理已完全失控，有时在街上走我都担心，会不会碰到一个食尸鬼已孵化的病人在我后脖子上咬一口。

好在食尸鬼孵化后的人很容易从动作上看得出。由于食尸鬼破坏了神经中枢，患者走路都像喝醉了一样，类似于古老的恐怖电影里的丧尸。现在提皮包的这人虽然有点儿失魂落魄，但动作很平稳，就算是被寄生了也没到危险的阶段。只是，这个人看着实在很熟悉，可我就是想不起来了。

当我走近他时，那人正好抬起脸，我看了看他，吃了一惊："柯祥！"

柯祥以前胡子总是刮得干干净净，衣服一尘不染，说话细声细气。可现在，却大概可以用"男人中的男人"去称呼了，他衣服皱巴巴的，胡子也有好些天没刮了，和流浪汉差不多，只是他的脸还是白白净净的。

他也吃了一惊，我们几乎同时说："你没走？"

以前我们几乎没说过话，现在，我发现我其实也并不像以前那么讨厌他。我道："你没拿到许可证吗？"

他有点儿失神地说："今天才拿到。下午要走了，我想……

我想再看一次文辉。”

他那种含情脉脉的语调以前我听了就想吐，可现在却觉得那也是人之常情。也许，那也是种爱情吧，即使我不理解，但我也没权力去取笑别人，毕竟，每个人都有权选择自己的道路。

他有点儿自嘲地笑了笑：“你大概在心里笑我吧。”

我不好说什么。尽管仍然觉得他的话有点儿可笑，可还是说：“进去吧。”

他有点迟疑，问：“阿雯在吗？”

我笑了：“当然在，你怕她吗？”

“不是。”他垂下头，“她不让我见文辉。”

我打开门：“进去吧，我带你去。”

我也看过古文辉，他在低温下一直保持假死状态，在玻璃罩里显得很安详，像睡着了一样，不知老计的女儿为什么不让柯祥见他。

关上门，我领着他走到实验室前。实验室在二楼，门正对着大厅。那门没锁上，我们时常要从古文辉身上取一点标本。当然，实际上只是用一个注射器抽取一点血液，没有想象的那么可怕。

柯祥把皮包放在门外，人站在玻璃罩前，像呆了一样看着里面的古文辉，他眼里淌下了泪水。我没有打扰他，轻轻地退了出去。

掩上门，里面偶尔传来一声抽泣。柯祥在追思过去吧？我下意识地看了看手腕，腕上那兼手表用的探测器早被那两个保安打碎了，什么也没有。

五秒钟数一次，数到一百，总该出来了吧。我想着。

“一，二，三……”

“你在这里做什么？爸在找你。”

老计女儿的声音突然在我耳边响起，我吓了一跳。我数到哪儿了？好像是六十到七十之间。我抬起头，却见她正在楼下。

我趴到栏杆上，小声说：“别那么大声，柯祥在和古文辉做最后的告别。”

“什么？”她的声音大得吓了我一跳。

“大概有几分钟了吧，我数到六十几了？”

“快进去看看！”

我这才想起，古文辉已经快孵化了，会不会出什么事？我一把拉开门。

门里，柯祥已经打开了玻璃罩，抱着古文辉坐在实验桌上，古文辉的头枕在他的腿上。听见我进来，柯祥冲我笑了笑。

我走上前去，喊道：“你《王子与睡美人》看多了吗？快把古文辉放回去吧。”

他没理我，还是抱着古文辉。

我抓住了他，一把将他拖了起来。他像一条小虫子一样在我手下蜷缩着。

“你疯了吗？你知不知道，你会害死这里所有人的？”

柯祥被我抓得喘不过气来。他抬起头，满面泪水，说：“我不能看着他被关在那个玻璃罩里，像一只动物……”

我狠狠地抽了他一个耳光。我没有留情，他白净的脸上登时出现了五个手指印。他抬起头，看着我，悲哀，痛苦，却没有乞怜。

我推开他，想冲到控制台前重新关上强化玻璃罩。趁着古文辉体内的虫卵没有孵化，现在还来得及。

“不要动！”柯祥喊道，手里多了一把火焰枪。我没有理他，伸手要去扳那个开关，突然，一道火光掠过我身边，我只觉得手臂一阵刺痛，一下缩了回来。

火焰枪是利用一种高能可燃气体来发射火焰的，其实就是个火焰喷射器。对付那些虫子，平常的子弹没什么用，而火焰枪可以在两米以内烧穿一块两厘米厚的钢板，是很有效的武器，不过用它来对付人却并不太好。柯祥这一枪没有对着我开，但余热还是使得我的右臂肘部的衣服燎掉一块，皮肤上起了不少水泡。

“快让开，我会开枪的！”

柯祥跑了过来，枪仍然对着我。

“混蛋！你难道要把我们全害死吗？快听我的，把他关起来，趁他还没孵化。”

“然后呢？等你们把他研究完了，就把他当成一堆废物，烧成灰烬？”

我努力让自己不要发作：“你把他放出来，难道他就有救了？”

“我不管，”他的眼里，泪水大颗大颗地流出来，“反正我不能让他再关回那个玻璃罩里。”

这时，我看见实验室的门口出现了她的身影。她有点儿焦虑地看着我，我悄悄向她点了点头，她也点了点头。

火焰枪射程不远，但从门口射过来足够了。我看见她掏出了火焰枪，对着正背对着她的柯祥。

可是，不知为什么，我看见她的手在发抖，一直没有开枪。

这时，本来平躺着的古文辉嘴里发出一声低哼，柯祥欣喜若狂，把枪插到腰间，在实验桌前弯下腰去，看着古文辉的脸。

“文辉，文辉，我是阿祥啊，是我啊，你还认识我吗？说句话吧！”

他乱叫着。我的手摸着枪。这是个好机会，他全无防备，我开枪的话，可以在半秒钟里把他的脑袋烧成焦炭。可是我却实在下不了这个手。毕竟，柯祥还是个正常人。尽管我已不把患者当人，可杀正常人，我还是做不到。

古文辉的嘴里突然发出了不像人类的惨叫。他的头抬起了两三寸，从他嘴里喷出来的，不是血，尽是白色的小虫子，喷得满身都是，蠕蠕而动。

我一把抓住柯祥的肩，道：“小心，他孵化了！”

由于温度升高，古文辉的孵化提前了。

柯祥哭叫道：“文辉！”他不知哪里来的力气，一下子挣脱了我的手，向古文辉跑去。

我浑身像浸在冰水里，一动也不能动。柯祥跑近古文辉身边，哭喊着：“文辉！文辉！你能听见我的话吗？”

古文辉的双手举了起来，伸向自己的眼睛。由于他体内的食尸鬼比正常孵化时数量不知多了多少倍，在他的眼睛里，一段白白的东西正拼命挤出来，血和脑浆混在一起从眼眶里往下滴。柯祥伸出手臂，似乎想要揽住古文辉，却又不敢。我退到门边，对柯祥叫道："笨蛋！他体内的虫卵已经孵化了，快跑出来！"

不知他有没有听到我的喊声，我不见他有动作，古文辉却发出一声撕心裂肺地惨叫，抱住了头。可是，整个头像熟透了的苹果一样掉了下来，倒好像是他把自己的头摘下来的一样。他的身体就像个没扎上口的口袋，一下倒在地上。脖子处，已是一个空洞，从里面，像倒出水一样，一大堆白色的蛆虫直喷了出来。柯祥躲闪不及，被劈头盖脸地浇了个透，他嘴里恐惧至极地叫着，两手在脸上乱挥。

不，我的心像被针刺了一下。那不是在挥，而是在——拔！

他的手抓着脸上的虫子，而那些小虫子却像钻进豆腐的泥鳅一样，直钻进他的皮肉里，他拔出一条，另一条又钻了进去，一张脸上，马上和一个正在忙碌的蜂巢一样。那些虫子不只是钻进去，还有些从里面钻出来，在脸上游走。他的脸一下子千疮百孔。

她在我身后发出了尖叫。

柯祥转过头，张开已经变得破碎不堪的嘴，含混地说："救……救我！"

他的嘴唇已经只剩了两层皮肤，两颊上满是孔洞，血却流不出太多，那些虫子钻得非常快，一些在他的皮肤下穿行，从下巴直到脖子，他的皮肤上一些小小的鼓包在很快地移动。他的手在拼命摸着腰上的火焰枪，由于食尸鬼已经穿透了他的脑部，他的神经也已反应迟钝，摸了几次都只是摸个空。终于，他拔出了枪，对准自己的头。

这时，那些蛆虫一样的食尸鬼在枪上爬得到处都是，水一样掉下来，有一些开始向我爬过来。我不忍再看，扭头关上了门。

实验室的门密封性能很好，可是也隔不了热。我几乎一下子就感到门板开始发烫。

她掩着脸，在那儿抽泣着。我拍拍她的肩，道："走吧，老计在等我们呢。"

回到老计的办公室，他正坐在桌前聚精会神地看着一份内部资料。看见我们进来，他抬头道："怎么了，怎么这么吵？"

我看了看她，她没说话，我道："柯祥来过了。"

老计的脸略略抽动了一下，对她说："你为什么放他进来？古文辉自己交代过，他太容易冲动，不能让他来的。"

"不关她的事，是我带他进来的。"

老计问："他走了吗？"

我叹了口气："死了，他殉情了。"

老计一点儿也没体会到我话语中的幽默感："那么古文辉呢？"

我一下回过神来，有点儿过意不去地说："他的尸体已经被我烧了。"

“烧了？”老计站起身，冲到我跟前，一把揪住我的胸口，“你知不知道，他是个最好的实验对象，烧了他，我的实验怎么办？”

没想到干巴瘦的老计力气会这么大，他抓着我时，我一动也动不了。她在一边道：“爸，你别怪他，柯祥疯了一样要把古文辉放出来，那时古文辉已经孵化了，如果不烧了他，那些食尸鬼会马上感染我们的。”

老计放开了我，一下子像苍老了10岁。我道：“要不，我们再征求一个志愿者吧……”

老计看着我，脸上满是嘲讽：“等我感染了，你拿我来做实验吧。烧得怎么样了？”后一句是跟她说的。我道：“烧起来后我们没有去看过。”

老计像没听到一样，还是对着她。她看了看我，小声道：“门还关着，我们怕还有食尸鬼没死，没去看过。”

老计走出门去，我和她跟在老计身后，有种无颜以对的惭愧。虽然我并不知道古文辉有过这样的交代，但毕竟是我放柯祥进来的，总不能用不知者不罪来搪塞吧。

二楼的实验室门口，还在散发着热气。实验室因为要化验食尸鬼样品，局长怕出万一，特意让人加工过，密封性很好，很耐热。食尸鬼只有用高温才能杀灭，柯祥虽然用火焰枪大烧了一把，对屋子也没什么损伤。老计打开门外的加热开关。实验室本身也安装了加热装置，可以在瞬间加热到五百摄氏度的高温，以防备有没死的食尸鬼漏网。等了一会儿，老计关掉开关，道：

“阿雯，开门时你守着点。”

她拔出火焰枪来，我见她的手有点发抖，说：“我来吧。”

里面的样子肯定不会好看的。老计却没理我，见她还是有点迟疑不前，厉声道：“快点，要是里面还有食尸鬼，千万不能放过。”

我有点生气，但还是拔出枪来，站在门的另一边。我看看她，她的嘴唇有些发白。

她实在不该干这一行。

我正胡思乱想着，门开了。先是一股热气，随之是一阵焦臭，她的头直直地对着我，根本不敢向里看。老计却已走了进去。

我探过头。里面倒没有想象的那么狼藉。食尸鬼在100多摄氏度的温度就已经死亡，500度高温，都已经成焦炭了，地上到处都是黑点。恐怖的只是地上那两具焦黑的尸骸。古文辉的尸体本就已不成样子了，而柯祥的尸体上，只有上半身的衣物被烧得黑黑一片，下半身只沾染了些食尸鬼的焦尸痕迹。只是本来放在实验桌前的记录数据也被烧得只剩下一堆灰了。

老计戴上了手套，取出一根合金的小棍子，在那堆灰黑色的遗骸中翻着。看着他那副样子，我真有点佩服他的胆量，但也更觉得内疚。“老计，我很抱歉……”

蹲在地上的老计看了看我：“别说这话了，请你还是走吧。”

我被他这一句噎得说不出话来，把火焰枪往腰上皮套里一插，扭头便走。她在我身后叫着：“等等……”

老计喝道：“这种沉不住气的人，别叫他。”

我没有回头，只听她小声地埋怨着老计。

如果她追上来，我会留下来的。我想。

可是，她没有追上来。

我走出大门。街上已经快一个月没有清洁工来打扫了，废纸垃圾到处都是。幸好人也大多离开了，如果还像以前那样有那么多人，弄得这么脏一定会爆发瘟疫的吧？我走出大门时，多少有点留恋地想回头看，可到底还是没有回头。

街上，很少有人走过。能走的都走了，还在等候离去的人，想必除了万不得已不会上街。现在，在街上大模大样走的人，可能大多是感染者。

我低着头，只是走着。我已不害怕那些感染者了。说来也好笑，当我们还在到处寻找感染者时，那些被感染的人往往都令人觉得怪异而恐怖，可现在看看，倒也没什么两样，只是比普通人看上去更脆弱，更憔悴。如果我感染上了，大概也就这么一回事吧。

我走了一段，忽然又听到了那首《Top Gun》的主题曲。还是那家店里吧，那种有点儿煽情的歌声，听起来也那么具有讽刺意味。

我站住了。眼前的一切都像死了一样，除了那首歌，就只剩下风声了。我下意识地摸了摸口袋，烟早就没了。还有什么地方可以买烟吗？我有点茫然地看看四周。

除了那个正放着歌的小酒店。

我走过去。门虚掩着，透过玻璃门，看得到几个人正在喝酒。吧台上，有个人正在调酒，柜台上的一个玻璃柜里，还放着几包烟。

这景象倒和以前没什么两样，除了那些喝酒的人，每个人的脸上，不是麻木就是绝望。

我走到吧台前说：“请给我一包烟。”

那调酒师正摇着酒：“自己拿吧。30元。”

这时候买东西还要给钱，而且价格还那么贵，我有点想不到。我摸摸口袋，这些天都没有用钱的习惯了。幸好，口袋里还有一些钱，我数了30元，抓了一包烟，撕开包装，用食指一弹烟盒的底部，一支烟跳了出来。

这时，一个已喝得醉醺醺的人走过来，在吧台上扔了一张纸币，“再来一杯吧。”

那调酒师灵巧地收好钱，倒了一杯酒。

我倚在吧台上，点着了烟，吸了一口，笑道：“你还要钱来做什么？”

他看了看我，道：“钱可以买东西啊。”

“你还有机会可以买东西吗？”

他的手还在摇着那两个不锈钢罐子：“我没有机会了，可我的妻子和孩子还可以。”

他看着吧台里，嵌在墙上的一张小照片。上面，一男一女和一个男孩子，笑得很灿烂。背后是阳光和草地，繁花似锦。

“他们都出去了。”他爱不释手地摇着手里的罐子，“一出去就打电话进来，告诉我外面很好，让我不用担心，只是后来也联系不到了。这些钱我不能用了，但却可以让我的妻子和孩子过上好一阵子的。人总要死的，就算我马上要死了，可我还得养家糊口。何况现在我还没死，还是个商人，你说是吗？”

我吐了一口烟。他的神情安详而坦然，倒好像在谈论什么与己无关的事。我道：“也许你是对的吧。”

这时，有个喝得已有醉意的汉子叫道：“老板，再来一瓶，56度的。”

走出酒店，我有点茫然。生死于人，本来也是常事吧，可像这位酒店老板那么看得开的倒也少见。

走到桥上，一张落叶正飘下来，擦着水面掠了一阵，又像被吸住了一样贴在水面上，顺水流去。这条河本来被污染得很厉害，淤泥积得几乎要堵塞河道。这些天来，水量倒增加了。我把烟头扔进河里，又摸出一支烟，刚凑到嘴边，突然肩头被撞了一下，那支烟也掉在地上。我扭头一看，是个醉醺醺的流浪汉，手上拎了一瓶酒。他见我看了他一眼，瞪大了眼，道：“看什么看，我是感染者。”

我有点儿本能地想要摸火焰枪，可是马上放下了手，叹了口气，道：“我还没被感染，对不起。”

这话可能让他也有点奇怪，“什么？”突然，他叫道，“哈，是你啊。不去检验处上班了？”

“早不去了。”我看了看他，但实在认不出来，道，“你是哪一位啊，恕我眼拙。”

“我是成凡。”

“成……凡？”我依稀记得前些天那个被我查出感染了食尸鬼的不幸者。不错，他穿的还是那件衣服。才没几天，他身上那身西装也肮脏得像从垃圾箱里捡来的。

“你验得没错，”他向我露齿一笑，却又那么凄楚，“就这几天，我血液里的虫卵数量，已经达到了每毫升130多个。”

我不知说些什么好。古文辉和柯祥的死，我并没有太多感慨，但这个人明明知道自己要死了，却偏偏像个自暴自弃的醉汉一样在街头晃荡，却更让我不安。

“你为什么不到那个检验处去了？”

我只是苦笑，道：“我只去了一天，前些日子我在老单位里。昨天，我又和以前的同事吵了一架。”

“为了什么？”

“他在研究解药，结果那个实验对象的朋友自作多情来救这个实验品，弄得一团糟。实验的对象没了，资料也烧得差不多了，我同事心情不好，责怪我了。”

成凡忽然道：“不能补救吗？”

我叹了口气，“实验对象都没了，实验怎么继续？谁也不肯在没死前把自己的身体捐出来做实验，等孵化后你没知觉了不能反对了，可身体状况又没法实验了。”

“我肯捐。”

我以为自己听错了，看着他。只见成凡一张已经又脏又瘦的脸正对着我。我道：“你要想清楚，如果解药研制成功了，你还有一线生机，但你去做实验的话，就再没机会了。”

他把手里的酒瓶扔进河里，河水发出一阵恶臭。他道：“我妈昨天去世了。”

在他的眼里，滴下了一滴泪水。我有点抱歉地说：“对不起。”

“没什么对不起的，”他擦了擦眼，“我想通了，反正迟早要死，如果用我的身体能做出解药来，那也是值得的。”

我看着他，心头一阵地激动。

我领着成凡回到局里。实验室的门开着，看得到老计在里面。我领着成凡走上楼，兴高采烈地说：“老计，我给你带来了个病人。”

老计正在拼凑几张烧得焦黄的纸片，抬头看了看我：“什么？”

“这位成凡先生是个早期感染者。他自愿做实验对象。”

老计一下站起来，有点激动地说：“是吗？成先生，你可是人类的功臣啊！来，我还有一个备用实验室。”

这时，我看见老计女儿出现在门口，脸上有点喜色。也许，我这手将功赎罪做得很漂亮，我几乎要向她比画一个“V”字手势了。

老计领着他走到另一间实验室里。这实验室比被我毁掉那间要简陋得多，我也有点理解老计为什么会发那么大火了。老计掀开了实验室中间床位的玻璃罩，道：“睡上去吧。”

成凡躺到床上，有点惴惴地问：“不会很痛苦吧？”

“如果你的意识清醒的话，那种痛苦和恐怖没有一个人受得了的。不过我会让你吸上十分钟的一氧化碳，你就会脑死亡，那就不会再有感觉了。”

“什么？煤气？”

成凡像被蛇咬了一口一样，坐了起来。我在一边道：“成凡，反正你的生命也没有多久了，贡献出来，如果解药能搞成功，全世界都会感谢你的。”

他看了看床上的一根输气管，打了个寒战，“我想……我还是不要……”

我有点恼火：“成凡，你怎么婆婆妈妈的？在外面你大义凛然，我还被你感动了。事到临头又怕了吗？有什么好怕，反正你也没几天好活了。”

他转过头，看了看我，哭丧着脸道：“可是，你没说要煤气中毒死掉……”

老计在一边道：“那只是脑死亡，你一点痛苦也没有的。”

“你又没死过……”

我有点不耐烦了，掏出火焰枪来喝道：“懦夫！拿出点男人的勇气来，别三分钟热度，给我躺好。”

成凡看看我手中的枪，哭丧着脸要躺下。突然，实验室的门被敲了敲，我扭头看了看，她站在门口，脸也有点扭曲，见我转过头来，她的左手按住我的枪，右手重重打了我一个耳光，一下夺走我的枪，扭头对成凡道：“对不起，先生，你不愿意，那是你的自由，请你走吧。”

我捂着脸，看着成凡猥猥琐琐地走出去。等他一走，我喝道：“你为什么放他走？”

她瞪着我和老计，脸涨得通红，骂道：“无耻！你们这种做法，就算做出解药来，你们心里难道不惭愧吗？”

老计虽然是她父亲，却让她说得头都低下了。我道：“可是，这本来就是他自己愿意的，我又没强迫他，谁叫他反悔。”

“他可以自愿，那就可以反悔。”

“可他是感染者，没多少时候好活了……”

“就算只有一天好活，他也是人，不是实验用的豚鼠！你有做一个英雄的权利，可他也有不做一个英雄的权利！”

这话像铁块一样砸在我头上。我怔怔地看着她，好像不认识了一样。

她把手里的枪放到我手上，扭头走了出去。

半晌，我觉得一只手放到我肩上。我回过头去，却是老计。他叹了口气：“对不起，刚才我很失礼。”

“没什么。”我有点心不在焉地回答，心里，却还是她那句话给我的震惊。从小受到的教育都告诉我，在非常时刻，我应该挺身而出，堂堂正正地做一个英雄，从来也没想到过，一个人其实也有逃避的权利，那并不是过错！而对旁人的逃避妄加指责，那才是犯罪。

离开局里，我跟在她身后。

以前我都以为我比她高出一筹，但现在却觉得自己好像是在她的阴影里。

“走那么慢做什么？”她站住了，看着我。我快走几步，走到她身边。

“对不起。”她低着头，又像以前一样，小声地说着。

我摸了摸脸，笑了笑：“那不算什么。”我倒没说，从小到大，我没被人打过几次。局长从不打我，第一次被人打耳光还是15岁那年一位市领导的公子骂我是野种，而局长是哈巴狗。那个耳光给这小公子换来了左臂骨折，也害得局长从那以后一直没再升迁。

走过那家酒店，这回橱窗里放了一台电视机，里面正播放着新闻。某地粮食丰收，某地开展赈灾，某地又召开了一个国际性会议云云，全都是好消息。那些以前十分熟识的地名，现在听来，恍若是在另一个星球，似乎整个世界到处都在蒸蒸日上，这里却在垂死挣扎。

“明天，我们都走吧。”

我迟疑了一下：“老计大概不会同意吧？”

她没说什么，只是抬头看了看天。碧蓝的天空，除了几缕因斜阳而变得五颜六色的云彩，什么也没有。天空依然安详而宁静。

“据天文台计算，下周三将出现狮子座流星雨。这种天文景观难得一见……”

那台电视机里，现在那个正襟危坐的女播音员正面无表情地播报着一条新闻。这条新闻虽然并不是为这个地方的人播送的，可这儿一样看得到。

街上空空荡荡，见不到几个人。能走的都走了，暂时还没走的，也多半不敢上街，现在到处都有被寄生的人。说来可笑，以前如临大敌时，一旦知道自己被寄生，人们就惶惶不可终日；而现在，更多的是今朝有酒今朝醉，那些体内食尸鬼尚未孵化的人多半在酒馆喝酒。我跟着她，不敢离得太远，也不敢靠得太近。

她站在那酒店门口，看着橱窗里的电视。现在电视里正播放一些以前的流星雨照片，美得很不真实。在一片宝蓝色的天空里，星陨如雨，有如一场焰火。

我看着她，问：“你很喜欢流星？”

她只是从鼻子里“嗯”了一声。我笑道：“如果我们早早就出城了，现在就可以一身轻松地看那场流星雨。”

我虽然是带着笑说的，但实在希望她能够给我一个正经认真的回答，可是她却像没听见，脸还是对着那电视机。我有点讪讪地笑了，像是对自己的嘲弄，却也多少有点自怜。

天不知不觉地暗了下来。我看见她回过头，在黑暗中，她的眼睛亮亮的，发着光，电视机里的光让她的脸也一明一亮，象牙色的皮肤好像也更有光泽。

第二天，我一大早就到了局里。从古文辉身上最后抽取的样品只能再做两次实验。如果没有实验者，那我们的工作就毫无意义了。

老计还在埋头干着，我看看四周，她不在。我问："老计，阿雯哪里去了？"

"她去征求志愿者去了。"

"什么？她去哪儿征求了？你为什么不让我和她一块儿去？"

他看看我，没说什么，只是道："她要自己去。"

也许他还对我烧掉了古文辉耿耿于怀吧，也许他认为我是个成事不足败事有余的人。我不管那些了，大声道："老计，你知不知道，现在这城市里已经是患者占绝大多数，万一她出了什么事该怎么办？"

他又低下头，在一张纸上计算什么，道："不会的吧……"

我有点焦急。这时，却听见大门口有人在拼命敲打着门。那种敲门声绝不会是她的，这连老计也听出来了，他抬起头看了看我，我却没他那么沉得住气，飞快地向大门口跑去。

大门口有个小窗子，我打开那小窗看了看，只见一张男人的脸，他有点儿局促不安地说："请问，这里是特勤局吗？"

"以前是。你有什么事吗？"

那男人突然道："你是上次来我家执行任务的那位先生吧？"

我根本记不清他是谁了，道："你有什么事吗？"

他让开了一点，嘴里道："是这样的……"

他不用说什么，我已经打开了大门。

在他身后的一辆磁悬浮汽车上，老计的女儿像昏死过去一样，半躺在车座上。

我几乎是冲出门去，跑到小车前，摇了摇她的头："快醒醒！快醒醒！"

像是回答我一般，我赫然发现，她的手腕上，那探测器的红灯正闪亮着，一闪，一闪。在她的手背上，有一个新被咬破的伤口，还在流血！

她被感染了！被食尸鬼感染的初期，有一段时间很嗜睡，那正是第一种症状。

我转过身，猛地揪住那男人的胸口，吼道："这是怎么回事？谁感染她的？"

那男人像是一只小老鼠一样，尖声叫道："不是我！不是我！"

"那是谁？"

我只觉身上的血都似乎要燃烧了，一种杀人的欲望充溢在心头。那男人的脸上满是苦色，半晌才道："是我儿子。"

我一把抽出火焰枪，指着他的头道："把你儿子叫出来！不然，我把你的头都烧焦！"

那男人像是要哭出来一样，从那辆小车后座走下来一个怯生生的男孩。不用探测器，我也看得出，他已经被感染好几天了，恐怕再过几天就会孵化。

没有孵化的病人也会感染人了吗？我顾不上考虑这个，把枪对准了那男孩，他的脸本就惨白得没什么血色，现在更是面色如土，喊道："爸爸！爸爸！"

那男人还没说什么，她突然动了动，我冲到车前，猛地一脚，把那男孩踢到一边。这一脚够他受的，他嘴角一下咳出了血来。我扶住她的头，道："怎么样？怎么样？"

她抬起头，看见了我，笑了笑，道："别怪那小男孩，让他们走吧。"

我扭头看了看，那小男孩正挣扎着爬起来，而那男人还站在一边动也不动。我强压住心头的怒气，对她说："好吧，我扶你出来。"

我扶着她进门，那男人在门口欲言又止，我喝道："快滚，趁我没变主意！"

那男人怔了怔，道："很对不起。"男人扶起地上的男孩，慈爱地抱起他放进车后座。

我突然想起来了，他就是邓宝玲的丈夫！自从邓宝玲走后，他的样子一下子憔悴了许多，怪不得我都认不出来了。

我转过身，道："喂，你儿子已经被感染了，你尽量少和他接触。"

那男人抬起头，苦笑着说："那是我儿子。"

他发动汽车，开走了。我抱着她，她的头发有几绺搭在我手上，痒痒的，她却像睡着了一样，动也不动。在我怀里，她像睡着了发魇似的，突然小声地咕哝了一句："别拿我做实验，我怕！”

我看着她的侧脸，第一次发现，原来她真的那么美丽，就算被担忧和恐惧所笼罩，也只是更加楚楚动人。

如果这一刻能永恒，那就让永恒凝固于此吧，下一刻永远不要来临。

我想着，眼里已满是泪水。

我抱着她，一脚踢开门，喊道：“老计！老计！”

老计从房里跑了出来。一见我抱着她，他的脸色也变了。我叫道：“快！她感染的时间还不久，能有救吗？”

老计撩起她的袖子看了看，道：“是外伤引起的，大约半小时，食尸鬼还没有开始分裂。”

我一喜，道：“那么，全身换血还可以救她？”

老计突然抱住头，痛哭道：“我真浑！我非要留在这儿，现在这市里哪儿还有医院？！”

我道：“别灰心，检查站里一定有库存血的。如果不行的话，直接用超音速飞机送她去邻市，不过十分钟路程。”

老计的眼亮了起来。我抱起她，吼道：“快！快把车开出来！”

老计没有在意我这么对他吼叫，飞快地从车库里开出一辆车来。我抱着她上了车，老计也钻进来，道：“我来扶着她吧。”

我把她放在边上的座位上，老计扶着她，我不要命地把车倒出大门，一下子开到了最高挡。

这车并不很先进，最高只能开到时速300公里。我一出大门，马上换挡，这车吼叫一声，指针马上跳到了最高。老计在一边叫道：“快点！快点！”

快点的话，我们三个全要成肉泥了。我心里说着，嘴上却没说。我也希望能更快一些。

我们的车离检查站还有好几百米时，检查站里面突然发出了一个很大的声音：“HJ7322号车主，马上减速，否则我们将采取行动。”

我一时还不明白，一道紫光从车窗边掠过，一下把车镜都打掉了。我吓了一跳，马上明白，检查站一定把我们当成是疯狂出逃的暴徒了。曾经有过先例，有个被检查出体内带有食尸鬼的病人被拒绝出境后，开了一辆汽车撞向检查站。当时，那车被驻守的军队在离检查站还有两百米远的地方打得千疮百孔，而那个亡命徒是被人从车里分好几次一块块“请”下车的……

我把车速降了下来，打开左窗，把一只手伸出去，胡乱晃着，嘴里喊道：“别开枪！我们没有恶意！”

那声音顿了顿，道：“请立即下车，不得靠近检查站两百米以内。”

那两百米外已画了条白线。我停了车，道：“老计，帮帮我。”

一下车，老计刚把她抱下来，我马上背着她，发疯一样向检查站奔去。在门口，五六个全副武装的士兵把激光枪对准我，检查站里那声音还在说：“请马上放下你背上的东西，慢慢走进来。”

东西？我有点生气，冲着大门口喊：“什么东西，你们看清了，这是个人！”

那几个士兵还是用枪指着我：“那么……进来吧。”

我背着她走过检查大厅。两个星期以前，我曾经在这儿工作过，现在却作为一个申请出境者来了。门口，看得到以前拉着电网的地方，都挖了又深又长的壕沟，外面不时有人在巡逻。一进门，探测器一下子铃声大作，这使得那几个士兵更是如临大敌。他们穿着全套的防生化服，看上去可笑得很。

我把她放到检查台前的一张椅子上，道：“我要求给她立即做全身换血！”

那个检查人员哪里见过这场面，有点惊慌失措地道：“不……不行啊，我们这儿没这个条件。”

“立刻送邻市啊，快，她体内的食尸鬼还没分裂，现在还来得及！”

那检查人员看了看我，嗫嚅道：“那是不可能的。”

“什么不可能？难道你们见死不救吗？”

这时，有人在边上说：“他说得没错，这是不可能的。”

那是一个全副武装的军人，看肩章，也是有军衔的。我怒吼着：“你们军方的超音速直升机到邻市只用十分钟，她体内的食尸鬼分裂大约还有一小时，完全来得及的！”

他笑了笑，道：“不是条件不允许，而是这件事是不可能的。”

“什么？”

我只觉心头怒火熊熊，即将爆发。这时老计慌慌张张地冲了进来，看见我这样子，他道：“怎么了？”

“他们不同意用直升机送她去医院。”

那军人很和蔼地道：“两位，你们想必明白，我是个军人。军人以服从为天职，我的职责就是不能放走任何一个患者。”

看着他那彬彬有礼的样子，我心头的怒火再也按捺不住了。

不，我绝不能让她死！

老计还在和他商量什么，我伸手到腰间摸出了火焰枪。可还没等我说出威胁的话，那个军人跨上一步，扣住我的右手，十分老练地下了我的枪，交给边上一个士兵，然后对我说：“请不要冲动。”

他放开我，退到一边。我甩了甩手，直起腰叫道：“你们打死我也没关系，可你们一定要救她！”

那个军人向我鞠了一躬，道：“对不起，我是军人，只能按命令办事。上级指示，任何病人都不能离开本市。”

“这算什么狗屁命令！”我骂道，“难道连救人也不准吗？”

那个军人打了个立正，道：“是的，命令之外，一切事都不允许。你们是否要做检查？”

我恨恨地道：“混蛋！你们这帮混蛋！”

还没等我有什么动作，那几个士兵一起用手中的激光枪指住我。

不知过了多久，我都不记得我是怎样把她抱进车去的，也不记得我是怎样把车开回去的。等神志渐复时，我才发现我睡在值班室里。

那是老计的住处，这些天我常和老计在这里喝酒。我翻身坐了起来，记忆还东一鳞西一爪地支离破碎，好像世界也一下破碎了。我扶着头，努力回想着。

突然，我想起了一切。她还在吗？我看了下四周，值班室里就我一个人。她和老计在哪里？我心头一阵沉重，跳下床。

桌上，她养的那盆菊花已经快开了，几个蓓蕾鼓鼓地像马上要爆开，从裂缝里露出里面的黄色花瓣。

也许，什么事也没发生过，一切只是我的一个噩梦？

可是，我的记忆告诉我，事情本是如此。

我站到地上，走出值班室。突然，脚下被绊了一下，那是一个皮箱。

柯祥的皮箱。他死后，这皮箱便扔在这里了。被我绊倒后，皮箱也打开了，里面有几件衣服掉了出来。我弯下腰，把皮箱里的东西收进去。

在衣服中间，是几张全息照片。一拿出来，高分子树脂纸上马上出现了柯祥和古文辉的合影。柯祥搔首弄姿的样子实在令人好笑，可不知为什么，我却只觉心酸。

这两个人已经成为过去式了。

我叹了口气，把东西收好，锁上了，走到门边，拉开门。

门一打开，她正站在门外，作势要推门，我一拉门，她的手推到了我胸前。她看见我，微微一笑，道：“你醒了？”

我没有回答她，只是忧郁地看着她包着纱布的手。现在过去几个小时了？她血液里的食尸鬼幼虫正在飞快地分裂繁殖吧，像那些无所事事的禄蠹。不知为什么，我更想到那些从小看惯了的坐在高级轿车里，出入都有随从的趾高气扬的人。那些人现在在哪儿？也许，在市长的命令发出后，他们就第一时间离开了这里，现在住在另外一个地方，继续他们的趾高气扬去了。

她也发现了我在注视着她的手，只是微微一笑，道：“别多想了，这是命运。”

“胡说！”我抬起头，逼视着她，“这不是命运！你也不相信命运的！”

“如果一件事我们无法挽回，那就当那是命里注定吧。来，我爸有话要和你说。”

我跟着她走去。老计在院子里，站在车边收拾着一个箱子，一见我来了，抬头道：“你来了？我们走吧。”

我有点怔怔地看着他，道：“去哪儿？”

老计把一沓钱包起来，放在包里，道：“离开这个城市啊。”

我看了看她，她面色如常，好像什么事也没有。我道：“阿雯也走吗？”

她道：“我是不能离开的，你们走吧。”

“什么？”我几乎有点怒视着老计了，“你要把你女儿扔掉？”

我踏上一步，怒视着他。如果老计说出什么不中听的话来，我想我一定会一拳打去。她伸手按了按我的手背，道：“别这样，是我让爸走的。”

我看着老计，喝道：“你难道不知道，如果找不出解药，那她就没几天好活了吗？”

老计苦笑了一下：“你真以为我们还能做出解药来吗？我那种逞英雄的想法，已经害了我的女儿。”

我虽然想狠狠一拳打向老计脸上，但却只觉浑身无力。的确，要找出解药，绝不是我们这样胡乱试验就能找到的。我松开了拳头，“你真的要把她扔下来吗？”

老计还没说什么，她道：“别把我想得那么没用，你们留下来，不过是赔上自己的命而已，还是趁早走吧。”

老计已经收拾好东西，道：“阿雯，我们走了。”

她看着老计，这时，我才看见她眼角有了泪水。她道：“爸……”

老计摸了摸她的头，眼里落下泪来。突然，他哽咽着道：“爸要走了，爸太没用。”

老计转过头，对我说：“我们走吧。”

我没说话，也没动，只是摇了摇头。

不管怎么说，就算我活着不是一个英雄，那我也要死得像个英雄。

老计在车里道："快走吧。阿雯，爸……爸要走了。"

我看见她冲着车挥挥手。我把手背到身后，侧身看着院子里一棵树。秋天到了，这树的叶子落得差不多了，光秃秃的，只是一些瘦棱棱的树枝。

老计发动了车。等他的车开出门，我转过身。她站在后边，眼里满是泪水，脸上却又带着几分欢喜。

我笑了笑，道："我想继续老计的工作，你愿意帮助我吗？"

她笑了，还带着泪水，眼神里也有点慌乱，"如果……如果我只有一天好活了呢？"

"如果我们只有一天好活，那么就把这一天当一生好了。"

我重又转过身看着那棵树。木叶尽脱，落得一地金黄。只是，当明年满树争荣时，我们是否还能看得到？

日子像是凝固了一样。我抽取了她一些血液，试着和老计一样，把一些药物滴在里面，在电子显微镜下观察吸血鬼虫卵的变化，一旦有什么变化，马上记下来，改变浓度，加上别的药物。可是，只有亲手做的时候才知道，原来看似简单的实验，竟然如此复杂且枯燥无味。我必须仔细观察血液里的变化，又必须排除虫卵的正常生长引起的形态改变。这些工作，以前都是老计做的。如果不是她在跟前，我真会对临阵脱逃的老计破口大骂。

食物不算少。由于人口急剧下降，冷库里的食物根本消耗不完。何况，大概病人也不会因为口腹之欲去吃饭了吧，大多数病人喝的酒恐怕比吃的饭还多，相比较而言，没酒喝倒让我更难受。

时间在不知不觉中过去。当我把最后一个样本放进高温消毒柜里时，才发现已是黄昏。外界的供电虽然没断，电视电台也都还能收到，只是，过于稀少的人口让周围都静得如同死城。她正在给那盆花浇水，现在有一朵菊花已经半开了，像是做得很精致却破了一个口子的扁球，从里面露出几根金黄色的丝。

“今天还好吗？”

她抬起头，看了看我，没说什么，只是撩起袖子，露出探测器来。那探测器上的红色指示灯又快了不少。奇怪的是，她血液样本中食尸鬼含量并不很高，也许那些食尸鬼的分裂速度又加快了。照这个速度下去，再过两三天就会孵化了。

我有点儿忧心忡忡地看着她的手，脑子里却浮现出这只雪白的手臂上，爬满了蛆虫一样的食尸鬼的样子。

“别为我担心，”她微微地笑了笑，“这一天总会来的，不过是早一点和晚一点的区别而已。”

我有点儿冲动地走过去，拉着她的手。她的脸有点微微发红，垂下了头。

“明天，你还是睡到那备用实验室吧。”我努力让自己的声音听起来温柔一点。她抬起头，脸涨得通红。她没料到我说出的是这句话吧。

“不，我不愿意当实验品。”

我看着她的脸，抚摸着她稍有点蓬乱的头发。这个亲昵的动作，如果是以前，那一定是我求之不得的，可是现在我更觉得心底有一阵阵痛楚袭来。

她的头发依然乌黑发亮，有一点香味。我说出这种话时，也真有点儿像是要打碎一件精美的工艺品那种感觉。

“我想活着，就算只有一天好活，那也把这一天当成一生。”

这是我说过的话。我说这话时，想到的只是永远也不放弃。可是从她嘴里说出来，却有着无比的凄婉。

我放开她的手。别人这么选择，我一定会不屑一顾的。可她是那么说的，我又能如何？我总不能像对成凡一样拔枪对着她的头命令她睡到实验桌上吧。

窗外，阳光照进来，在地上投下一片金黄，却被窗棂分隔成一块块的。

“出去走走吧。”我重又拉起她的手。她的脸又浮上一层红晕，柔顺地跟着我出了门。

门外，街道空荡荡的，一个人也没有，到处是废纸和破旧的衣服。今天的晚霞特别灿烂，也许明天又是个晴天。当不再有人迹时，那些丑陋的建筑也有了种颓废的奢华。

拉着她柔软的手，我们都没有说话。

这并不是爱情吧。我想着，我心中只有对她的同情。可是，我却知道我是在欺骗自己。可如果这是爱情的话，那么这种爱情来得也太不是时候了。

一路上，店铺一律关着门，有些被人砸开了，可里面也没什么东西。走过那桥，那间酒吧也已经关了。那个乐天的店主可能已经孵化了，但现在孵化也不是什么稀奇的事，患者多半是躲在家里度过最后的日子。等待死亡来临的日子，一定非常恐怖，孵化的那一段时间，人完全失去意志，只会像得了狂犬病一样乱咬。

她也会那样吗？

我看了看她的脸。她脸色白了一些，不过还算正常。我无法想象她最终的那样子。

桥上，风吹过，冷而干，像陌生人的眼色。夕阳已经半落，天边的晚霞有些惊心动魄的美丽。她靠在我身边，像是有点发抖。我垂下头，小声问："冷吗？"

她点了点头。我解开外衣，把她拥到怀里。她又颤抖了一下，像是很冷。

也许，那是爱情吧。爱情，毕竟还是在这个最不适合的时候来临了。

"你在想什么？"

她突然轻声问道，声音很平静。我说："《霍乱时期的爱情》，马尔克斯。"

这是一部古典小说，几年前还没有爆发灾难时我读过，那时也只觉得仅仅如此，早就忘得一干二净了，现在却突然想了起来。她没再说什么，只是温柔地偎在我的怀里。

“如果我快要孵化了的话，那就杀了我。”不知过了多久，她突然说，“不要手软。”

天暗了下来。天空是遥远的深蓝色，月亮就像镶嵌在一片蓝色丝绒上的金黄色卵石，美得如同梦境。在月亮的边上，无数点星光掠过，我在泪水中看到的，也同样如梦境一样美。

我看着天，今天是流星雨的日子。小时候，曾经彻夜不眠，只为了看一眼那满天如花雨缤纷的美景，现在，那种景象只会更让我痛苦。

我的喉头像哽住了什么，说不出话来。

“杀了我吧，不要让我变成那种可怕的样子。”

我的泪水大颗大颗地落下来。我都不能相信，我还能流出那么多泪水。

“你不是常说你是铁石心肠吗？你不希望我成为那些虫子的食物吧？”

“别说这些了。”我喃喃地说着，泪水无法遏制地流着。什么英雄业绩，什么舍生取义，在我心里，似乎都已经变得那么可笑。

泪水滚烫。在泪光中，满天的星仿佛同时倾泻下来，听得到玻璃碎裂一样的声音。

两天后，她自杀了。她的遗书里让我把她的尸体烧成灰烬，交给老计——如果可能的话。

我提着皮箱，里面只放着她的骨灰。按她的意思，我把她的骨灰放在一个她最喜欢的细瓷花盆里，用胶纸封住了口。

如果说我当时决定不和老计一起走时，还自以为能当一个英雄，那么现在我只能承认，我们都不是英雄，也做不了英雄。

我不是英雄，那现在就别自不量力地想当一个英雄了。

开着车，行在空荡荡的街上，一切都死寂得可笑，似乎做什么事都有点不合时宜。我提着箱子，在街上东张西望着。离检查站有不少距离，我却并没有什么欣慰。这个城市不知是不是我出生的地方，但我这些年来绝大部分日子都是在这里度过的，现在要离开，总是有些舍不得。

车到了检查站。我在白线外停下车，忧郁地看着手里的皮箱。我们的努力都已经白费了，可是付出的代价却实在太大。尽管我对自己半途而废还有些痛苦，更大的痛苦却是因为她。

检查站门口聚集着一群军人和几个穿白大褂的人，还有三辆很大的卡车。当我向他们走去时，边上几个卫兵如临大敌，同时举起枪来，喝道："干什么的？"

我举了举皮箱，以示手里并没武器，叫道："我是来接受检查的。"

"为什么这么晚才来检查？已经截止了。"

"什么？"

我大吃一惊，根本想不到居然会有这等事，这时一个军官脸上露出笑意道："放心，已经研制成功了食尸鬼疫苗，所以不必担心了。”

我不知这个消息让我欣慰还是痛苦。如果说以前的痛苦中还有些死得其所的自豪，那现在只是觉得茫然。我们的一切努力，非但是白费，而且是可笑了。我问：“是真的吗？”

那军官道：“你难道不信吗？你既然来了，就先进那辆卡车吧。等载满了就开，你们将是第一批被治好的人。”

“可我并没有感染啊。”

我有点着急，想找出证明来，可是我的探测器被砸碎了，而她的我又已经给她陪葬了，偏偏这检查站又已撤掉，以前的仪器都不在了。

那军官道：“没关系，无非打一针，有病治病，没病防病，你一个大男人总不会怕痛吧？上车坐好吧。”

我道：“可我是没感染啊……”

我还没说完，一个士兵已举起枪对准了我。那军官止住他的动作，道：“由于我们已没有有效的检测手段了，请你配合一下，反正只是打一针。”

这是他第二次说“只是打一针”了。我说：“为什么要坐到车里？打一针不是很方便的吗？”

他说：“嗨，对于你个人来说只是打一针，可对我们来说却要管理，要保证你治好，不能让你没好就到处跑，是吧？要是没有管理，来一个打一针的话，那怎么分清打过和没打过的？我们把你们集中起来，治好一批就放走一批。”

他说得也不是没道理。那军官已不再理我，说：“来个人，送这位先生上车。”

我没办法，在一个卫兵的监视下爬进空荡荡的车厢。里面现在只有我一个，黑洞洞的。我把皮箱放在身前，呆呆地坐着。

两个浑身穿着防化衣的士兵爬上我坐的那辆车，站立在车尾。那卡车开动了，车头上，一个大喇叭开始发出很响亮的声音，听得出，那是国家电台播音员的声音，正说着：“所有居民请注意，疫苗已经研制成功，请立刻上车，接受治疗。”

车转了一圈，陆陆续续地上来了不少人，卡车里几乎塞满了。我坐在一堆病人中，倒并没有什么不适。那些人虽然不说话，但一个个面露喜色。相比较而言，我那一脸颓唐，好像反倒是病人。

车很快转完了一个社区，载了一大批人，还有人急着要上车，后门那两个卫兵解释说：“不要急，这一批好了马上有下一批。”

车晃动了一下，我看着外面。那些风景，在我向检查站出发时还以为是最后一次见到了。那两个穿得像是怪异武士的士兵坐在车尾，抱着枪，战战兢兢如临大敌，却让我觉得说不出的好笑。

车因为载的人太多了，一路上都有点颤颤的。这种老式的卡车早就淘汰了，但疫区空中飞行器的禁行令可能依然有效，这种氢动力卡车只好再拿出来用。

卡车转了几个圈，渐渐地见到了市区边缘的电网。在市中心生活，还没有太多那种被隔离的异样感，但到了这里就觉得外面那个世界与里面完全不同。当卡车通过电网，车里的人情不自禁都发出了一声欢呼。

我只是摸着脚边的皮箱。

你也要离开这里了。

我默默地说着，好像她还能听见。在我心底，我总是无法原谅自己，尽管我不觉得自己有什么错，却还是内疚。

黑洞洞的车厢里也许挤了上百人吧，只听得见重重的喘息。每个人一定都有种劫后余生的庆幸，不那么庆幸的，也许只有我一个了。

“到了。”

车停了下来，那两个士兵跳下车，大声冲里面喊着。有个女人抑制不住激动，大声哭了起来，边上像是她丈夫模样的人拍着她的肩，喃喃地说着：“好了好了，没事了。”那女人带着哭腔道：“可是宝宝呢？他要能撑到今天有多好。”

也许宝宝是她的儿子或女儿吧。在城里等死时，很少有人会想着别人的，但见到了生路，女人想到的马上是儿女了。

那些人争先恐后地往车下挤，好像先出去一刻就能早一刻治愈，那两个士兵一手拿着枪，一边喊着：“别挤别挤，一个个来，先排队。”

我坐在里面，等着他们下得差不多了，才站起身来。刚站起身，对面也有个人站起来，我们的头碰到了一块。我还没说什么，那人道：“对不起，真抱歉。”

这声音很耳熟，我却想不起来是谁。我说：“没关系，你先走吧。”

他很温和地说：“你先请吧，我没关系的。”

我提着皮箱，默默地走出车厢。我们是走在最后面的，我听着他在我身后的喘气声，想对他说什么，却什么也说不出来。

我下车时，因为提着皮箱不好下，就把皮箱搁在车上，人先下来，伸手去拿皮箱时，他把皮箱递了下来。我接过来，道：“谢谢。”

他却叫道：“是你？”

我抬起头，看了看他。在暗地里待久了，外面的阳光让我觉得有点刺眼，可还是看清了。

他是邓宝玲的丈夫。

他毕竟还是逃不过，最终也被感染了。

我苦笑了一下，道：“你也来了？”

他怔了怔，道：“是啊，来了来了。”

那些平常寒暄的客套话，现在听来却好像别有一番滋味。有个士兵在一边叫道：“快点，时间宝贵。”

我提着皮箱，排在那长队后面。我打不打针无所谓，可既然一定要打，让别人先打去吧。

那士兵道：“男女各一队，先去更衣室消毒，然后接受疫苗注射。”

我们一排男一排女，像是劳改犯一样排着队。要去的是两幢简易房子，连窗子也没有，也许是为了给病人消毒赶着建起来的吧，没有一点装饰，只要牢固就行了。

我们这一排人要走进去时，有个士兵突然叫道：“把东西放在外面，不要带进去。”

轮到我时，门口一个穿戴着全套防化衣的士兵喊着：“把箱子放下。”

门口已经有一堆东西了。我看了看手中的皮箱。我实在不想与她分开，可是，看样子还是得分开一会儿了。

那个士兵有点儿不耐烦，操起枪柄向我手上打来，道：“快放下，别耽误别人时间。”

我的手一松，皮箱一下掉了下来。我吃了一惊，伸手去抓，幸好在掉到地上前我抓住了。

我怒道：“你叫什么？我听得见。”

那个士兵也怒道：“你还有理了！”

如果他好好说，我当然不会和他争执的。但此时我心头却有种说不出的烦躁，我叫道：“你这么打人难道就是有理？”

那个士兵作势又要打我，嘴里还喝道：“废话少说，快点进去！”

我怒了：“你有胆子就往这里打！”

身后，邓宝玲的丈夫慢慢地说：“别争了吧，我们进去。”

我让开了："你先进去吧，我本来就用不着打针，硬让我打还把我当犯人，我咽不下这口气。"

那个士兵虽然全身防化衣，看不到样子，但我想他一定气得满面通红。他冲着邓宝玲的丈夫道："你先进去。"

等他进去了，这个士兵对我道："你进不进？"

我瞪了他一眼："你差点把我最珍贵的东西打碎了，还敢对我这种态度？"

他把枪对准了我，道："我接到命令，可以对不听命令的人开枪！"

我心底有点怕，但要我这样子就服软，却也不愿意。我道："我要你道歉！"

正僵持着，边上一间小屋里走出一个军官，远远地问道："出什么事了？"

那士兵打了个立正："报告少校，这人不愿意进去。"

"我不是不愿意进去，一来我没有被感染，二来他还对我那种态度，他必须先向我道歉。"

那士兵在防化面具后大约冷笑了一下，我听得到他鼻子里发出哼的一声，"你一个感染者还要扯什么态度不态度……"

我心头升腾起一股怒意，大声道："感染者又怎么了？别说我没被感染，就算我被食尸鬼感染了，难道你就可以那种态度吗？"

那士兵还想说什么，那个军官却叫了起来："是你！"

他快步走过来，我扭头看了看，也叫了起来："朱铁江！"

朱铁江是以前市政府高官的儿子，小时候和我是同学。中学毕业后，他考取了军校，后来一直没见过，听说在军中很得意。他是我在那个大院里少有的几个好友之一。那些官宦子弟，就算我是局长的亲生儿子，他们也看不起我的，别说我只是局长的义子了。可朱铁江自小就很宽厚，所以我们一直都很谈得来，不过中学毕业后也就分手了，一开始还不时通电话，后来就音讯全无。没想到，居然在这样一个场合碰面。

他走到我身边，下意识地伸手要来拍我的肩，却又顿住了，有点尴尬地说："你被感染了？"

我苦笑了一下，"还没有。"

"那为什么不早走？"

"我太狂妄了，想要找到对抗食尸鬼的疫苗。"

"找到了？"

我看了看手里的皮箱，黯然道："找到的话，也用不着到这儿来了。"

此时，我心中更多的也许是内疚吧。她被感染虽然不能说是我的错，但如果我早些劝老计离开的话，她不会出这种事的。

手里那个皮箱像有千钧重量。

他突然拍了拍我的肩，道："别多想了，来，陪我喝一杯去。"

我抬起头，眼里不禁有点湿润。

他还是当年那个朱铁江。即使好多年兵当下来，他却没什么大变化。

那个士兵在一边道：“少校……”

朱铁江笑道：“他以前是特勤局行动组成员，我们不是学习过那篇社论吗？讲的就是他们的事迹。判断有没有被感染，其实他才是专家。好了，你去关门准备吧。”

那个士兵关上门。这屋子只有一扇门，这门也封闭得很严实，在里面待着一定不舒服。我正打量着那屋子，朱铁江又拍了拍我的肩道：“走，走，虽然没什么好东西，部队也不准喝酒，可我这儿总还有两杯的。一块儿去，还记得小时候我们一块儿偷你爸酒喝的事吗？”

我的心底涌起一阵暖意。小时候，我还不怎么爱喝酒，朱铁江却自小就是个酒鬼，可他父亲管得很严，根本不准他喝酒。有一次他来我家，用等离子穿透仪把局长珍藏的一瓶酒不动封口偷出了半瓶，再把水加进去，以至于局长后来喝酒时很奇怪这瓶酒为什么那么淡。

这些事我虽然早就忘了，可他一提，我却马上想了起来。我笑道：“你还记得啊！”

他笑：“当然记得。那时我就决心，长大后一定赔给叔叔一瓶好酒。后来我弄来几瓶六百年的陈酒，那可是好东西。唉，可惜叔叔喝不到了。”

我黯然：“是啊，他再喝不到了。”

朱铁江道：“别再想了，人各有命。走，我们喝酒去。”

他的办公室不大，外面看也是简易房，里面却很干净。出于军人的本色吧，墙上还挂了把刀做装饰品。

朱铁江道：“来，我们喝吧，可惜肉不太敢吃，只好请你吃点酱油花生下酒了。”

他倒了两杯酒，把一杯推到我面前：“干。”

那酒异香扑鼻，我一口喝了下去，只觉入喉像是一条细细的火线，有种很舒服的微微的刺痛。

我刚喝下去，却听到不远处传来一阵闷闷的哭喊。

那是很杂乱的哭喊声，声音却像是从一口枯井里传来的。我狐疑地放下酒杯，道：“那是什么？”

“没什么，喝酒吧。”他给我满上，自己夹了颗花生放进嘴里。

“不对，是这附近传来的。”

他这屋子的窗子关得很严。我走到窗前向外张望，外面大多是些穿防化衣的军人，另一些人没穿，大概这些人不用和病人接触吧。极目望去，天气很好，蓝蓝的天空上，白云像一些破碎的棉絮。我打开窗，可现在却什么也听不到，只有那边消毒室里传来轰隆隆的声音，像是在放水。也许，那些人正用消毒液洗澡吧。

“你听错了吧？”朱铁江走过来关上窗。

我笑了下：“这些日子以来我总是疑神疑鬼的。”

这时，有人敲了敲门，朱铁江道：“进来。”

进来的是个勤务兵。他道："少校，你的衣服洗好了。"

那个人手里捧着的，是一件长长的风衣。我顺口道："你也穿风衣啊？"

朱铁江脸上，突然像是有个虫子在爬一样，很不自然地说："是……是朋友的衣服。"

我抬起头。如果朱铁江明明白白说那是他自己的衣服，我根本不会多想什么。可是我这人虽没别的本事，对这种听得太多的推诿却非常警觉，凡是说这些话的，一定有什么内情。

我扭过头，说："你把风衣给我看看。"

那勤务兵有点儿不明所以，正要把衣服给我，朱铁江道："算了，一件衣服有什么好看。"

我心头的疑云却越来越重，抢在他前面一把抓住那风衣，抖开了，却没什么异常，普普通通的一件风衣，只是厚得多。和平常不同的是，那是用拉链的，下摆里做了两只裤管，要是有人穿这衣服，从肩到脚像是套在一个口袋里一样。

我有点儿出神，朱铁江从我手里拿过风衣，道："你真有点疑神疑鬼了，一件风衣有什么好看？"

突然，我脑中像有闪电闪过。那风衣不是普通的风衣，是件改装过的防化衣！这种衣服是特制的，不会有别的什么人去穿。而刚才，朱铁江说的话表明他知道局长已经死了，但我还没向他提起过这事！

我看着他，喃喃地道："是你……是你！"

他躲闪着我的目光，道：“你喝醉了吧？”

我一下抓住他的衣领，叫道：“是你！是你杀了局长！”

那勤务兵有些害怕，不知所措地看着朱铁江。朱铁江向他挥挥手道：“没你的事，走吧。”

那勤务兵一出门，朱铁江挣开我的手，关上门，坐了下来，在我的酒杯里重又倒满了，道：“喝一杯吧。”

我端起来一饮而尽，说：“为什么？你为什么要杀局长？”竟然是朱铁江杀了局长，我心里的惊愕已超过了愤怒。

他垂下头，重又抬起头时，眼里闪烁着泪光：“那是任务。”

“为什么？”

我一个耳光抽在他脸上，他的半边脸上出现了五个指印，可他像没有感觉似的，只是缓缓说道：“这是军政双方领导决定的。”

“胡说！为什么会做出这种莫名其妙的狗屁决定？”

“因为……”朱铁江又倒了杯酒，像下了个重大的决心，“因为他反对实施净化方案。”

“什么？”

尽管我不知他说的那个净化方案是什么，可是却隐隐地有种不祥的预感。刚才那些哭喊声，也许不是我的错觉……

朱铁江咬了咬牙，道：“净化方案就是把这个城市里所有食尸鬼都消灭掉。”

“怎么消灭？”我已猜到了一些，身上也有种寒意，可还是问着。我希望朱铁江的回答不要证实我的猜测，我希望那只是我的胡思乱想。

“目前只有用火烧才可以消灭食尸鬼，你们也一直是这样做的。因此，领导决定，人道毁灭所有滞留在市里的人口。”

“那么刚才那些人……还有以前的人，他们……”我结结巴巴地说着。我依稀想到了什么，可是却不敢说出口来。朱铁江疯了一样，一把抓住我的胸口，道：“对，对，你为什么不敢说？刚才一车人，还有以前通过检测的人，全都人道毁灭掉了。”

我打开了他的手，吼道：“那么，以前的什么检测，现在的什么疫苗，都是骗人的？”

他颓然坐倒：“是，那都是骗人的。你知道，食尸鬼变异很快，几乎和电脑病毒一样，有极强的自我复制能力，似乎可以针对检测仪做出相应的变化，人类实在跟不上。你也知道，你们研制的检测仪是最先进的，可也时常有检测不出来的情况。为了不发生全国性的悲剧，必须让这个城市做出牺牲……”

我像被子弹击中，惊愕得张口结舌。1 000万人口！这1 000万人口，不分青红皂白，全都被毁灭了，即使是人道的。

突然，我想到一个问题。像溺水的人抓住了一根稻草，我道：“你骗人的吧？你一定是骗人的。如果全部要牺牲，那么市里的那些领导为什么能离开？你能保证他们中没有携带食尸鬼虫卵却未被检测出来吗？这当中也包括你父亲和你的那个弟弟！”

朱铁江痛苦地低下头，道：“市领导都是被隔离安置的，虽然不会进毒气室，但必须接受无限期观测。这是上级领导的安排，也是市政府会议上一致通过的。可是叔叔坚决反对这个决议，认为市民有知情权。为了不破坏这计划，就……”

我发出干干的笑声。老计，可怜的老计，如果他坚持要留在市里，那倒可能会多活一段时间。还有那个成凡，他被查出感染，反而多活了几天。

我站起身，握紧了拳头，朱铁江突然站起身，脸上又带着那种刚毅。

他的手上，拿着一把小手枪，指着我的头。

“别以为那是个好下的决心，”他慢慢地说，“我想这件事办完后，我不死也会发疯的。可是，为了未来，这样的决心也一定要下。”

我说：“你和我一起喝酒，不怕被感染吗？说不定，我也早被感染了。”

他的神色很古怪，似乎夹杂着痛苦，却又坚定如磐石，“我已经决定也进入那无限期观测的行列。”

“那你为什么还要接受那种命令？”

“第一，我是军人；第二，那命令并没有错！”

“疯了，”我喃喃地说，“你疯了。”

“也许吧。”他冷冷地说，“你也可以进入那隔离区。放心吧，那里地方不小，设施也很齐全，你不会有什么不适的。”

“我不去。”

我极快地一把抓住他的手。我虽然也受过军训，但我知道与他那种正规军校毕业生比，我这点儿功底只像是玩笑，他只消动动手指就可以制伏我。可是，自幼那种桀骜不驯的性格让我绝不能接受那样的处置。

他却没有动，我的手一扳他的手腕，他的枪马上掉在了地上。我飞起一脚，正踢在他小腹上，他痛苦地蹲下身，我已拉开门冲了出去。

那些穿防化衣的士兵正从那两间简易房里抬出一具具身无寸缕的尸首，我冲出朱铁江的房间时，有两个士兵还抬头看了看我。

朱铁江捂着肚子，摇摇摆摆地走出门来，大声道："全营集合，守住出口！拦住他！"

有个士兵从背后取下枪，瞄准我，我情知不好，马上趴下，一道紫光从我刚才站的地方掠过，正射在我身后一棵树上，那树被穿了个洞。我在地上翻了两下，人闪在一栋屋后，脚下一空，却摔到了下面一块杂草丛生的荒地里。

这个地方在市区北面，而现在那些士兵都守在营房北面，是防备我逃到正常区域吧。我伏在草丛中，看了看周围。

营房用极高的电网拦着，别想能翻出去。难道，只能逃回市区吗?

朱铁江带着几个士兵转过来。"你们搜索这一带，不能让他逃到外面去。"他转身对一个军官大声下着命令，"陈上尉，如果过几天我被确认感染，这里就由你全权负责，你把我当作病人看待。”

那个陈上尉打了个立正，道：“是，少校。”

我伏在草丛里，听着他们的对话。不管我心底对朱铁江产生了多么浓重的痛恨，可还是对他有着十分的敬意。

好在那些士兵几乎都守在北面了，那几个士兵正在房前屋后搜着，一时想不到我会躲在草丛中。我伏在草丛里，轻轻地向南面爬了一段。

那是入口处了。门口，有两个士兵在站岗。要把他们打翻逃出去，我自知没这个本领。我伏在草丛中看着他们，想着主意。突然，我听到了沉重的翻毛皮靴的脚步声。

一个高大的身影站在我伏着的草丛边上。那是朱铁江，他拎着我的那个皮箱，正看着手腕上的一块表。

“出来吧，我知道你在这里。”

我自知无法隐藏，爬出了草丛。他把皮箱放在地上，道：“你回去吧，能活几天就活几天，五天后，我们将焚烧全市。不过，就算你能逃过大火，也不会有几天好活了。”

我看着他，道：“你一定要杀我？你大概过高估计我的正义感了。再说，那些一心以为有了生路的病人，死也不会信我的。左右是个死，当然要往好里想。”

他苦笑了一下，道：“我知道你是个有正义感的人，也知道正义感也是有限度的。不过，你真不知道，你早就被感染了吗？”

“什么？”

我这才真正地大吃一惊。我的探测仪被那些保安打碎了，后来和老计在一起时，他的探测仪也没有什么反应。只是，她被感染时，那探测仪的反应却出乎意料的强，那实际上探测到的是两个人吗?

他撩起袖口，露出一个小巧的探测仪，上面的两个红色发光管正在一闪一闪。他道："我这是最新式的探测仪，上面显示，你已经是晚期了。可能孵化也就是这几天的事。"

我不语。尽管我不想相信他，可我也知道，他没理由再骗我。

他指了指皮箱道："你走吧。只是，你只能回城里。我是军人，现在虽然已经是在渎职，可也只能做到这一步。"他顿了顿，又说，"你现在在气头上，也许不能理解。但静下心来想一想，就知道这样的决策并没有错。任何一个时代，总会有人要牺牲。这道理人人都懂，但轮到自己时，人人都不愿意。"

我不再说话，拎起皮箱默默地走出营房。走了一程，我回过头。

夕阳中，朱铁江的影子像铁柱一样，直直地站着，他的影子也一样直而长。

回到局里，打开门，一切还保持原样。

我坐在空落落的实验室里，心头一阵阵酸楚。那盆她种的菊花已经有一朵开了，金黄色的花瓣像一丛缎做的细丝。那是一盆梨香菊，有一股鸭梨的甜香，虽然不是名贵的品种，却是种很可爱的花。

就像她。

我像机器人一样打开皮箱，取出她的骨灰，走出了门。

天已经黑了，我站在桥上，从怀里摸出香烟盒，里面只剩了最后一支烟，我点着了。撕开花盆的封口，抓出了她的骨灰。

她的骨灰细腻而温柔，像是她的手指。我一把把撒进河水，那些灰白色的灰漂在水面上，蒙蒙地，像下了一场细雨。

也只有这时，我才发现自己心底，实际上有太多对人世的绝望。

有个拎了个大包的人走过我身边，大声唱着歌。他看见我，大声笑道：“扔什么哪，明天都可以走了。”

我擦了擦泪水，转过头笑道：“是啊，我们运气真好。”

“是啊，现在倒有点儿舍不得这地方了，哈哈，出去可不能喝不要钱的酒了。”

他笑着，走过我。走过一段，又回过头大声道：“明天早点出来，他们那卡车只能坐一百多人，今天我都没赶上。”

我没说什么，只是想笑。他又走了一段，突然转过头向我走来，远远地道：“喂，你总不会有什么事吧？”

我看了看他，道：“没什么事。”

“去狂欢吧。今天我们要在广场里乐一晚上，等明天车一来大家一块儿走。”

我摇了摇头，道：“算了，我不去了。”

“别那么不高兴，过去的事都过去了，死者不能复生，活下来的人总得向前看吧。”

他拉开包，摸出一小瓶酒来递给我，道：“走吧走吧，我弄到了一堆酒呢，不喝白不喝。”

我有点木然地接过酒，跟着他向前走去。他在前面五音不全地唱着什么，要是他到那些娱乐场所去唱的话，准会被轰下台来，可是现在他却唱得陶醉至极，似乎不如此不足以表现内心的狂喜。

那个广场就在不远处，是个街心公园，以前有个喷水池，现在水早干了，弄了些木柴堆成一堆，点了堆篝火，远远就能听到那边有一群人在大声唱着。走到广场边上，他大声叫着：“哈，你们已经开始了！”

人群中有人大声叫着：“老马，你现在才来啊。”

他笑道：“我弄来了不少酒，想喝的快来喝吧！”

那些人发出一阵欢呼，一帮人呼啸着冲过来，老马大声叫着：“别抢别抢，人人都有！”可是哪里挡得住。混乱中，有个人抢了两瓶，见我在一边，笑着道：“你是老马的朋友吧，来，喝吧。”

我道：“我有我有。”

那人道：“来，来，今天大家好好乐一乐。”

这时，有几个人围着火堆打着转，嘴里胡乱唱着什么，活像上古野人的庆典一样。那人也跳进人群中，大呼小叫地乱唱着。

我看着那堆火。火舌像温柔的手臂，不住伸向空中，一些火星冲上半空，又飘散开来，那些人欣喜若狂，好像在庆祝一个盛大的节日。

天空是带着点紫色的蔚蓝色，星光闪烁，点缀在每一个角落。我看着天空，这时，有一颗流星划破天际，却转瞬即逝。好久，我眼里似乎还看得到那一瞬间的美丽。

微笑着，我打开酒瓶的瓶盖，喝了一口。火热的酒倒入喉咙，像是火，也像泪水。

坐在那群人中，听着他们的欢声笑语，我垂下头。即使是黑黑的车厢里，他们也似乎还沉浸在昨夜那种狂欢中。

两个站在车后的士兵跳下车，有个道：“男女各一队，先去更衣室消毒，然后接受疫苗注射。”

我跳下车，外面过于强烈的阳光让我的眼几乎都睁不开。我有点儿留恋地看了看四周，却发现朱铁江站在那两幢围着铁网的简易房外面，有点惊愕地看着我。我笑了笑，朝他挥了挥手。

后面那人有点着急地说：“快走啊，磨蹭什么。”

我回过头道：“好，好。”

我在走进那建造得像个碉堡一样牢固的简易房时，又回头看了看外面。

阳光普照，草木还没有全部凋零，仍然还蕴藏着无尽的生机。我想做一个英雄，但我从来就不是个英雄，可我至少兑现了当初的一句话：尽管我不是英雄，但死也要死得像个英雄。

我笑了笑，不知道是该高兴还是该忧郁，转过身，走进门。

USA MSD
The seed company

替天行道

转基因谬种流传

王晋康

莱斯·马丁于上午9点接到《纽约时报》驻Z市记者站的电话，说有人扬言要在MSD公司大楼前自爆身亡，让他尽快赶到现场。马丁的记者神经立即兴奋起来——这肯定是一条极为轰动的消息！此时马丁离MSD公司总部只有10分钟的路程，他风驰电掣般赶到。

数不清的警车严密包围着现场，警灯闪烁着，警员们伏在车后，用手枪瞄准了公司大门。还有十几名狙击手，手持FN30式狙击步枪，食指紧紧扣在扳机上。一个身着浅色风衣的高个子男人显然是现场指挥，正对着对讲机急促地说着什么，马丁认出他是联邦调查局的一级警督泰勒先生。

早到的记者在紧张地抓拍镜头，左边不远处，站着一位女主持人——马丁认出她是CNN的斯考利女士——正对着摄影机做现场报道。她声音急促地说：

“……已确定这名情绪失控者是中国人，名叫吉明，今年46岁，持美国绿卡。妻子和儿子于今年刚刚在圣弗朗西斯办理了长期居留手续。吉明前天才从中国返回，直接到了本市。20分钟前他打电话给MSD公司，声称他将自爆身亡以示抗议，动机不详。有传言说他是因为受到不公正的待遇而向上司复仇，这只是一种推测，不一定可靠。请看——”摄像机镜头在她的示意下摇向公司大门口的一辆汽车，“这就是此人将使用的汽车炸弹，汽车两侧都用红漆喷有标语，左侧是英文，在这个方向上看不见；右侧是中文。”她结结巴巴地用汉语念出“替天行道，火烧MSD”几个音节，又用英文解释道：“汉语中的‘天’大致相当于英文中的上帝，或大自然，或二者的结合；汉语中的‘道’指自然规律，或符合天意的做法。这幅标语不伦不类，因此不排除这个中国人是一名精神病患者。”

马丁同斯考利远远打了个招呼，努力挤到现场指挥泰勒的旁边。眼前是MSD公司新建的双塔形大楼，极为富丽堂皇。双塔之间有螺旋盘绕，这是模拟了DNA双螺旋线的结构。MSD是世界知名的生物技术公司之一，也是本市财政的支柱。这会儿以公司大门为中心，警员散布成一个巨大的半圆。中国男子声称，他自爆使用的汽车炸弹可能会毁掉整座大楼，所以警员不敢过于靠近。马丁把数码相机的望远镜头对准那辆车，调好焦距。从取景框中分辨出，这是一辆半旧的老式福特，银灰色的车体上用鲜红的漆喷着一行潦草的字迹，马丁只能认出最后的MSD3个英文字母。那个中国男子中等身材，黑头发。他站在汽车20米外，左手持遥控器，右手持扩音器，大声催促：“快点出来，再过5分钟我就要起爆啦！”

他是用英文说的，但不是美国式英语，而是很标准的牛津式英语。MSD公司的职员正如蚁群般整齐而迅速地从侧门撤出来，出了侧门，立即撒腿跑到安全线以外。也有几个人是从正门撤出，这几位正好都是女士，她们胆怯地斜视着盘踞在门口的汽车和中国男子，侧着身子一路小跑，穿着透明丝袜的小腿急速摆动着。那位叫吉明的中国男子倒颇有绅士风度，这会儿特意把遥控器藏到身后，向女士们点头致意。不过女士们并未受到安抚，当她们匆匆跑到安全线以外时，个个气喘吁吁，脸色苍白。

一名警员用话筒喊话，请吉明先生提出条件，一切都可以商量，但吉明根本不加理睬。50岁的马丁已经是采访老手了，他知道警员的喊话只是拖延时间。这边，狙击手的枪口早就对准了目标，但因为中国男子已事先警告过他的炸弹是“松手即炸”，所以警员们不敢开枪。泰勒警督目光阴沉地盯着场内，显然在等着什么。忽然他举起话机急促地问：“‘盾牌’已经赶到？好，快开进来！”

人群闪开一条路，一辆警车缓缓通过，径直向吉明开去，泰勒显然松了一口气，马丁也把悬着的心放到肚里。他知道，这种“盾牌97”是前年配给各市警局的高科技装置，它可以使方圆80米之内的无线电信号失灵，使任何爆炸装置无法起爆。大门内的吉明发现了来车，立即高举起遥控器威胁道：“立即停下，否则我马上起爆！”

那辆车似乎因惯性又往前冲了几米，刷地刹住——此时它早已在80米的作用范围之内了。一位女警员从车内跳下，高举双手喊道：“不要冲动，我是来谈判的！”

吉明狐疑地盯着她，严令她停在原地。不过除此之外，他并未采取进一步的应急措施。马丁鄙夷地想，这名中国男子肯定是个“雏儿”，他显然不知道有关“盾牌97”的情况。这时泰勒警督回头低声命令：“开枪，打左臂！”

一名黑人狙击手嚼着口香糖，用戴着无指手套的左手比了个OK，然后自信地扣下扳机。啪！一声微弱的枪响，吉明一个趔趄，扔掉了遥控器，右手捂住左臂。左臂以一种不自然的角度低垂下来。虽然相距这么远，马丁也看到了他惨白的面容。

周围的人都看到了这个突然变化。当失去控制的遥控器在地上蹦跳时，多数人都恐惧地闭紧眼睛——但并没有随之而来的巨响，大楼仍安然无恙，几乎在枪响的同时，十几名训练有素的警员一跃而起，从几个方向朝吉明扑去。吉明只愣了半秒钟，发狂地尖叫一声，向自己的汽车奔去。泰勒简短地命令：

“射他的腿！”

又一声枪响，吉明重重地摔在地上，不过他并不是被枪弹击倒的。由于左臂已断，他的奔跑失去平衡，所以一起步就栽到地上——正好躲过那颗子弹。随之，他以一个46岁的中年人不大可能具有的敏捷从地上弹起，抢先赶到汽车旁边。这时逼近的警员已经挡住了狙击手的视线，无法开枪了。吉明用右手猛然拉开车门，然后从口袋中掏出一只打火机打着，向这边转过身。几十架相机和摄像机拍下了这个瞬间，拍下了那张被发狂、绝望、愤怒、凄惨所扭曲了的面庞，拍下了打火机腾腾跳跃的火苗。泰勒没有料到这个突变，短促地低呼了一声。

正要向吉明扑去的警员都愣住了，他们奇怪吉明为什么要使用打火机，莫非遥控起爆的炸弹还装有导火索不成？但他们离汽车还有三四步远，无论如何来不及制止了。吉明脸上的肌肉抖动着，从牙缝里凄厉地骂了一声。他说的是汉语，在场的人都没听明白他说的是什么。后来，一位来自台湾的同事为马丁译出了摄像机录下的这句话，那是中国男人惯用的咒骂：

“我……”

吉明把打火机丢到车内，随之扑倒在地——看来他没有打算做自杀式的攻击。车内红光一闪，随即蹿出凶暴的火舌。警员们迅速扑倒，向后滚去，数秒钟后一声响，汽车的残片被抛向空中。不过这并不是高爆炸药，而是汽油的爆炸，爆炸的威力不算大，10米之外的公司大门只有轻微的损伤。

浓烟中，人们看见了吉明的身躯，浑身带着火苗，在烟雾和火焰中奔跑着，辗转着——扑倒，再爬起来；爬起来，再扑倒。这个特写镜头似乎持续了很长时间，实际上却只有几十秒钟。外围的消防队员急忙赶到，把水流打到他身上，熄灭了火焰。四个警察冲过去，把湿漉漉的他按到担架上，铐上手铐，迅速送往医院抢救。

粉状灭火剂很快扑灭了汽车的火焰，围观者中几乎要爆炸的气氛也随之松弛下来，原来并没有什么汽车炸弹！公司员工们虚惊一场，互相拥抱着，开着玩笑，陆续返回大楼。泰勒警督在接受记者采访，他轻松地说，警方事前已断定这不是汽车炸弹，所以今天的行动只能算是一场有惊无险的演习。马丁想起他刚才的失声惊叫，不禁绽出一丝讥笑。

他在公司员工群中发现了公司副总经理丹尼·戴斯。戴斯是MSD公司负责媒体宣传的，所以这张面孔在Z市人人皆知。刚才，在紧张地逃难时，他只是蚁群中的一分子；现在紧张情绪退潮，他卓尔不群的气势就立即显露出来。戴斯近60岁，满头银发一丝不乱，穿着裁剪合体的暗格西服。马丁同他相当熟稔，挤过去打了招呼：

“嗨，你好，丹尼。”

“你好，莱斯。”

马丁把话筒举到他面前，笑着说：“很高兴这只是一场虚惊。关于那名中国男子，你有什么要说的吗？”

戴斯略为沉吟后说：“你已经知道他的姓名和国籍，他曾是MSD驻中国办事处的临时雇员……”

马丁打断他：“临时雇员？我知道他已经办了绿卡。”

戴斯不大情愿地承认：“嗯，是长期的临时雇员，在本公司工作了七八年。后来他同公司驻中国办事处的主管发生了矛盾，来总部申诉，我们了解了实际情况后没有支持他。于是他迁怒于公司总部，采取了这种过激行为。刚才我们都看到他在火焰中的痛苦挣扎，这个场面很令人同情，对吧？但坦率地说他这是自作自受。他本想扮演殉道者的，最终却扮演了一个小丑。46岁了，再改行扮毛头小子，太老了吧！”他刻薄地说，“对不起，我不得不离开了，我有一些紧迫的公务。”

他同马丁告别，匆匆走进公司大门。马丁盯着他的背影冷冷一笑。不，马丁可不是一个雏儿，他料定这件事的内幕不会如此简单。刚才那名中国人的表情马丁看得很清楚，绝望、凄惨、发狂，绝不像一个职业犯罪分子。戴斯是只老狐狸，在公共场合的发言一向滴水不漏，但今天可能是惊魂未定，他的话中多少露出了那么一点马脚。他说吉明“本想扮演殉道者”——这句话就非常耐人寻味。按这句话推测，则那个中国人肯定认为自己的行动是正义的，殉道者嘛，那么，他对公司采取如此暴烈的行动肯定有其特殊原因。

马丁在新闻界闯荡了30年，素以嗅觉灵敏、行文刻薄著称。在Z市的上层社会中，他是一个不讨人喜欢、又没人敢招惹的特殊人物。现在，鲨鱼（这是他的绰号）又闻见血腥味啦，他决心一追到底，绝不松口，即使案子牵涉他亲爹也不罢休。

仅仅1个小时后，他就打听到，吉明的恐怖行动和MSD公司的“自杀种子”有关。听说吉明在行动前曾给地方报社《民众之声》寄过一份传真，但他的声明在某个环节被无声无息地抹掉了。

自杀种子——这本身就是一个带着阴谋气息的字眼儿。马丁相信自己的判断不会错。

圣方济教会医院拒绝采访，说病人病情严重，烧伤面积达89%，其中3度烧伤37%，短时间内脱离不了危险。马丁相信医院说的是实情，不过他还是打通了关节，当天晚上来到病房内。病人躺在无菌帷幕中，浑身缠满了抗菌纱布。帷幕外有一个黑发中年妇人和一个黑发少年，显然也是刚刚赶到，正在听主治医生介绍病情。那位母亲不大懂英语，少年边听边为母亲翻译。妇人被这场突如其来的横祸击懵了，面色悲苦，神态茫然。少年则用一道冷漠之墙把自己紧紧包裹，看来，他既为父亲羞愧，又艰难地维持着自尊。

马丁在20世纪70年代和90年代去过中国，最长的一次住了半年。所以，他对中国的了解绝不是远景式的、浮浅的。正如他在一篇文章中所说，他“亲耳听见了这个巨大的社会机器在反向或加速运转时，所发出的吱吱嘎嘎的摩擦声”。即使在20世纪70年代那个贫困的、到处充斥“蓝蚂蚁”的中国，他对这个国家也怀着畏惧。想想吧，一个超过世界人口1/5的民族！没有宗教信仰，仅靠民族人文思想维持了五千年的向心力！拿破仑说过，当中国从沉睡中醒来时，一定会令世界颤抖——现在它确实醒了，连呵欠都打过啦。

帷幕中，医生正在从病人未烧伤的大腿内侧取皮，准备用这些皮肤细胞培育人造皮肤，为病人植皮。马丁向吉明的妻子和儿子走去，他知道这会儿不是采访的好时机，不过他仍然递过自己的名片。吉妻木然地接过名片，没有说话。吉的儿子满怀戒备地盯着马丁，抢先回绝道：

“我们什么也不知道，你别来打搅我妈妈！”

马丁笑笑，准备施展他的魅力攻势，这时帷幕中传来两声短促的低呼。母子两人同时转过头，病人是用汉语说的，声音很清晰：

“上帝！上帝！”

吉妻惊疑地看着儿子。上帝？吉明在喊上帝？丈夫从来就不是虔诚的基督徒，恰恰相反，他一向对所有的宗教都持一种调侃态度。难道他在大限临近时忽然有了宗教感悟？但母子两人没有时间细想，他们靠近帷幕喊着：

“吉明！”“爸爸！”

病床上，在那个被缠得只留下七窍的脑袋上，一双眼睛缓缓睁开了，散视的目光逐渐收拢，聚焦在远处。吉明没有看见妻儿，没有听见妻儿的喊声，也没有看见在病床前忙碌的医护人员。他的嘴唇翕动着，喃喃地重复着四个音节。这次，吉妻和儿子都没有听懂，但身旁不懂汉语的医生却听懂了。他是在说：

“哈利路亚！哈利路亚！”

哈利路亚！

长着翅膀的小天使们在洁白的云朵中围着吉明飞翔，欢快地唱着这支歌。吉明定定神，才看清他是在教堂里，唱诗班的少男少女们张着嘴巴，极虔诚极投入地唱这首最著名的圣诞颂歌《弥塞亚》：

“哈利路亚！世上的国成了我主和主基督的国，他要做王，直到永远永远。哈利路亚！”

教堂的信徒全都肃立倾听。据说1743年英国国王乔治二世在听到这首歌时感动得起立聆听，此后听众起立就成了惯例。吉明被这儿的气氛感动了。这次他从中国回来，专程到MSD公司总部反映有关自杀种子的情况。但今天是星期天，闲暇无事，无意中逛到了教堂里。唱诗班的少年们满脸洋溢着圣洁的光辉，不少听众眼中汪着泪水。吉明是第一次在教堂这种特殊氛围中聆听这首曲子，聆听它雄浑的旋律、优美的和声和磅礴的气势。他知道这首合唱曲是德国作曲家韩德尔倾全部心血完成的杰作，甚至韩德尔本人在指挥演奏时也因过分激动而与世长辞。只有在这样的情景下，吉明才真正体会到那种令韩德尔死亡的宗教氛围。

他觉得自己的灵魂也被净化了，胸中鼓荡着圣洁的激情——但这点激情只维持到出教堂为止。等他看到世俗的风景后，便从刚才的宗教情绪中醒过来。他自嘲地问自己：吉明，你能成为一个虔诚的基督徒吗？

他以平素的玩世不恭给出答复：扯淡。

他在无神论的中国度过了半生。前半生建立的许多信仰如今都淡化了，锈蚀了，唯独无神论信仰坚如磐石。因为，和其他一些流行过的政治呓语不同，无神论对宗教的批判是极犀利、极公正的，且随着时间的推移而愈加坚实。此后他就把教堂中萌发的那点感悟抛在脑后，但他未想到这一幕竟然已经深深烙入他的脑海，在垂死的恍惚中它又出现了。这幅画在他面前晃动，唱诗班的少年又变成了带翅膀的天使。他甚至看到上帝在天国的门口迎接他。上帝须发蓬乱，瘦骨嶙峋，穿着一件苦行僧的褐色麻衣。吉明好笑地、嘲弄地看着上帝，心想，我从未信奉过你，这会儿你来干什么？

他忽然发现上帝并不是高鼻深目的犹太人、雅利安人、高加索人……他的白发中掺有黑丝，皮肤是黄土的颜色，粗糙得像老树的树皮。他表情敦厚，腰背佝偻着，面庞皱纹纵横，像一枚风干的核桃……他分明是不久前见过的那位中原地区的老农嘛，那个顽石一样固执的老人。

上帝向他走近。在响遏行云的赞歌声中，上帝并不快活。他脸上写着惊愕和痛楚，手里捧着一把枯干的麦穗。

枯干的麦穗！吉明的心脏猛然被震撼，向无限深处跌落。

3年前，吉明到中原某县的种子管理站，找到了20多年未见面的老同学常力鸿。一般来说，中国内地的农业机关都是比较穷酸的，这个县的种子站尤甚。这天正好赶上下雨，院内又在施工，乱得像一个大猪圈。吉明小心地绕过水坑，仍免不了让锃亮的皮鞋溅上泥点。常力鸿的办公室在二楼，相当简朴，靠墙立着两个油漆脱落的文件柜，柜顶放着一排高高低低的广口瓶，盛着小麦、玉米等种子。常立鸿正佝偻着腰，与两位姑娘一起装订文件。他抬头看看客人，尽管吉明已在电话上联系过，他还是愣了片刻才认出老同学。他赶忙站起来，同客人紧紧握手，不过，没有原先想象的搂抱、捶打这些亲昵动作，衣着的悬殊已经在两人之间划出了一道无形的鸿沟。

两个姑娘好奇地打量着两人，确实，他们之间反差太强烈了。一个西装革履，发型精致，肤色保养得相当不错，肚子也开始发福了；另一个黑瘦枯干，皮鞋上落满了灰尘，鬓边已经苍白，面庞饱经风霜。姑娘们嘁喳着退出去，屋里两个人互相看看，不禁会心地笑了。

午饭是在“老常哥”家里吃的，屋内家具比较简单，带着城乡结合的风格。常妻是农村妇女，手脚很麻利，三下五除二地炒了几个菜，又掂来一瓶赊店大曲。两杯酒下肚后，两人又回到了大学岁月。吉明不住口地感谢“老常哥”，说自己能从大学毕业全是老常哥的功劳！常立鸿含笑静听，偶尔也插一两句话。他想吉明说的是实情。在农大四年，这家伙几乎没有正正经经上过几节课，所有时间都是用来学英语，一方面是练口语，一方面是打探出国门路。那是20世纪70年代末80年代初，学校里学习风气很浓，尤其是农大，道德观念上更守旧一些。同学们包括常力鸿都不怎么认可吉明，嫌他的骨头太轻，嫌他在人生规划上过于精明——似乎他人生的唯一目的就是出国！不过常力鸿仍然很大度地帮助吉明，让他抄笔记，抄试卷，帮他好歹拿到毕业证。

那时吉明的能力毕竟有限，到底没办法出国留学。不过，凭着一口流利的英语，毕业两年后他就开始给外国公司当雇员，跳了几次槽，拿着几十倍于常力鸿的工资。也许吉明的路是走对了，也许这种精于计算的人恰恰是时代的弄潮儿？……听着两人聊天，外貌木讷实则精明的常妻忽然撂了一句：

“老常哥对你这样好，这些年也没见你来过一封信。”

吉明的脸“刷”的一下红了，这事他确实做得不地道。常力鸿忙为他掩饰：“吉明也忙啊，再说这不已经来了吗？喝酒喝酒！”

吉明灌了两杯，才叹口气说：“嫂子骂得对，应该骂。不过说实在话，这些年我的日子也不好过呀。每天赔尽笑脸，把几个新加坡的二鬼子当爷敬——MSD驻京办事处的上层都是美国人和新加坡人。我去年才把绿卡办妥，明年打算把老婆儿子在美国安顿好。”

“绿卡？听说你已入美国籍了嘛。”

吉明半是开玩笑半是解气地说：“不，这辈子不打算当美国人了，就当美国人的爹吧。”他解释道，这是美国新华人中流行的笑话，因为他们大都保留着绿卡，但儿女一般要入美国籍的。“美国米贵，居家不易。前些天一次感冒花了我150美元。所以持绿卡很有好处的，出入境方便。每次回美国我都大包小包地拎着中国的常用药。”

饭后，常妻收拾起碗筷，两人开始谈正事。常力鸿委婉地说：“你的来意我已经知道了，你是想推销MSD的小麦良种。不过你知道，小麦种子的地域性较强，国内只是在新中国成立前后引进过美国、澳大利亚和意大利的麦种，也只有意大利的阿勃、阿夫等比较适合中原地域。现在我们一般不进口麦种，而是用本省培育的良种，像豫麦18、豫麦35……”

吉明打断他的话：“这些我都知道——不知道这些我还能做种子生意？不过我这次推荐的麦种确实不同寻常。它的绰号叫‘魔王麦’，因为它几乎集中了所有小麦的优点，地域适应性广，耐肥耐旱，落黄好，抗倒伏，抗青干，在抗病方面几乎是全能的，抗条锈，抗叶锈，抗秆锈，抗白粉，仅发现矮化病毒对它有一定威胁……你甭笑。”他认真地说，“你以为我是在卖狗皮膏药？老兄，不能拿老眼光看新事物，这些年的科技发展太可怕了，简直就是神话。我知道毕业后你很努力，还独立育出了一个新品种，推广了几千亩，现在已经被淘汰了。对不对？”这几句话戳到常力鸿的痛处，他面色不悦地点点头。“老兄，这不怪你笨，条件有限嘛。你能采用的仍是老办法，杂交，选育，一代又一代，跟着老天爷的节拍走，最多再加上南北加代繁殖。但MSD公司早在30年前就开始使用基因工程育种。你想要1 000种小麦的优良性状？找出各自的表达基因，再拼接过来就是了。为育出魔王品系，MSD总共投资了近20亿美元，你能和他们比吗？”

常力鸿有点被他说动了。

吉明笑道："你放心吧，我虽然已经成了见钱眼开的商人，好歹是中国人，好歹是你的老朋友，不会骗到老常哥头上的。这样吧，我先免费提供一百亩的麦种供你们进行检疫试种。明年，我相信你自己会找我买种子，把'魔王麦'扩大到一百万亩。"

条件这样优惠，常力鸿立即同意了。两人又商量了引进种子资源的例行程序，包括向中国国家种子资源管理处登记并提供样品种子等。正如吉明所料，在商谈中，常力鸿对"魔王麦"属于"转基因作物"这一点没有提出任何异议，他甚至压根儿没提农业部颁发的《农业生物基因工程安全管理实施办法》。在欧洲，这可是个十分敏感的话题。转基因产品在欧洲已经被禁止上市，连试验种植也被受限制，各绿党和环保组织时刻拿眼睛盯着。正是因为如此，MSD公司才把销售重点转向第三世界。

既然常力鸿没有提到这一点，吉明当然不会主动提及。不过吉明并不为此内疚。欧洲对转基因产品的反对，多半是基于"伦理性"或"哲理性"的，并不是说他们已经发现了转基因产品对人身的危害。吉明一向认为，这种玄而又玄的讨论是富人才配享有的奢侈。对于中国人，天字第一号的问题是什么？是吃饱肚子！何况转基因产品在美国已经大行其道了，美国的食物安全法规也是极其严格的。

两人签协议时，吉明让加上一条"用户不允许使用上年收获的麦子做种"，也就是说，每年的麦种必须向MSD公司购买。常力鸿沉吟良久，为难地说：

“老同学，我不愿对你打马虎眼。这个条件当然应该答应，否则MSD公司怎么收回投资？可是你知道，中国的农民们是不大管什么信息知识产权的，你能挡住他用自己田里收的麦子做种？谁也控制不住！”

吉明轻描淡写地说：“谢谢你的坦率。我在协议中写上这一条，只是作为备忘，表示双方都认可这条规则。至于对农民的控制方法……MSD会有办法的。”

常力鸿哂笑着看看老同学，不知道他是不是在开玩笑。MSD公司会有办法？他们能在每粒“未收获”的麦粒上预先埋一个生死开关？不过，既然吉明这样说，常力鸿当然不会再认真考究。

第二天，吉明在紫荆花饭店的雅间里回请了一顿。饭后吉明掏出一个信封：“老常哥，我已经混上了MSD公司的区域经理，可以根据销售额提成，手头宽裕多了。这一千美元是兄弟的一点小意思，权当是大学四年你应得的‘保姆费’吧。收下收下，你要拒绝，我就太没面子了。”

常力鸿发觉这位小兄弟已经修炼得太厉害了——他把兄弟情分和金钱利益结合得水乳交融，收下这点“兄弟情分”，明摆着明年你得为他的“销售提成”出力。但在他尚未做出拒绝的决断时，妻子已经眼明手快地接过信封：

“一千美元？等于八千多人民币了吧。我替你常哥收下。”她回头瞪丈夫一眼，打着哈哈说，“就凭你让他抄四年考试卷子，也值这个数了，对不对？”

常力鸿沉下脸，没有再拒绝。

吉明的回忆到这儿卡壳了。这些真实的画面开始抖动，扭曲，上帝的面容又挤进来，惊愕、痛楚，凝神看着死亡之火蔓延的亿万亩麦田。吉明困惑地想，上帝的面容和表情怎么会像那位中原的老农？梦中的上帝怎么会是那个老农的形象？自己与那个老农满共只有一面之缘呀。

他是在与常力鸿见面的第二年见到那老汉的。头年收获后，完全如吉明所料，魔王麦大受欢迎。常力鸿数次打电话，对这个麦种给出了最高的评价，尤其是麦子的质量好，赖氨酸含量高，口感好，很适于烤面包，在欧洲之外的西方市场很受欢迎。周围农民争着订明年的种子，县里决定推广到全县一半的面积，甚至邻县也在挤着上这辆巴士。第二年做成了五十万吨麦种的生意，他的银行卡上也因此添了一大笔进项。但是，第二次麦播的五星期后，常力鸿十万火急地把他唤去。

仍是在老常哥家吃的饭。他进屋时，饭桌上还没摆饭，摆的是几十粒从麦田挖出来的死麦种。它们没有发芽，表层已略显发黑。常力鸿脸色很难看，但吉明却胸有成竹，他问："今年从MSD购进的种子都不发芽吗？"

"不，只有一千亩左右。"

吉明不客气地说："那就对了！我敢说，这不是今年从我那儿买的麦种，是你们去年试种后收获的第二代的魔王麦！你不会忘吧，合同中明文规定，不能用收获的麦子做种，MSD公司要用技术手段保证这一点。"

常力鸿很尴尬。吉明说得一点都不错，去年收的魔王麦全都留做种子了，谁舍得把这么贵重的麦子磨面吃？说实话，常力鸿压根儿没相信MSD能用什么“技术手段”做到这一点，也几乎把这一条款给忘了。他讪讪地收起死麦种，喊妻子端饭菜，一边嗫嚅地问：“我早对你说过的，我没法让农民不留种。MSD公司真的能做到这一点？他们能在每一粒小麦里装上自杀开关？”

吉明怜悯地看着老同学。上农大时常力鸿是出类拔萃的，但在这个闭塞的中国县城里憋了20年，他已远远落后于外面的世界了。吉明对老同学耐心地讲了自杀种子的机理：

“能，基因工程没有办不到的事。这种自杀种子的育种方法是：从其他植物的病株上剪下导致不育的毒蛋白基因，组合到小麦种子中，同时再插入两段基因编码，使毒蛋白基因保持休眠状态。直到庄稼成熟时，毒素才分泌出来杀死新种子。所以，毒蛋白只影响种子而不影响植株。”

常力鸿听得瞪圆了眼睛——这简直是天方夜谭嘛。他不解地问：“如果收获的都是死麦粒，MSD公司又是怎样获得种子呢？”

“很好办。MSD公司在播种时，先把种子浸泡在一种特别溶液中，诱发种子产生一种酶来阻断那段DNA，自杀指令就不起作用了。当然，这种溶液的配方是绝对保密的。”

“麦粒中有这种毒蛋白，还敢食用吗？”

“能。这种毒蛋白对人体完全无害，你不必怀疑这一点，美国的食品法是极其严格的。”吉明笑着说，“实际上我只是鹦鹉学舌，深一层的机理我也说不清，甚至连MSD这样顶尖的公司，也是向更专业的密西西比州德尔公司购买的专利。知道吗？单单这一项专利就花了10亿美元！这些美国佬真是财大气粗啊。”

常妻一直听得糊里糊涂，但这句话她听清了：“10亿美元？80多亿人民币？天哪，要是用100的票子码起来，能把这间屋子都塞满吧！”

吉明失笑了：“哈，那可不知道，我从来没有从这个角度考虑过，因为这么大数额的款项不可能用现金支付。不过……大概能装满吧。”

“80亿！这些大鼻子指望这啥子专利赚多少钱，敢这样胡花！”

吉明忍俊不禁：“嫂子别担心，他们赚得肯定比这多。美国人才不干傻事呢。”

常力鸿的表情可以说是目瞪口呆。不过，他的震惊显然和妻子不同，是另一个层面上的。愣了很久他才说：“美国的科学家……真的能这样干？”

“当然！基因工程已经成了神通广大的魔术棒，可以对上帝创造的生命任意删削、拼装、改良。说一个不是玩笑的玩笑，你就是想用蛇、鱼、鹿、虎等动物的基因拼出一条有角有鳞有爪的‘活着的’中国龙，从理论上说也是办得到的。”

常力鸿不耐烦地说：“我不是这个意思。我是说……”他卡住了，艰难地寻找着能确切表达他想法的词句，“我是说，美国科学家竟然开发这样缺德的技术？”

吉明一愣，对“缺德”这个字眼多少有些冒火。他平心静气地说："咋是缺德？他们在魔王品系上投入了近20亿的资金，如果所有顾客都像你们那样只买一次种子，这些巨额投入如何收回？如果收不回，谁会再去研究？科学发展不是要停滞了吗？这是文明社会最普通的道德规则，再正常不过的。"

常力鸿有点焦躁："不，这也不是我的意思。我是说，"他再次艰难地寻找着词句，"我是说，他们为了赚钱，就不惜让某种生命断子绝孙？这不是太霸道了吗，这不是逆天行事吗？俗话说，上天有好生之德，连封建皇帝还知道春天杀生有干天和哩。"

吉明这才摸到老同学的思维脉络，他微嘲道："真没想到，你也有闲心来进行哲人的思辨。这倒让我想起一件事。有一次我在飞机上邂逅了一位西班牙作家，听说还是王室成员。他的消息竟然相当闭塞，听我介绍了自杀种子的情况后大为震惊，连声问：'现代科学真的能做到这种不可思议的事情？'我讲了很久，他终于相信了，沉思良久后感慨地说：人类是自然界最大的破坏者，它在自己的成长过程中消灭了数以百万计无辜的生物。即使少数随人类广泛传播的生物，如小麦、稻子等，实际上也算不上幸运者，它们的性状等都被异化了，它们的'野生'生命力被削弱了。不过，在自杀种子诞生之前的种种人类行为毕竟还是有节制的，因为人类毕竟还没有完全剥夺这些生命的生存能力和生存权利。现在变了，科学家开始把某种生命的生存能力完全掌握到人类手中，建立在某种'绝对保密'的技术上，这实在是太霸道了——你看，这位西班牙人所用的词和你完全一样！"吉明笑道，“不过依我看来，这种玄思遐想全是吃饱了撑的。其实，逆天行事的例子多啦，计划生育不也是逆天行事？”

常力鸿使劲地摇头：“不，计划生育是迫不得已而为之。这个不同……”

“有啥不同？老兄，13亿中国人能吃饱肚子才是最大的顺天行事。等中国也成了发达国家——那时再去探幽析微，讨论什么上天的好生之德吧。”

常力鸿词穷了，但仍然不服气。他沉着脸默然良久，才恼怒地说：“反正我觉得这种方法不地道。去年你该向我说清的，如果那时我知道，我一定不会要这种自杀种子。”

吉明也觉得理屈。的确，为了尽量少生枝节做成买卖，当初他确实没把有关自杀种子的所有情况都告诉老同学。饭后两人到不发芽的麦田里看了看，就是在那儿，吉明遇见了那位不知姓名的、后来在他的幻觉中化为上帝的老农。当时他佝偻着身体蹲在地上，正默默察看不会发芽的麦种，别的麦田里，淡柔的绿色已漫过泥土，而这里仍是了无生气的褐色。那个老农看来同常力鸿很熟，但这会儿对他满腹怨恨，只是冷淡地打了个招呼。他又黑又瘦，头发花白，脸上皱纹纵横，比常力鸿更甚，使人想起一幅名叫《父亲》的油画。青筋暴露的手上捧着几粒死麦种，伤心地凝视着。常力鸿在他跟前根本挺不起腰杆，表情讪讪地勉强辩解说：

“大伯，我一再交代过，不能用上次收的麦子做种……”

“为啥？”老汉直撅撅地顶回来，“秋种夏收，夏收秋种。

这是老天爷定的万古不变的规矩，咋到你这儿就改了呢？”

常力鸿哑口了，回头恼怒地看看吉明。吉明也束手无策：你怎么和这头犟牛讲理？什么专利、什么信息、什么文明社会的普遍规则，再雄辩的道理也得在这块顽石上碰卷刃。但看看常力鸿的表情，他只好上阵了。他尽量通俗地把种子的自杀机理讲了一番。老汉多少听懂了，他的表情几乎和常力鸿初听时一个样子，连说话的字眼儿都相近：

“让麦子断子绝孙？咋这样缺德？干这事的人不怕生儿子没屁眼儿？老天在云彩眼儿里看着你们哩。”

吉明顿时哑口无言！只好狼狈撤退。走出老汉视线后，他们站在地埂上，望着正常发芽的千顷麦田。这里的绿色显得十分强悍，充盈着勃勃的生命力。常力鸿忧心忡忡地看着，忽然问：

“这种自杀基因……会不会扩散？”

吉明苦笑着想，这个困难的话题终于没能躲过：“不会的，老同学，你尽管放心。美国的生物安全法规是很严格的。”他老实承认道，“不错，也有人担心，含有自杀基因的小麦花粉会随风播撒，像毒云笼罩大地，使万物失去生机。印度、希腊等地还有人大喊大叫，要火葬MSD呢。但这些都是没有根据的臆测。当然，咱们知道，小麦有0.4%到0.5%的异花传粉率，但是根本不必担心自杀基因会因此传播。为什么？这是基于一种最可靠的机理，假设某些植株被杂交出了自杀基因，那么它产生的当然是死种子，所以传播环节到这儿一下子就被切断了！也就是说，自杀基因即使能传播，也最多只能传播一代，然后就自生自灭了。我说得对不对？”

常力鸿沉思一会儿，点点头。没错，吉明的论断异常坚实有力，完全可信，但他心中仍有说不清道不明的担忧。他也十分恼火，去年吉明没有把全部情况和盘托出，做得太不地道。不过他无法去埋怨吉明，归根结底，这事只能怪自己愚蠢，怪自己孤陋寡闻，怪自己不负责任考虑不周全。有一点是肯定的，经过这件事，他与吉明之间的友谊是无可挽回了。送吉明走时，他让妻子取出那1 000美元，冷淡地说：

“上次你留下这些钱，我越想越觉得收下不合适，务必请你收回。”

常力鸿的妻子耷拉着眼皮，满脸不情愿的样子。她肯定不想失去这1 000美元，肯定在里屋和丈夫吵过闹过，但在大事上她拗不过丈夫。吉明知道多说无益，苦笑着收下钱，同两人告辞。

此后两人的友谊基本上断裂了，但生意上的联系没有断。因为这种性能极优异的麦种已在中原地区打开了市场，订货源源不断。吉明有时解气地想，现在，即使常力鸿暗地里尽力阻挠订货，他也挡不住了！

到第二年的5月，正值小麦灌浆时，吉明又接到常力鸿一个十万火急的电话：“立即赶来，一分钟也不要耽误！”吉明惊愕地问是什么事，那边怒气冲冲地说：“过来再说！”便啪地挂了电话。

吉明星夜赶去，一路上心神不宁。他十分信赖MSD公司，信赖公司对魔王小麦的安全保证。但偶尔地、心血来潮地也会绽出那么一丝怀疑。毕竟这种“断子绝孙”的发明太出格了，科学史上从来没有过，会不会……他租了一辆出租，赶到出事的田里。在青色的麦田里，常力鸿默默指着一小片麦子。它们显然与周围那些生机盎然的麦子不同，死亡之火已经从根部悄悄蔓延上去，把麦秆烧成黄黑色，但麦穗还保持着青绿。这让人产生一种怪异的视觉上的痛苦。这片麦子范围不大，只有三间房子大小，基本上形成一个圆形。圆形区域内有一半是病麦，另一半仍在茁壮成长。

常力鸿的脸色阴得能拧下水儿，目光深处是沉重的忧虑，甚至是恐惧。吉明则是莫名其妙，端详了半天，奇怪地问：“找我来干什么？很明显，这片死麦不是MSD的魔王麦。”

“当然不是，是本地良种，豫麦41。”

“那你十万火急催我来干什么？让我帮你向国外咨询？没说的，我可以……”

常力鸿焦急地打断他：“这是种从没见过的怪病。”他瞅瞅吉明，一字一句地说，“去年这里正好种过自杀麦子。”

吉明一愣，不禁失声大笑，“你的联想太丰富了吧。我在专业造诣上远不如你，但也足以做出推断。假如——我是说假如——自杀小麦的自杀基因能够通过异花传粉来扩散，传给某几株豫麦41号麦子，这些被传染的麦子被收获，贮藏到麦仓里，装上播种机，然后——有病的麦粒又恰巧播到同一块圆形的麦田？有这种可能吗？”他讪笑地看着老同学。

“当然不会——但如果是通过其他途径呢？”

“什么途径？”

“比如，万一自杀小麦的毒素渗透出来，正好污染了这片区域？”

“不可能，这种毒素只是一种蛋白质，它在活植株中能影响植株生理进程，但进到土壤中就变成了有机物肥料，绝不会成为毁灭生命的杀手。老同学，你一定是走火入魔了，一小片麦子的死亡很可能是其他原因造成的，你干吗非要和MSD过不去呢？”

常力鸿应声道：“因为它的自杀特性叫人厌恶！”他恨恨地说，“自杀小麦——这是生物界中的邪门歪道。当然，你说了很多有力的理由，我也相信，不过我信奉这一点：世界上没有绝对安全的防范。既然这么一个邪魔已经出世，总有一天它会以某种方法逃出来兴风作浪。”

“不会的……”

“你肯定不会？你是上帝还是老天爷？”常力鸿发火了。“不要说这些过头话！老天爷也不敢把话说得这样满。”停了会儿他放缓了语气说，“我并不是说这些麦子一定死于自杀毒素——我巴不得这样呢。”他苦笑道，“毒素致死并不可怕，最多就是遗祸于种过自杀小麦的麦田嘛。可怕的是如果它们靠基因方式传播，那样，一个小火星就能烧掉半个世界，就像黑死病、艾滋病一样。”

他为这种前景打了一个寒战。吉明沉默了一会儿说：“我就是不相信。这种小麦已经在不少国家种过多年，从没出过什么意外。不过，听你的，需要我做些什么？”

“请你立即向MSD公司汇报，派专家来查明此事。如果和自杀种子无关，那我就要烧香拜佛了。否则……我就是十恶不赦的罪人。”常力鸿苦涩地说。

“没问题。”吉明很干脆地说，“我责无旁贷。别忘了，虽然我拿着美国绿卡，拿着MSD的薪水，到底这儿是我的父母之邦啊。你保护好现场，我马上到北京去找MSD办事处。”他笑着加了一句，“不过我还认为这是多虑。不服的话咱们赌一次东道。”

常力鸿没响应他的笑话，默默同他握手告别。吉明坐上出租，很远还能看见那佝偻的半个身体浮现在麦株之上。

电梯快速向银都大楼27层升去。乍从常力鸿那儿回来，吉明觉得一时难以适应两地的强烈反差。那儿到处是粗糙的面孔，深陷的皱纹。而这里，电梯里的男男女女都一尘不染，衣着光鲜，皮肤细嫩。吉明想，这两个世界之中有些事难以沟通，也是情理之中的。

MSD驻京办事处的黄得维是他的顶头上司。黄很年轻，32岁，肚子已经相当发福，穿着吊裤带的加肥裤子。他向吉明问了辛苦，客气中透着冷漠，吉明在心中先骂了一句“二鬼子”，他想自己在MSD工作8年，成绩卓著，却一直升不到这个二鬼子的位置上。为什么？这里有一个人人皆知又心照不宣的小秘密：美国人信任新加坡人、中国台湾和香港人，远甚于中国内地人。

尽管满肚子腹诽，吉明仍恭恭敬敬地坐在这位年轻人面前，详细汇报了中原的情况。

“不会的，不会的。”黄先生从容地微笑着，细声细语地列举了反驳意见——正是吉明对常力鸿说过的那些。

吉明耐心地听完，说：“对，这些理由是很有力的。但我仍建议公司派专家实地考察一下。万一那片死麦与自杀种子有关呢？再进一步，万一自杀特性确实是通过基因方式扩散出去呢，那就太可怕了。那将是农作物中的艾滋病毒！”

“不会的，不会的。”

“我也是这么认为的，不过，是否向总部……”

黄先生脸色不悦地说：“好的，我会向公司总部如实反映的。”他站起身来，表示谈话结束。

吉明到其他几间屋子里串了一下，同各屋的人寒暄了几句。他在MSD总共干了8年，5年是在南亚，3年是在中国。但他一直在各地跑单帮，在这儿并没有他的办公桌，与总部的职员们大都是工作上的泛泛之交，只有从韩国来的朴女士同他多交谈了一会儿，告诉他，他的妻子打电话到这儿问过他的去向。

回到下榻的天伦饭店，他首先给常力鸿挂了电话，常力鸿说他刚从田里回来，在那片死麦区之外把麦子拔光，建立了一圈宽一百米的隔离环带。他说原先曾考虑把这个情况先压几天，等MSD的回音，但最终还是向上级反映了，因为这个责任太重！北京的专家们马上就到。他的语气听起来很疲惫，带着焦灼，透着隐隐的恐惧。吉明真的不理解他何以如此——他所说的那种危险毕竟是很渺茫的，死麦与自杀基因有关的可能也是微乎其微的。

吉明安慰了他，许诺一定要加紧催促那个“二鬼子”。

随后他拨通了旧金山新家的电话，妻子说话的声音带着睡意，看来正在睡午觉，移民到美国后，妻子没有改掉这个中国的习惯。这也难怪，她的英语不行，到现在还没找到工作，整天在家里闲得发慌。妻子说，她已经找到两个会说中国话的华人街坊，太闷了就开车去聊一会儿。“我在努力学英语，小凯——我一直叫不惯儿子的英文名字——一直在教我。不过我太笨，学得太慢了。”停了一会儿，她忽然冒出一句，“有时我琢磨，我巴巴地跑到美国来蹲软监，到底是图个啥哟。”

吉明只好好言好语地安慰一番，说：“再过两个月就会习惯的。这样吧，我准备提前回美国休年假，三天就会到家的。好吗？不要胡思乱想，吻你。”

常力鸿每晚一个电话催促。吉明虽然心急如焚，也不敢过分催促黄先生。他问过两次，黄先生都说：马上马上。到第三天，黄先生才把电话打到天伦饭店，说，已经向本部反映过了，公司认为不存在你说的那种可能，不必派人来实地考察。

吉明大失所望。他心里怀疑这家伙是否真的向公司反映过，或者是否反映得太轻描淡写。他不想再追问下去，作为下级，再苦苦追逼下去就逾线了。但想起常力鸿那副苦核桃般的表情，实在不忍心拿这番话去搪塞他。他只好硬起头皮，小心翼翼地说：

“黄先生，正好我该回美国度年假，是否由我去向总部当面反映一次。我知道这是多余的小心，但……”

黄先生很客气地说："请便。当然，多出的路费由你自己负担。"说完啪地挂了电话。吉明对着听筒愣了半晌，才破口大骂：

"你妈个二鬼子，狗仗人势的东西！"

拿久已不用的国骂发泄一番，吉明心里才多少畅快了一些。第二天，他向常力鸿最后通报了情况，便坐上去美国的班机。到美国后，他没有先回旧金山，而是直奔MSD公司所在地Z市。不过，由于心绪不宁，他竟然忘了今天恰好是星期天。他只好先找一个中国人开的小旅店住下。这家旅店实际是一套民居，老板娘把多余的二楼房屋出租，屋内还有厨房和全套的厨具。住宿费很便宜，每天二十五美元，还包括早晚两顿的免费饭菜——当然，都是大米粥、四川榨菜之类极简单的中国饭菜。老板娘是大陆来的，办了这家号称"西方招待所"的小旅店，专门招揽刚到美国、经济比较窘迫的中国人。这两年，吉明的钱包已经略微鼓胀了一点儿，不过他仍然不改往日的节俭习惯。

饭后无事，吉明便出去闲逛。这儿教堂林立，常常隔一个街区就露出一个教堂的尖顶。才到美国时，吉明曾为此惊奇过。他想，被这么多教堂所净化了的美国先人，怎么可能建立起历史上最丑恶的黑奴制度？话说回来，也可能正是由于教堂的净化，美国人才终于和这些罪恶告别？

他忽然止住脚步。他听到教堂里正在高唱"哈利路亚"。这是圣诞颂歌《弥赛亚》的第二部分《受难与得胜》的结尾曲，是全曲的高潮。哈利路亚！哈利路亚！气势磅礴的乐声灌进他的心灵……

他的回忆又回到起点。上帝向他走来，苦核桃似的中国老农的脸膛，上面刻着真诚的惊愕和痛楚……

第二天，莱斯·马丁再次来到MSD大楼。大楼门口被炸坏的门廊已经修复，崩飞的大理石用生物胶仔细地粘好，精心填补打磨，几乎没留下什么痕迹。不过马丁还是站在门口凭吊了一番。就在昨天，一辆汽车还在这儿凶猛地燃烧呢。

秘书是个风韵犹存的半老徐娘，她礼貌地说，戴斯先生正在恭候，但他很忙，请不要超过10分钟时间。马丁笑着说，请放心，10分钟足够了。

戴斯的办公室很气派，面积很大，正面是一排巨大的落地长窗，Z市风光尽收眼底。戴斯先生埋首于一张巨大的楠木办公桌后，一面不停手地挥写着，一面说："请坐，我马上就完。"

戴斯实在不愿在这个时刻见这位尖口利舌的记者，肯定这是一次困难的谈话，但他无法拒绝。这家伙不是那么容易打发的。在戴斯埋首写字时，马丁怡然坐在对面的转椅上，略带讥讽地看着戴斯忙碌——他完全明白这只是一种做派。当戴斯终于停笔时，马丁笑嘻嘻地说："我已经等了3分钟，请问这3分钟可以从会客的10分钟限制中扣除吗？"

戴斯一愣，笑道："当然。"他明白自己在第一回合中落了下风。秘书送来咖啡，然后退出。马丁直截了当地说：

"我已获悉，吉明在行动前，给本地的《民众之声》报发了传真，公布了他此举的动机，但这个消息被悄悄地捂住了。上帝呀，能做到这一点太不容易啦！MSD公司的财务报表上，恐怕又多了一笔至少六位数的开支吧？”

戴斯冷静地说：“恰恰相反，我们一分钱都没花。该报素以严谨著称，他们不愿因草率刊登一则毫无根据的谣言而使自己蒙羞，也不愿引起MSD股票下跌，这会使Z市许多人失去工作。”

“是吗？我很佩服他们的高尚动机。这么说，那个中国人闹事是因为自杀种子啰？”马丁突兀地问。

戴斯默认了。

“据说那个中国佬担心自杀基因会扩散，也据说贵公司技术部认为这是根本不可能的。可惜我一直不明白，这么一个相对平和的纯技术性的问题，为什么会导致吉明采取这样过激的行为？这里面有什么外人不知道的内情吗？”

戴斯镇定地说：“我同样不理解，也许吉明的神经有问题。”

“不会吧，我知道MSD为魔王系列作物投入了巨资，单单买下德尔公司的这项专利就花了10亿美元。现在，含自杀基因的商业种子的销售额已占贵公司年销售额的60%以上，大约为70亿美元。如此高额的利润恐怕足以使人铤而走险了，比如说，”他犀利地看着戴斯，“杀人灭口。据我知道，在事发前的那天晚上，吉明下榻的旅店房间里恰巧发生了行窃和火灾。也许这只是巧合？”

戴斯在他的逼视下毫不慌乱：“我不知道。即使有这样的事情，也绝不是MSD干的。我们是一个现代化的跨国公司，不是黑手党的家族企业。如果竟干出杀人灭口的事，一旦败露，恐怕损失就不是70亿了。马丁先生，我们不会这么傻吧？”

马丁已站起来，笑吟吟地说：“你是很聪明的，但我也不傻，再见。我不会就此罢休的，也许几天后我会再来找你。”

他关上沉重的雕花门，对秘书小姐笑道：“10分钟。一个守时的客人。”秘书小姐给出了一个礼节性的微笑。马丁出了公司便直奔教会医院。昨天他已马不停蹄地走访了吉明的妻子，走访了吉明下榻旅店的老板娘。正是那个老板娘无意中透露，那晚有人入室行窃，吉明用假火警把窃贼吓跑了。财物没有损失，所以她没有报案。“先生，”她小心地问，“真看不出吉明会是一个恐怖分子，他很随和，也很礼貌。他为什么千里迢迢地跑来和MSD过不去？”

“谁知道呢，这正是我要追查的问题。”马丁没有向老板娘透露有关自杀种子的情况，因为她也是华人。

3天前，也就是星期一的下午，吉明按照约定的时间来到MSD大楼。秘书同样说明他只有10分钟的谈话时间。吉明已经很满意了，这10分钟是费了很多口舌才争取到的。

戴斯先生很客气地听完他的陈述，平静地告诉他，所有这些情况，公司驻北京办事处都已经汇报过了，那儿的答复也就是公司的答复。魔王系列商业种子的生物安全性早已经过近10年的验证，对此不必怀疑。中国那片小麦的死亡肯定是由于其他病因，因为不是本公司的麦种，我们对此不负责任。

他的话语很平和，但吉明能感到一种巨大的压力，这压力来源于戴斯先生本人以及这间巨型办公室无言的威势。他知道自己该知趣地告辞了，该飞到旧金山去享受天伦之乐，妻子还在盼着呢。但想起常力鸿那双焦灼的负罪般的眼睛，他又硬着头皮说：“戴斯先生，你的话我完全相信。不过，为确保万无一失，能否……”

戴斯不快地说：“好吧，你去技术部找迈克尔·郑，由他相机处理。”

吉明感激涕零地来到技术部。迈克尔·郑是一位黑头发的亚裔，大约40岁，样子很忠厚。吉明很想问问他是中国人还是韩国人，但最终没开口。他想在这个比较敏感的时刻，与郑先生套近乎没有什么好处。

迈克尔很客气地接待了他。看来，他对这件事的根根梢梢全都了解。他很干脆地吩咐吉明从现场取几株死的和活的麦株，连同根部土壤，密封好送交北京办事处，他们自会处理的。吉明忍不住问：

“能否派一个专业人士随我同去？我想，你们去看看现场会更有把握。”

郑先生抬头看看他，言简意赅地说：“去那儿不合适。也许会有人抓住‘MSD派人到现场’这件事大做文章。”

吉明恍然大悟！看来，对于那片死麦是否同自杀基因有关，MSD公司并不像口头上说得那样有把握。不过他们最关心的不是自杀邪魔是否已经逃出魔瓶，而是公司的信誉和股票行情，作为一个低级雇员，他知道自己人微言轻，说也无用。而且还有一个最现实的危险悬在他的头上：被解雇。他刚把妻儿弄到美国安顿好，手头的积蓄已经所剩无几了。他可不敢拿自己的饭碗开玩笑，于是他犹豫片刻，诚恳地说：

“我会很快回中国去完成你的吩咐。不过我仍然斗胆建议，公司应给予更大的重视，假如万一……我是为公司的长远利益考虑。”

迈克未置可否，礼貌周到地送他出门。

夜里吉明同常力鸿通了电话，通报了这边的进展。从常力鸿的语气中还是能触摸到那种沉重的焦虑，尤其是他烧灼般的负罪感，阴暗的气息甚至透过越洋电话都能嗅出来。常力鸿说这些天他发疯般地查找有关基因技术的最新情报，查到了一篇四年前的报道（他痛恨地说，我为什么不早早着手学一点新东西？）：英国科学家发现，某些病毒或细菌可以在植物之间“搬运”基因——它们侵入某个植物的细胞后，在非常罕见的情况下，可以俘获这个细胞核内的某个基因片段，当植物繁殖时，这些外来基因也能向下一代表达。等后代病毒或细菌再侵入其他植株的细胞时，同样在非常罕见的情况下，这些基因片段会转移到宿主细胞中。当然，这个过程全部完成的概率是更为罕见的，但终归有这种可能。而且，考虑到微生物基数的众多及时间的漫长，这种转移就不算罕见了。实际上，多细胞生物的出现就是单细胞生物的基因融合的结果，甚至直到今天，动物细胞中的线粒体还具有

“外来物”的痕迹，还保持着自己独特的DNA结构和单独的分裂增生方式。当然，今天的自然界中，不同种的动植物个体之间很难杂交，这种“种间隔绝”是生物亿万年进化中形成的保护机制。但在细胞这个层次，所有生物（动物、植物、微生物）细胞都能极方便地杂交融合，这在试验室里已经是司空见惯的事。

“中国科学院遗传研究所的专家们非常怀疑死麦株中包含有自杀基因，他们正在查证。”常力鸿苦涩地说，“至于这种基因是如何扩散到豫麦41中的，有人怀疑是通过小麦矮化病病毒做中介。这一点还没有得到证实，也没有进一步扩大的征兆。但是，最终结果谁敢预料呢。如果这片死亡之火烧遍大地……我是个混蛋透顶、死有余辜的家伙！”

吉明满脸发烧，他觉得这句话不该骂常力鸿而是应该骂自己。他对MSD公司开始滋生强烈的愤恨。不错，自己不了解这种由微生物“搬运”基因的可能性，但公司造诣精深的专家们肯定知道呀。既然知道，他们还信誓旦旦地一口一个“绝不可能”？他决定明天再去公司催逼，这次豁上被解聘！

夜里他一直睡不安稳，梦中到了天国和地狱的岔路口，俯瞰家乡的千里绿野。忽然，一股黑色的死亡之火穷凶极恶地卷地而来，所有麦子、稻子甚至禾本科的杂草，都被烧枯，自然界失去了生机……他从噩梦中醒来，再也睡不着，心情十分烦躁。夜深人静，耳朵格外灵敏。他忽然听见汽车的轰鸣声，汽车在近处停下，少顷，有极轻微的窸窣声从窗外传来。

吉明蓦然提高了警觉。他知道窗外的楼下是一片草坪，因为久未刈割已长得很深。是谁半夜跑到这儿？窸窣声显然是向二楼来了。他轻手轻脚地走到阳台，向下窥望，一个身穿黑衣的人正沿着墙壁的拐角向楼上爬，动作十分轻巧敏捷。吉明的头“嗡”地涨大了，虽然他还不相信此人是冲他而来——那除非是MSD公司雇用的杀手——但本能告诉他，恐怕这不是一个普通的窃贼。慌乱无计，他轻轻退回去，在毛巾被下塞了几件衣服，伪装成睡觉的样子，又溜到厨房的案板后，拎起一把厨刀，从厨案后露出一只眼睛，紧张地注视着阳台。

那人果然是冲这儿来的。两分钟后他跃进窗内，落地时几乎没有一丝声响。他戴着面具，右手向上斜举着一把带消声器的手枪。他沉下身听听屋内的动静，左手从口袋里掏出一方手帕（那上面肯定有强力麻醉剂或毒药），轻轻向床边摸去。

不用说，这是一个杀手而不是窃贼。吉明的心狂跳着，紧张地思索对策。他敢肯定，杀手在发现床上的伪装后绝不会罢手的，自己真的靠一把厨刀和他拼命？忽然他看见微波炉，顿时有了主意。他顺手拎起一瓶清洁剂放到炉内，按下触摸式微波开关，然后轻手轻脚溜到了卫生间。

杀手已发现毛毯下似乎有异常，轻轻揭开毛毯，立时警觉地回身，平端手枪，开始搜索。他听到了微波炉烤盘转动的轻微声响，擦着墙边慢慢走过去。这儿没有人影，只有一台中国产的格兰仕微波炉上的计时器在闪烁着。杀手在微波炉前略微沉吟，忽然悟到其中的危险，急忙向后撤，就在这时炉内訇然爆炸，炉门被冲开，蒸汽和水流四处飞溅，天花板上的火警传感器凄厉地尖叫起来。

杀手知道今天不能得手了，他迅即后退，轻捷地跃过窗户。吉明从卫生间的门缝中窥到这一幕，便几步跃到阳台上。杀手正用双手双膝夹着墙角飞快下滑，几天来窝在吉明心中的闷火终于爆发了，他忘了危险，破口大骂道：

“你妈！”

他恶狠狠地把厨刀掷下去。看来他掷中了，杀手从墙角突然滑下去，沉重地跌坐在草地上。但随即从地上弹起，逃走了，奔跑姿势很不自然，看来伤势不轻。

吉明十分解气，几天来的郁闷总算得到发泄。一直到消防车的笛声响起，他才从胜利的亢奋中惊醒，也开始感到后怕。有人在敲他的房门：

“吉先生，吉先生，快醒醒，你的屋中冒烟了！”

在打开房门前吉明做出决定，对老板娘隐瞒真情。他打开门，赔着笑脸说，刚才有一个窃贼入室，只好用假火警把他吓走。“损坏的微波炉我会照价赔偿，现在请消防车返回吧。”

消防车开走了，老板娘在屋里察看一番，埋怨几句，又安慰几句，也离开了。吉明独坐在高背椅上，想起几天来的遭遇，心头的恨意一浪高过一浪。平心而论，他没有做错任何事呀。他只不过反映了一个真实的问题，他其实是维护了MSD公司的长远利益。但他没想到，仅仅由于这些行为，他就被MSD派人暗杀！现在他已不怀疑，幕后主使人肯定是MSD公司。是为了上百亿的利润，还是有更大的隐情？

怒火烧得他呼哧呼哧喘息着。怎么办？他忽然想起印度曾有“火烧MSD”的抗议运动，也许，用这种办法把这件事捅出去，公开化，才能逼他们认真处理此事，自己的性命也才有保障。

说干就干。第二天上午，一辆装有两箱汽油和遥控起爆器的福特牌汽车已经备好。上午8点，他把车开到MSD公司的门口。他掏出早已备好的红色喷漆筒，在车的两侧喷上标语。车左是英文：“BURN（烧死）MSD！”车右的标语他想用中文写，写什么呢？他忽然想到常力鸿和那个老农，想起两张苦核桃似的脸庞，想起老汉说的：“老天爷在云彩眼儿里看着你们哩！”马上想好了用词，于是带着快意挥洒起来。

门口的警卫开始逼近，吉明掏出遥控器，带着恶意的微笑向他们扬了扬。两个警卫立即吓住，其中一名飞快地跑回去打电话。吉明把最后一个字写完，扔掉喷筒，从车内拿出扩音话筒……

马丁赶到医院，医生告诉他，病人的病情已趋稳定，虽然他仍昏迷着，但危险期已经过去了。马丁走进病房，见吉妻穿着白色的无菌服，坐在吉明床前，絮絮地低声说着什么。输液器中液滴不疾不徐地滴着。病人睁着眼，但目光仍是空洞的，迷茫的，呆呆地盯视着远处。从表情看，他不一定听到了妻子的话。

心电示波器上的绿线飞快地闪动着，心跳频率一般为每分钟100次，这是感染发烧引起的。一名戴着浅蓝色口罩的护士走进帷幕，手里拿着一支粗大的针管。她拔掉输液管中部的接头，把这管药慢慢推进去，然后，她朝吉妻微笑点头，离开了。马丁心中忽然一震，想起一件大事。这些天竟然没想到这一点，实在是太迟钝了！他没有停留，转身快步出门，在马路上找到一个最近的电话亭，拨通了麦克因托侦探事务所的电话。他告诉麦克因托，立即想办法在圣芳济教会医院三楼的某个无菌室里安装一个秘密摄像机，实行二十四小时的监视。“因为，据我估计，还会有人对这个名叫吉明的中国佬进行暗杀。你一定要取得作案时的证据，查出凶手的背景。”

麦克因托说：“好，我立即派人去办。但如果确实有人来暗杀，我们该怎么办，是当场制止，还是通知警方？”

马丁毫不犹豫地说：“都不必，你们只要取得确凿证据就行了。那个中国佬并没给我们付保护费。记住，不要惊动任何人。”

“好——吧。”麦克托因迟疑地说。

吉明仍拒绝清醒。他的灵魂在生死之间、天地之间、过去未来之间踯躅。四野茫茫，天地洪荒。我是在奔向天国，还是奔向地狱？不过，他没忘时时拨开云雾，回头看看自己的故土，看黑色的瘟疫是否已摧残了碧绿的生命。他曾经尽力逃离这片贫困的土地——不过，这仍然是他的故土啊。

昏迷中，能时时听到医护人员像机器人般的呓语，后来这声音变成了妻子悲伤的絮语。他努力睁开眼睛，但是看不到妻子的面容。他太累了，很快合上眼睛。他对妻子感到抱歉，他另有要事去做，已经没时间照顾妻子了，忽然他停下来，侧耳聆听着——妻子这会儿在读什么，某些词语引起了他的注意。是常力鸿的信件，没错，一定是他的。老朋友发自内心的炽热的话语穿透生死之界，灌入他的耳鼓：

“惊闻你对MSD公司以死抗争，不胜悲伤和钦敬，吉明，我的朋友，我错怪了你，这些天来我一直在鄙视你，认为你数典忘祖，把金钱和绿卡看得比祖国更重要。我真是个瞎子，你能原谅我吗？……北京来的专家已认定，豫麦41号的自杀基因的确是通过矮化病毒转移来的，也就是说，它能够通过生物方式迅速传播。他们说这是一个与黑死病、鼠疫和艾滋病同样凶恶的敌人。不过你不必担心，我们会尽力把这场瘟疫圈禁消灭在那块麦田里，即使它扩散了，专家们说，人类的前景仍是光明的，因为大自然有强大的自救能力……朋友，不知道这封传真抵达美国时，你是活着还是已离去，不管怎样，我们都会永远记住你！”

吉明苦涩地笑了，觉得自己愧对老朋友的称赞。不过，有了这些话，他可以放心远行了。他在虚空和迷雾中穿行，分明来到天国和地狱的岔路口。到天国的是一列长长的队伍，向前延伸，看不到尽头。排在这一行的人（有白人、黑人和黄种人）个个愉悦轻松，向地狱去的人寥寥无几，他们浑身都浸透了黑色的恐惧。吉明犹豫着，不知道自己的罪恶是否已经抵清，不知道天国是否会接纳他。

上帝与吉明携手同行，向天堂走去。吉明嗫嚅地说：“上帝大伯，那场瘟疫是经我的手放出去的，天堂会接纳我吗？”上帝宽厚地笑道：“那只是无心之失，算不上罪恶。来，跟我走吧。”

他们沿着队列前行。一路上，上帝不时快活地和人们打招呼。忽然上帝立住脚步，怒冲冲地嚷道：你怎么混到这里来了？滚出来！他奔过去，很粗暴地拽出来一个人。那是个白人男子，60岁左右，是一位极体面的绅士，西装革履，银发一丝不乱。吉明认出来，他是MSD公司的戴斯先生。戴斯在众人的鄙视下又羞又恼，但仍然保持着绅士风度。他冷着脸说：上帝，你该为自己的粗鲁向我道歉。不错，我是MSD公司的主管，是开发自杀种子的责任人，但我的所作所为一点也不违反文明社会的道德准则。

吉明担心地看看上帝，他担心上帝（拙嘴笨舌的乡下老头？）对付不了这个尖口利舌的家伙。但他显然是多虑了，上帝干干脆脆地说："对呀，我不懂，我懒得弄懂人类中那些可笑的规则。这些规则不过是小孩子玩耍时的临时约定，它最多只能管用几百年吧，但我已经150亿岁啦。我只认准一个理，一个亘古不变的道理：世上万千生灵都有存活的权利，你让它们断子绝孙就是缺德。看看吧，看看吧！"上帝拨开云眼，指着尘世中那块被死亡之火烧焦的麦田。上帝怒气冲冲地说："看看吧，你们的发明戕害生灵，触犯了天条，像你这样的人还想进天堂？"戴斯沉默很久，才不情愿地说："也许我们是犯了点错误，但那是无心之失，这在科学发展史上是常有的事，就像DDT发明使用后在土壤中累积让人中毒，氟利昂导致臭氧空洞，一种叫反应停的药物导致畸形儿。我知道上帝仁慈宽厚……"

上帝毫不客气地打断他的谄媚："对，我很宽厚，从不苛求我的子民。你说的那些犯错误的科学家，我都接到天堂啦，他们虽然犯了错，用心是好的，是为了全人类的利益。不像你——你是为了臭烘烘的金钱，是为了少数人的私利而去戕害自然。从这点上说。你与奥斯威辛集中营和日本731细菌部队那些科学败类没有什么区别。去吧，到地狱里去吧，那些败类在等着新同伴哩。”

戴斯见多说无益，只好脸色铁青地转过身，很快被地狱的阴风惨雾所吞没。吉明舒心地长叹一声，跟在上帝后边进了天国。

当夜凌晨3点30分，吉明的心脏停止了跳动。

丹尼·戴斯冷冷地盯着面前的马丁，他今天心绪不佳，实在不愿伺候这个牛虻似的记者。昨晚戴斯做了个噩梦，一个长长的、怪异的噩梦。梦中他竟然因为自杀种子遭到上帝责罚，送往地狱。尤其令这位绅士不能容忍的是，这位上帝言行粗俗，胼手胝足，黄色皮肤，十足一个贫穷的中国老汉！

噩梦所留下的坏心境一直延续到现在，戴斯正想找人撒气呢，那位讨厌的马丁不识趣儿，得意扬扬地从口袋里掏出一组照片，一张一张摆在戴斯面前。第一张：一名戴口罩的护士在注射；第二张：这位护士已经出了大门，快步向一辆汽车走去；第三张：汽车的牌照。马丁像猫玩老鼠似的笑道：

“戴斯先生，这就是我从一卷录像带上翻拍的，你一定知道此事的来龙去脉。就在这位护士小姐注射三分钟后，病情已趋稳定的吉明突然因心力衰竭而死去……戴斯先生，我并不想为这个中国佬申冤，我对这些野蛮人没有好感。我甚至认为，死亡瘟疫能散布到那个国家是件好事，可以把黄祸的到来向后推迟几年。不过，”他可憎地笑着，“这是个十分重大的秘密。要想叫我守口如瓶，你总得付出一笔保密费吧。”

戴斯向照片扫了一眼，神色丝毫未变（马丁不由得很佩服他的镇静）。沉默了很久，戴斯才冷冷地问：“你想要多少？”

马丁眉开眼笑地说：“5000万，我只要5000万。这只是那100亿利润的0.5%嘛。我是很公平的。”

又是很久的沉默，然后戴斯俯过身来，诚恳地说：“马丁先生，你想听听我的肺腑之言吗？”

“请——讲吧。”马丁既狐疑又警惕地说。

“坦率地讲——我从来没有这样坦率地讲过话——这三张照片上的事，我不能说丝毫不知情，我多多少少听说过一点。不过，确确实实，不是MSD公司干的——你别急，听我说下去。”他摆摆手止住马丁的反驳，“实际我应该住口了，再往下说我要担很大的风险了，不过今天我忍不住想说出来。我说过，MSD公司绝对没干这些事，也绝不会干。一旦泄露，我们的损失就不是100亿了。MSD公司不会这样莽撞糊涂。不过，也许确实有人干了，也许干这些事的是比MSD远为强大的力量——我只能到此为止了。”他鄙夷而怜悯地说，“我们很笨，我们什么都没看到，你为什么要精明过头呢？马丁先生，5000万恐怕你是拿不到手了。不仅如此，从今天起你就准备逃命吧。要不，你掌握的那个十分重大的秘密一定会把你噎死，那个‘力量’恐怕不会放过你的。”

他看着目瞪口呆的马丁，温和地说：“我言尽于此。现在，请你从这里滚蛋吧。”

【后记】

为避免读者对文中的自杀种子概念产生误解，特做以下解释：

美国最著名的一家生物技术公司（姑隐其名）早已大量销售含自杀基因的农作物种子，自杀机理正如文中所述，其专利是以10亿美元从另一家生物技术公司购买的。世界上已经有人担心，这种凶恶的自杀基因会扩散，因而提出“火烧XXX”的愤激口号。虽然到目前为止尚未发生这种扩散，但文中所提到的微生物可以在不同植株中偶然“搬运”基因，却是已经证实的现象。

也许我们仍生活在一个“人类沙文主义”的时代，科学家们可以任意戕害弱小的自然界生灵而不受惩罚，甚至会受到赞许。从前可以勉强为之辩解：科学家们的这些研究是为了全人类的利益呀。现在情况变了。某些科学家开发出使生物“断子绝孙”的危险技术，他们只是为了少数人的私利！——不管这种私利暂时看来是多么合理多么正当。

更令人担心的是，这些科学家仍被视为科学界的精英而不是败类。与这些“精英”的观念相比，我宁可信奉中国老农朴素的老观念。